# 人民共和國文化與文學叢書

七 編

李 怡 主編

第 **4** 冊

再整合：
1966～1976年間的「十七年」文學評判

康 斌 著

花木蘭文化事業有限公司

國家圖書館出版品預行編目資料

再整合：1966～1976年間的「十七年」文學評判／康斌 著——
初版——新北市：花木蘭文化事業有限公司，2019〔民108〕
目 4+194 面；19×26 公分
（人民共和國文化與文學叢書 七編；第4冊）
ISBN 978-986-485-776-0（精裝）
1. 中國當代文學 2. 文學評論
820.8                                        108011413

**特邀編委**（以姓氏筆畫為序）：

ISBN-978-986-485-776-0
9 789864 857760

吳義勤 孟繁華 張 檸
張志忠 張清華 陳思和
陳曉明 程光煒 劉福春
（臺灣）宋如珊
（日本）岩佐昌暲
（新西蘭）王一燕
（澳大利亞）鄭 怡

**人民共和國文化與文學叢書**
**七 編 第 四 冊**
ISBN：978-986-485-776-0

## 再整合：1966～1976年間的「十七年」文學評判

作　者 康 斌
主　編 李 怡
企　劃 四川大學中國詩歌研究院
總 編 輯 杜潔祥
副總編輯 楊嘉樂
編　輯 許郁翎、王筑、張雅淋　美術編輯 陳逸婷
印　刷 普羅文化出版廣告事業
出　版 花木蘭文化事業有限公司
發 行 人 高小娟
聯絡地址 235 新北市中和區中安街七二號十三樓
　　　　 電話：02-2923-1455／傳真：02-2923-1452
網　址 http://www.huamulan.tw 信箱 hml810518@gmail.com
初　版 2019年9月
全書字數 187197 字
定　價 七編13冊（精裝）台幣25,000元

# 再整合：1966～1976 年間的「十七年」文學評判

康斌　著

## 作者簡介

康斌，1982 年 6 月生於湖南衡陽。文學博士，西南民族大學文學與新聞傳播學院副教授。擔任四川省寫作協會理事、四川省魯迅研究會理事。主要從事中國現當代歷史文化與文學研究。近年來，在《中國現代文學研究叢刊》、《中國文學研究》、《揚子江評論》、《現代中國文化與文學》、《勵耘學刊》、《中國社會科學報》、《中華讀書報》、《中國教育報》等知名報刊發表研究文章 20 餘篇。參與國家社科基金、四川省社科基金重點項目等多項。

## 提　　要

　　中國大陸學術界一般將「文革」文學與「十七年」文學建構成承繼和發展的關係。但這難以解釋 1966～1976 年間對新中國文學所進行的大規模的評判工作。其實，這是特定歷史時期為實現意識形態領域的統御，進行思想「再整合」的結果。即 20 世紀四五十年代之交，政治力量借左翼文學，實現了對文藝界的思想整合，並確立了左翼文學的正統地位。進入六十年代，激進文化力量聲稱要建立所謂的無產階級新文化，對「十七年」間的社會主義文學，進行了更嚴厲的思想「再整合」。

　　本書致力於梳理評判過程，揭示影響評判工作的政治文化力量與「文革」文藝運作機制。研究發現，所謂激進政治文化力量並非單一實體，它在 1960～70 年代的具體時空情境中體現為不同的個人、組織、派別。在大方向一致的前提下，其內部各力量可能存在激烈矛盾，進而產生「激進」和「溫和」兩種不同整合思路。激進政治文化力量對「十七年」文學採取了否定、改編、徵用三種評判方式。其中「徵用」最能體現「文革」文藝機制的獨特性，這包括對「十七年」作品進行樣板戲改編，也包括再版、推介「十七年」作品。當然，「地方性」因素也是影響對「十七年」文學展開評判的重要變量。不同地方對作家的認同和利用態度，極大地影響了作者和作品的命運。還要注意到「文革」期間的文學評判工作與 1940 年代和「十七年」期間的斷裂和連續，要對普遍性的認知保持警惕。此外，面對以否定為主調的文學評判，作家本人和民間個人也進行過負向反饋──「反批評」。不過，許多「反批評」之所以為人所見，往往源於報刊的有意運作，因此媒介實踐對於「再整合」的重要性不可不察。

　　本書認為「十七年」文學作為新中國文學起步階段的探索成果，本可以為後來的文學史貢獻更多的啟示，但是在極左年代的激進思潮影響下，不僅窒息了多元和深入發展的可能，反而被宣判為「黑線」專政的產物。這是對新中國文學事業健康發展的破壞，也在本質上有違「百家爭鳴，百花齊放」的文化目標，其中包含著深刻的歷史教訓。

西南民族大學中央高校基本科研業務費
專項資金項目資助（2019SQN24）

# 人民共和國時代新文學史料的保存與整理——《人民共和國文化與文學叢書》第七編引言

李 怡

中國新文學創生於民國時期，其文獻史料的保存、整理與研究、出版工作也肇始於民國時期。不過，這些重要的工作主要還在民間和學者個人的層面上展開，缺乏來自國家制度的頂層擘畫，也未能進入當時學科建設的正軌。

作爲國家層面的新文學文獻史料的搜集整理工作始於新中國成立以後。

十七年間，作爲新文學總結的各類作家文集、選集開始有計劃地編輯出版。如在周揚主持下，由柯仲平、陳湧等編輯了《中國人民文藝叢書》。該工作始於 1948 年，1949 年 5 月起由新華書店陸續出版。叢書收入作家創作（包括集體創作）的作品 170 餘篇，工農兵群眾創作的作品 50 多篇，展現了解放區文學，特別是自《在延安文藝座談會上的講話》以來的文學成果，從此開啓了國家政府層面肯定和總結新文學成績的新方式。此外，開明書店、人民文學出版社等也先後編選了一些現代作家的選集、文集，通過對新文學「進步」力量的梳理昭示了新中國所認可的新文學遺產。

除了文學作品的選編，文學研究史料也開始被分類整理出版，如上海文藝出版社影印了二、三十年代的革命文學期刊四十餘種，編輯了《魯迅研究資料編目》、《中國現代文學期刊目錄》等專題資料，還創辦了《中國現代文藝資料叢刊》；作爲「內部讀物」，上海圖書館在 1961 年編輯出版了《辛亥革命時期期刊總目錄》。這樣的基礎性的史料工作在新文學的歷史上，都還是第

一次。第二年 5 月，在《中國現代文藝資料叢刊》的創刊號上，周天提出了對現代文學資料整理出版的具體設想，包括現代文學資料的分類法：「一、調查、訪問、回憶；二、專題文字資料的整理、選輯；三、編目；四、影印；五、考證。」〔註1〕標誌著中國新文學史料文獻研究之理論探討的起步。

作家個人的專題資料搜集、整理開始受到了重視，在十七年間，當然主要還是作爲「新文學旗手」的魯迅的相關資料。1936 年魯迅逝世後即有不少回憶問世，新中國成立後，又陸續出版了許廣平、馮雪峰、周作人、周建人、唐弢等親友所寫的系列回憶，魯迅作爲個體作家的史料完善工作，繼續成爲新文學史料建設的主要引擎。

隨著新中國學科規劃的制定，中國新文學（現代文學）學科被納入到國家教育文化事業的主要組成部分，對作爲學科基礎的文獻工作的重視也就自然成了新中國教育和學術發展的必然。大約從 1960 年代開始，部分的高等院校和國家研究機構也組織學者隊伍，投入到新文學史料的編輯整理之中。1960年，山東師範學院中文系薛綏之等先生主持編輯了「中國現代作家研究資料叢書」，名爲內部發行，實則在高校學界傳播較廣，影響很大。叢書分作家作品研究十一種，包括《郭沫若研究資料彙編》、《茅盾研究資料彙編》、《巴金研究資料彙編》、《老舍研究資料彙編》、《曹禺研究資料彙編》、《夏衍研究資料彙編》、《趙樹理研究資料彙編》、《周立波研究資料彙編》、《李季研究資料彙編》、《杜鵬程研究資料彙編》、《毛主席詩詞研究資料彙編》等；目錄索引兩種，包括《中國現代作家著作目錄》、《中國現代作家研究資料索引》；傳記一種，爲《中國現代作家小傳》；社團期刊資料兩種，有《中國現代文學社團及期刊介紹》和《1937～1949 主要文學期刊目錄索引》。全套叢書共計 300 餘萬字。以後，教研室還編輯了《魯迅主編及參與或指導編輯的雜誌》，收錄了十七種期刊的簡介、目錄、發刊詞、終刊詞、復刊詞等內容。這樣的工作在當時可謂聲勢浩大，在整個新文學學術史上也是開創性的。另據樊駿先生所述，中國社會科學院文學研究所現代文學研究室在五十年代末也做過類似工作。〔註2〕

---

〔註 1〕周天：《關於現代文學資料整理、出版工作的一些看法》，載《中國現代文藝資料叢刊》第 1 輯，上海文藝出版社 1962 年版。

〔註 2〕樊駿：《這是一項宏大的系統工程——關於中國現代文學史料工作的總體考察》（上），《新文學史料》1989 年 1 期。

當然，這些文獻史料工作在奠定我們新文學學術基礎的同時也構製了一種史料的「限制性機制」，因為，按照當時的理解，只有「革命」的、「進步」的文獻才擁有整理、開放的必要，在特定政治意識形態下，某些歷史記敘和回憶可能出現有意無意的「修正」、「改編」，例如許廣平 1959 年「奉命」寫作的《魯迅回憶錄》，1961 年 5 月由作家出版社出版。周海嬰先生後來告訴我們：「這本《魯迅回憶錄》母親許廣平寫於五十年前的 1959 年 8 月，11 月底完成，雖然不足十萬字，但對於當時已六十高齡且又時時被高血壓困擾的母親來說，確是一件為了『獻禮』而『遵命』的苦差事。看到她忍受高血壓而泛紅的面龐，寫作中不時地拭擦額頭的汗珠，我們家人雖心有不忍，卻也不能攔阻。」「確切地說許廣平只是初稿執筆者，『何者應刪，何者應加，使書的內容更加充實健康』是要經過集體討論、上級拍板的。因此書中有些內容也是有悖作者原意的。」〔註3〕

而所謂「反動」的、「落後」的、「消極」的文獻現象則可能失去了及時整理出版的機會，以致到了時過境遷、心態開放的時代，再試圖廣泛保存和利用歷史文獻之時，可能已經造成了某些不可挽回的物理損失。

1950 年代中期特別是「大躍進」以後，以研究者個人署名的文學史著作開始為集體署名的成果所取代，除了如復旦大學、吉林大學、中國人民大學、北京大學中文系師生先後集體編著出版的《中國現代文學史》外，以「參考資料」命名的著作還包括東北師範大學中文系中國現代文學教研室《中國現代文學參考資料》（1954）、北京師範大學中文系編《中國現代文學史參考資料》（高等教育出版社 1959）、吉林師範大學中文系現代文學教研室《中國現代文學參考資料》（1961）等，所謂「資料」其實是在明確的意識形態框架中對文藝思想鬥爭言論的選擇和截取，東北師範大學中文系中國現代文學教研室《中國現代文學參考資料》在文學史的標題上彙編理論批評的片段，讀者無法看到完整的論述，而其他保留了完整文章的「資料」也對原本豐富的歷史作了大刀闊斧的刪削，甚至還出現了樊駿先生所指出的現象：

「大躍進」期間，採用群眾運動方式編輯出版的一些「中國現代文學參考資料」書籍，有的不知是因為粗心大意，還是出於政治需要，所收史料中文字缺漏、刪節、改動等，到了遍體鱗傷的地步，叫人慘不忍睹，更不敢輕易引用。理論上把堅持階級性、黨性原則

---

〔註3〕周海嬰、馬新雲：《媽媽的心血》，見許廣平《魯迅回憶錄：手稿本》1～2 頁，長江文藝出版社 2010 年。

和爲無產階級政治服務的要求簡單化、絕對化了，又一再斥責史料工作中的客觀主義、「非政治傾向」，也導致了人們忽略這個工作必不可少的客觀性和科學性。〔註4〕

不過，較之於後來的「文革」，新中國十七年間的文獻工作還是值得充分肯定的，新文學的史料整理和出版在此期間的確在總體上獲得了相當的發展，——雖然「大躍進」期間也出現過修正歷史的史料書籍，不過，比起隨之而來的十年文革則畢竟多有收穫。在文革那浩劫的歲月中，不僅大量的文學文獻被人爲地破壞，再難修復和尋覓，就是繼續出版的種種「史料」竟也被理直氣壯地加以增刪修改，給後來的學術工作造成了根本性的干擾，正如樊駿痛心疾首的描述：

> 「文化大革命」後期，有的高校所編的現代文學參考資料，竟然把胡適的《文學改良芻議》和陳獨秀的《文學革命論》，與林紓等守舊文人反對新文學的文章一起作爲附錄。這就是說，他們不但不是「五四」文學革命最早的倡導者，而且從一開始就是這場變革的反對者、破壞者。顛倒事實，以至於此！不尊重史料，就是不尊重歷史；改動史料，就是歪曲歷史眞相的第一步。這樣的史料，除了將人們對於歷史的認識引入歧途，還能有什麼參考價值呢？

> 「文化大革命」期間，朝不保夕的「黑幫」和「準黑幫」、他們的膽戰心驚的親屬友好、還有「義憤塡膺」的「革命小將」，從各不相同的動機出發，爭先恐後地展開了一場毀滅與現代歷史有關的事物的無比殘酷的競賽。很少有人能夠完全逃脫這場劫難。不要說不計其數的史料在尚未公諸世人之前，或者尚未爲人們認識和使用之前，就都化爲塵土，連一些死去多年的革命作家的墳墓之類的歷史文物都被搗毀了。江青、張春橋等人爲了掩蓋自己三十年代混跡文藝界時不可告人的行徑，更利用至高無上的權力查禁、封鎖、消滅有關史料，連多少知道一些當年內情的人也因此成了「反革命」，甚至遭到「殺人滅口」的厄運。眞可以說是到了「上窮碧落下黃泉」的乾淨徹底的地步。

> 這類出於政治原因、來自政治暴力的非正常破壞所造成的損

---

〔註4〕樊駿：《這是一項宏大的系統工程——關於中國現代文學史料工作的總體考察》（上），《新文學史料》1989 年 1 期。

失，更是不知多少倍於因爲歲月消逝所帶來的自然損耗。試問有誰
能夠大致估計由此造成的史料損失？更有誰能夠補救這些損失於萬
一呢？」〔註5〕

至此，我們可以說，中國新文學的文獻史料工作出現了中斷。

中國新文學文獻史料工作的再度復蘇始於新時期。隨著新時期改革開放
的步伐，一些中斷已久的文化事業工作陸續恢復和發展起來，中國新文學研
究包括作爲這一研究的基礎性文獻工作也重新得到了學界的重視。1980 年，
在中國現當代文學研究剛剛恢復之際，作爲學科創始人的王瑤先生就提醒我
們，「必須對史料進行嚴格的鑒別」，「在古典文學的研究中，我們有一套大家
所熟知的整理和鑒別文獻材料的學問，版本、目錄、辨僞、輯佚，都是研究
者必須掌握或進行的工作，其實這些工作在現代文學的研究中同樣存在，不
過還沒有引起人們應有的重視罷了。」〔註6〕

新時期的文獻史料工作首先體現在一系列扎扎實實的編輯出版活動中。
其中，值得一提的著作如下：

作爲文獻史料的最基礎的部分——作家選集、文集、全集及社團流派爲
單位的作品集逐漸由各地出版社推出，人民文學出版社與各省級出版社在重
編作家文集方面作了大量的工作，中國社會科學院文學研究所現代文學研究
室主編的《中國現代文學創作選集》叢書，人民文學出版社編輯出版的《中
國現代文學流派創作選》叢書，錢谷融主編的《中國新文學社團、流派叢書》
等都成爲學術研究的重要文獻，大型叢書編撰更連續不斷，如《延安文藝叢
書》、《上海抗戰時期文學叢書》、《抗戰文藝叢書》、《中國抗日戰爭時期大後
方文學書系》、《中國解放區文學研究叢書》、《中國淪陷區文學大系》等，《中
國新文學大系》的續編工作也有序展開。

北京魯迅博物館於 1976 年 10 月率先編輯出版不定期刊物《魯迅研究資
料》，人民文學出版社於 1978 年秋季也創辦了《新文學史料》季刊。稍後，
各地紛紛推出各種專題的文學史料叢刊，包括《東北現代文學史料》〔註7〕、

---

〔註5〕 樊駿：《這是一項宏大的系統工程——關於中國現代文學史料工作的總體考
　　　　察》（上），《新文學史料》1989 年 1 期。
〔註6〕 王瑤：《關於中國現代文學研究工作的隨想》，載《中國現代文學研究叢刊》
　　　　1980 年 4 期。
〔註7〕 黑龍江、遼寧社會科學院文學研究所共同編印，不定期刊物，1980 年 3 月出
　　　　版第一輯。

《抗戰文藝研究》、〔註8〕《延安文藝研究》、〔註9〕《晉察冀文藝研究》〔註10〕等，創刊於六十年代初期的《中國現代文藝資料叢刊》於七十年代末期復刊〔註11〕，創刊較早的《文教資料簡報》也繼續發行，並影響擴大。〔註12〕

　　1979 年中國社會科學院文學研究所現代文學研究室發起編纂大型史料叢書《中國現代文學史資料彙編》，該叢書包括甲乙丙三大序列，甲種為「中國現代文學運動、論爭、社團資料叢書」31 卷，乙種為「中國現代作家作品研究資料叢書」，先後囊括了 170 多位作家的研究專集或合集近 150 種，丙種為「中國現代文學期刊目錄彙編」、「中國現代文學總書目」等大型工具書多種。甲乙丙三大序列總計五六千萬字，由 60 多所高校和科研機構的數百位研究人員參加編選，十幾家出版社承擔出版任務。這是自中國新文學誕生以來規模最大的一項文獻整理出版工程。2010 年，知識產權出版社將已經面世的各種著作盡數搜集，在《中國文學史資料全編‧現代卷》之名下再次隆重推出，全套凡 60 種 81 冊逾 3000 萬字，蔚為大觀。

　　一些較大規模的專題性文學研究彙編本也陸續出版，有 1981～1986 年天津人民出版社出版的由薛綏之先生主編的《魯迅生平史料彙編》，全書分五輯六冊計三百餘萬字，是對於現存的魯迅回憶錄的一種摘錄式的彙編。除外，先後有上海社會科學院文學研究所主編的《上海「孤島」時期文學資料叢書》、廣西社會科學院主編的《抗戰時期桂林文化運動史料叢書》、中國社會科學院文學研究所魯迅研究室主編的《1923～1983 年魯迅研究學術論著資料彙編》以及《中國人民解放軍文藝史料叢書》、《新文學史料叢書》、《江蘇革命根據地文藝資料彙編》等。

---

〔註8〕 四川省社科院文學所與重慶中國抗戰文藝研究會聯合編輯，1981 年底開始「內部發行」，至 1983 年 1 期起公開發行，到 1987 年底共出版 27 期，1988 年 3 月起改由四川省社科院出版社出版，重新編號出版了 3 期，1990 年由成都出版社出版 1 期。

〔註9〕 陝西省社會科學院文學研究所和陝西延安文藝學會合辦的《延安文藝研究》雜誌，於 1984 年 11 月創刊。

〔註10〕 天津社科院文學所創辦，最初作為「津門文藝論叢」增刊，1983 年 10 月出版第一輯。

〔註11〕 上海文藝出版社 1962 年 5 月創刊，出版 3 輯後停刊，第 4 輯於 1979 年復刊。

〔註12〕 最初是南京師範學院內部編印的資料性月刊，創辦於 1972 年 12 月，1～15 期名為《文教動態簡報》，從第 16 期（1974 年 3 月）起更名為《文教資料簡報》，並沿用至 1985 年底。1986 年 1 月該刊改名《文教資料》，1987 年 1 月改為公開發行。

　　上述「文學史資料彙編」中涉及的著作、期刊目錄可謂是文獻史料工作的「基礎之基礎」，在這方面，也出現了大量的成果，除了唐沅等編輯的《中國現代文學期刊目錄彙編》〔註 13〕外，引人注目的還有董健主編的《中國現代戲劇總目提要》，〔註 14〕賈植芳等主編的《中國現代文學總書目》，〔註 15〕《中國現代作家著譯書目》，〔註 16〕郭志剛等編《中國現代文學書目匯要》〔註 17〕，應國靖著《現代文學期刊漫話》，〔註 18〕吳俊、李今、劉曉麗等編《中國現代文學期刊目錄新編》等。〔註 19〕此外，來自圖書館系統的目錄成果也為釐清文學的「家底」提供了幫助，如國家圖書館、上海圖書館編《1833～1949 全國中文期刊聯合目錄》（補充本）、〔註 20〕《民國時期總書目》〔註 21〕等。

　　隨著史料文獻的陸續出版，文獻工作的理論探索與學科建設工作也被提上了議事日程。

　　20 世紀 80 年代以來，學術界即不斷有人發出建立「中國現代文學文獻學」的呼籲。《中國現代文學研究叢刊》1985 年第 1 期刊登了馬良春《關於建立中國現代文學「史料學」的建議》，他提出了文獻史料的七分法：專題性研究史料、工具性史料、敘事性史料、作品史料、傳記性史料、文獻史料和考辨性史料。《新文學史料》1989 年第 1、2、4 期連續刊登了著名學者樊駿的八萬字長文《這是一項宏大的系統工程——關於中國現代文學史料工作的總體考察》。樊駿先生富有戰略性地指出：「如果我們不把史料工作理解為拾遺補缺、剪刀加漿糊之類的簡單勞動，而承認它有自己的領域和職責、嚴密的方法和要求、獨立的品格和價值——不只在整個文學研究事業中佔有不容忽略、無法替代的位置，而且它本身就是一項宏大的系統工程；那麼就不難發現迄今

〔註 13〕上下冊，天津人民出版社，1988 年。
〔註 14〕南京大學出版社，2003 年。
〔註 15〕福建教育出版社，1993 年。
〔註 16〕兩冊（含續編），書目文獻出版社分別於 1982、1985 年出版。
〔註 17〕小說卷、詩歌卷各一冊，書目文獻出版社，1994 年。
〔註 18〕花城出版社，1986 年。
〔註 19〕上海人民出版社，2010 年。
〔註 20〕中央民族大學出版社，2000 年。
〔註 21〕北京圖書館編，書目文獻出版社 1986 年～1997 年陸續出版。它以北京圖書館、上海圖書館、重慶圖書館的館藏為基礎，收錄了 1911 年至 1949 年 9 月間出版的中文圖書 124000 餘種，基本反映了民國時期出版的圖書全貌。

所作的，無論就史料工作理應包羅的眾多方面和廣泛內容，還是史料工作必須達到的嚴謹程度和科學水平而言，都存在著許多不足。」

1986 年北京語言學院出版社出版了朱金順先生的《新文學資料引論》，這是關於中國現代文學史料學的第一部專著。

1989 年，中華文學史料學學會成立，著名學者馬良春任會長，徐迺翔任副會長，並編輯出版了會刊《中華文學史料》，〔註22〕2007 年，中華文學史料學學會在聊城大學集會成立了中國近現代文學史料學分會，標誌著新文學（現代文學）文獻學學科的建設又上了一個臺階。

進入 1990 年代，從學術大環境來說，新文學研究的「學術性」被格外強調，「學術規範」問題獲得了鄭重的強調和肯定，應當說，文獻史料工作的自覺推進獲得了更加有利的條件。近 20 年來，我們的確看到有越來越多的學者自覺投入了文獻收藏、整理與研究的領域，河南大學、清華大學、中國現代文學館、重慶師範大學、長沙理工大學等都先後舉辦了現代文學文獻史料研討的專題會議。2004 年至 2007 年，《學術與探索》、《中國現代文學研究叢刊》、《河南大學學報》、《汕頭大學學報》、《現代中文學刊》等刊物闢專欄相繼刊發了專題「筆談」，《中國現代文學研究叢刊》還在 2005 年第 6 期策劃了「文獻史料專號」，《現代中國文化與文學》設立「文學檔案」欄目，每期發表新文學史料或史料辨析論文。新文學文獻史料的一系列新的課題得以深入展開，例如版本問題、手稿問題、副文本問題、目錄、校勘、輯佚、辨偽等等，對文獻史料作爲獨立學科的價值、意義及研究方法等多個方面都展開了前所未有的研討。

陳子善先生及其主編的《現代中文學刊》特別值得一提。陳子善先生長期致力於中國現代文學史料研究，尤其對張愛玲佚文的搜集研究貢獻良多。2009 年 8 月，原《中文自學指導》改刊成爲《現代中文學刊》，由陳子善先生主持。這份刊物除了對中國現代文學研究突出「問題意識」之外，最引人矚目之處便是它爲現代文學的史料文獻研究提供了大量的篇幅，不僅有文獻的考辨、佚文的再現，甚至還有新出版的文獻書刊信息及作家故居圖片，《現代中文學刊》的彩色封底、封二、封三幾乎成爲學人愛不釋手的歷史文獻的櫥窗。

劉增人等出版了 100 多萬字的《中國現代文學期刊史論》，既有「中國現

〔註22〕《中華文學史料（一）》由上海百家出版社 1990 年 6 月推出。

代文學期刊敘錄」，又有「中國現代文學期刊研究資料目錄」的史料彙編，從「史」的梳理和資料的呈現等方面作了扎實的積累。〔註23〕2015 年 12 月，劉增人、劉泉、王今暉編著的《1872～1949 文學期刊信息總匯》由青島出版社推出，全書分四巨冊， 500 萬字，包括了 2000 幅圖片， 正文近 4000 頁，涵蓋了 1872～1949 年間中國文學期刊的基本信息。

一些著名學者都在新文學的文獻學理論建設上貢獻了重要的意見。楊義提出「文獻還原與學理原創」的「八事」：1、版本的鑒定和對這些鑒定的思考；2、作家思想表述和當時其他材料印證；3、文本真偽和對其風格的鑒賞；4、文本的搜集閱讀和文本之外的調查；5、印刷文本和作者手稿，圖書館藏書和作家自留書版本之間的互補互勘；6、文學材料和史學材料的互證；7、現代材料和古代材料的借用、引申和旁出；8、圖和文互相闡釋。〔註24〕

徐鵬緒、逄錦波試圖綜合運用文獻學、傳播學、闡釋學、接受美學等理論方法，對中國現代文學文獻學的基本概念進行界定，嘗試建構中國現代文學文獻學理論體系的基本模式。〔註23〕

2008 年，謝泳發表論文《建立中國現代文學史料學的構想》，〔註26〕先後出版《中國現代文學史料概述》（廈門大學出版社 2009 年版）和《中國現代文學史料的搜集與應用》（臺北秀威信息科技股份有限公司 2010 年版）、《中國現代文學史研究法》（廣西師範大學出版社 2010 年版），就「中國現代文學史料學」問題闡述了自己的詳盡設想。

劉增杰集多年現代文學史料研究和研究生教學成果而成《中國現代文學史料學》，〔註27〕此書被學者視為 2012 年現代文學史料考釋與研究方面的「重大突破」。

最近十多年來，在新文學文獻理論或實際整理方面作出了貢獻的學者還有孫玉石、朱正、王得後、錢理群、楊義、劉福春、吳福輝、林賢次、方錫德、李今、解志熙、張桂興、高恒文、王風、金宏宇、廖久明、李楠、魏建等。

---

〔註23〕新華出版社，2005 年。
〔註24〕楊義：《文獻還原與學理原創的互動》，《.河南大學學報》2005 年 2 期。
〔註25〕徐鵬緒、逄錦波：《中國現代文學文獻學之建立》，《東方論壇》2007 年 1～3 期。
〔註26〕《文藝爭鳴》2008 年 7 期。
〔註27〕中西書局，2012 年。

　　隨著中國文學傳播與研究的國際化，境外出版機構也開始介入到文獻史料的整理與出版活動，如香港牛津大學出版社出版蕭軍《延安日記》、《東北日記》，臺灣秀威信息科技股份有限公司出版謝泳整理的《現代文學史稀見資料》，臺灣花木蘭文化出版社自 2016 年起推出劉福春、李怡主編《民國文學珍稀文獻集成》大型系列叢書。

　　在中國現代文學的史料文獻意識日益強化的同時，當代文學的史料文獻問題也被有志之士提上了議事日程，洪子誠、吳秀明、程光煒等都對此貢獻良多，〔註 28〕這無疑將大大地推動新文學學科的文獻研究，更爲新文學研究走向深入，爲現代新文學傳統的經典化進程加大力度，甚至有人據此斷言中國新文學研究已經出現了現代文學研究的「文獻學轉向」。〔註 29〕

　　但是，與之同時，一個嚴峻的現實卻也毫不留情地日益顯現在了我們面前，這就是，作爲新文學出版的物質基礎——民國出版物卻已經逼近了它的生存界限，再沒有系統、強大的編輯出版或刻不容緩的數字化工程，一切關於文獻史料的議論都會最終流於紙上談兵，對此，一直憂心忡忡的劉福春先生形象地說：「歷史正在消失」：「第一，我們賴以生存的紙質書報刊已經臨近閱讀的極限；第二，歷史的參與者和見證者現在很多都已經再沒有發言的機會了。2005 年，《人民日報》海外版的消息，國家圖書館民國文獻，中度以上破壞已達 90%。民國初期的文獻已 100% 損壞。有相當數量的文獻，一觸即破，瀕臨毀滅。國家圖書館一位副館長講：若干年後，我們的後人也許能看到甲骨文，敦煌遺書，卻看不到民國的書刊。而更嚴重的是，隨著一批批老作家的故去，那些鮮活的歷史就永遠無法打撈了。」〔註 30〕

　　由此說來，中國新文學的文獻史料工作不僅僅有任重道遠的沉重感，而且更有它的刻不容緩的緊迫性。

　　新文學百年文獻史料，即便是中華人民共和國文學史料這一部分，也是好幾代史料工作者精心搜集、保存和整理的成果，雖然現代印刷已經無法還

---

〔註 28〕參見洪子誠《當代文學的史料問題》(《長沙理工大學學報》2016 年 6 期)，吳秀明、章濤《當代文學文獻史料研究的歷史與現狀——基於現有成果的一種考察》(《文藝理論研究》2012 年 6 期)，吳秀明、章濤《當代文學文獻史料研究的歷史困境與主要問題》(《浙江大學學報》2013 年 3 期) 等。

〔註 29〕王賀：《現代文學研究的「文獻學轉向」》，《長沙理工大學學報》2016 年 6 期。

〔註 30〕劉福春：《尋求中國現代文學文獻學學科的獨立學術價值》，《長沙理工大學學報》2016 年 6 期。

原它們那發黃的歷史印跡，無法通過色彩和字型的恢復來揭示歷史的秘密，然而，其中盡力保存的歷史的精神和思想還是「原樣」的，閱讀這些歷經歲月風霜雨雪的文獻，相信我們能夠依稀觸摸到中國新文學存在和發展的更為豐富的靈魂，在其他作品選集之外，這些被稱作「史料」的文學內部或外部的「故事」與「瘢痕」同樣生動、餘味悠長。

2019 年 1 月修改於成都江安花園

# 目
# 次

緒　論 ……………………………………………………… 1

1. 權力清場：文藝界領導人的三種差異化處置 …… 19

　1.1 徹底打倒：對周揚的高烈度整合——以「三十
　　　年代」評價為中心 ………………………………… 21

　　1.1.1「三十年代」：反覆發作的歷史沉痾 ……… 24

　　1.1.2 因時而變的「三十年代」評判 ……………… 28

　　1.1.3 基於個人因素的「三十年代」批判 ……… 32

　　1.1.4 大政治文化格局中的「三十年代」批判 … 35

　　1.1.5 餘論：哪個「三十年代」，怎樣左翼文學？
　　　　………………………………………………… 38

　1.2 非正式批判：對茅盾的低烈度整合 ………… 40

　　1.2.1 邊緣：文化部長的真實處境 …………… 40

　　1.2.2「大連會議」批判中的保護過關 ………… 42

　　1.2.3《林家鋪子》批判中的「有保留」批評 … 43

　　1.2.4 文化部內部會議上的點名批評 ………… 46

　　1.2.5 政治和人身安全下的零星批判 ………… 48

　　1.2.6 文革小報中的尖銳謾罵 ………………… 50

　1.3 自我批評：對郭沫若的柔性整合 ………… 53

1.3.1 過渡：從「魯迅的繼承者」到「毛主席的
　　　老學生」 ………………………………………… 53

1.3.2 辭呈：山雨欲來前的緊張反應 ………… 55

1.3.3 「燒書」：回應高層保護的積極表態 ……… 57

1.3.4 衝擊與安撫並存的政治文化整合 ……… 61

2. 被否定的「十七年」文學 ……………………… 65

2.1 《海瑞罷官》批判：激進與溫和兩種整合路徑
　　的交鋒 ………………………………………… 71

2.1.1 組稿：北京的迴避與上海的促成 ……… 73

2.1.2 傳播：北京拒絕轉載與引導批判降溫 …… 75

2.1.3 媒介實踐：《文匯報》的有限「辯護」與
　　　最終統合 ……………………………………… 81

2.2 趙樹理批判：從地方到中央的逐步升級 ……… 90

2.2.1 第一階段：晉東南地委的批判 ………… 90

2.2.2 第二階段：山西省委和《山西日報》的
　　　批判 ………………………………………… 95

2.2.3 從「四十年代」到「文革」：批判的繼承
　　　與惡化 ……………………………………… 96

2.2.4 第三階段：北京媒體的全盤否定 ……… 106

2.2.5 第四階段：1970年地方的再批判 ……… 108

2.3 柳青批判：持續整合中的「常」與「變」 …… 110

2.3.1 1950～60年代：典範的最初確認 ……… 111

2.3.2 1966～1967：有限「批判」與第一次
　　　「解放」 …………………………………… 114

2.3.3 1968～1976：有限「接納」與第二次
　　　「解放」 …………………………………… 119

3. 被徵用的「十七年」文學 ……………………… 123

3.1 夭折的「樣板」：1966年前後的《紅岩》及
　　衍生文本評判 ………………………………… 126

3.1.1 京劇《紅岩》：爭勝各類衍生文本的文化
　　　實驗 ………………………………………… 128

3.1.2 備受質疑的地方歷史本事與小說敘事 … 130

3.1.3 地方造反派派性鬥爭格局中的《紅岩》· 133

3.1.4 為《紅岩》和羅廣斌辯護的力量 ……… 136

3.2 超常的陟絀：1966 年前後的《歐陽海之歌》
　　評判 ………………………………………… 139
　　3.2.1 熱議：民眾與文藝界的閱讀反饋 ……… 141
　　3.2.2 推崇：部隊政治文化力量的先導 ……… 143
　　3.2.3 修改：不同政治文化力量的競爭 ……… 146
　　3.2.4 棄置：文學徵用的「中間」性 ………… 149
3.3 追封的傑作：浩然的再發現與《豔陽天》的
　　再評價 ………………………………………… 150
　　3.3.1 1966～1970：並未中斷的寫作生涯…… 151
　　3.3.2 1971：《豔陽天》的重新「發現」……… 153
　　3.3.3 1974：被追封的小說準「樣板」……… 155
　　3.3.4 從 1965 到 1974：關注焦點的位移 …… 158
3.4 有限的「分裂」：70 年代對工人作家胡萬春的
　　再評價 ………………………………………… 160
　　3.4.1 對《走出「彼得堡」》的錯位閱讀 ……… 161
　　3.4.2 作協體制的「進入」與「走出」……… 163
　　3.4.3 分裂：激進勢力的內部差異 …………… 166
　　3.4.4 「雙簧戲」：批評背後的期待 ………… 170
結　語 ………………………………………… 173
參考文獻 ……………………………………… 181

# 緒　論

## 一、問題的提出：沒有「文革」文學，何來「十七年」文學

　　1989 年 6 月，《中共黨史資料》發表了《部隊文藝工作座談會紀要產生前後》一文，對《林彪同志委託江青同志召開的部隊文藝工作座談會紀要》（下文簡稱《紀要》）的出臺作了詳細的說明。

　　此文作者劉志堅，曾任解放軍總政治部副主任，也是 1966 年 2 月在上海召開的部隊文藝工作座談會的重要當事人。在憶及陳伯達向《紀要》的初稿提意見時，他轉述了陳伯達關於「十七年文藝黑線專政的問題」的一段話：「它是 30 年代地下黨執行王明右傾機會主義路線的繼續，把這個問題講清楚，才能更好地認清解放後 17 年的文藝黑線。」〔註1〕

　　這裡出現了一個不為人注意的時間錯誤，即 1966 年 2 月召開的部隊文藝工作座談會，距離新中國成立是 16 年，不是 17 年。這在《紀要》的初稿、正式稿中都得到了確證。如初稿寫的是：「文藝界在建國後的 15 年來，都基本上沒有執行」（此處指《在延安文藝座談會上的講話》，筆者注）。稍後正式稿也非常清晰地限定了時間：「十六年來，文化戰線上存在著尖銳的階級鬥爭」；即使在 3 月 22 日《林彪同志給中央軍委常委的信》中，文件也重複了「十六年來」的敘述。〔註2〕

---

〔註1〕　劉志堅：《部隊文藝工作座談會紀要產生前後》，《中共黨史資料》第 30 輯，中共黨史資料出版社 1989 年 6 月。

〔註2〕　《林彪同志委託江青同志召開的部隊文藝工作座談會紀要》，《人民日報》1967 年 5 月 29 日。

然而，我們發現至今仍有不少研究者在提及《紀要》時，習慣作如下表述。如一篇細緻梳理「十七年文學」評價史的文章認為：在《紀要》中，「『十七年文學』被激進派扣上了『理論黑』、『作品黑』、『隊伍黑』的帽子」〔註3〕。一篇反思「文革」後「撥亂反正」局限性的文章則認為：《紀要》的核心是「認為十七年來，在文藝界，『被一條與毛主席思想相對立的反黨反社會主義的黑線專了我們的政』」〔註4〕。一篇通論當代文學 60 年的長文反覆指出：「《紀要》是對『十七年文學』的總評，也是對『文革文學』的熱烈展望」；「《紀要》的目的是把 30 年代左翼文學和『十七年文學』從『新社會主義現實主義文學』中清除出去」。〔註5〕

這是出於思維經濟而簡略表達，還是背後存有某種集體性的遺忘機制呢？

眾所周知，《紀要》可謂 1960 年代的《講話》，是「文革」文藝的思想指南，也是「文革」期間批判 1930 年代左翼文學和 1949 年後社會主義文學的重要思想依據。但是，無論我們將「文革」起點定於 1966 年 5 月召開的中央政治局擴大會議（通過了「五・一六通知」），或 8 月八屆十一中全會召開（通過《關於無產階級文化大革命的決定》），都不能得出這樣一個結論：《紀要》已經對「十七年」的文學進行了全盤否定。

原因有兩個，其一，在「十七年」尚未結束也不知道何時結束的時候，萬不可能出現對「十七年」的整體性評價。有學者認為：「歷史是連續的，但是它也被許多變化所左右。很長時間以來，專家們就試圖標記以及定義這些變化，並且在連續性中將他們分割成諸多切面，我們先是稱他們為歷史『年代』，隨後成為歷史『時期』。」〔註6〕這符合我們對歷史的一般看法，那就是歷史階段的總結和分期，往往是後見之明（誤），是後一歷史階段為了表達自身獨特性的某種知識建構。鑒於 1950～70 年代政治意識形態主導著共和國對一切歷史現象的評判，那麼在它對「新中國」歷史作出政治分期和政治定性

〔註3〕 曾令存：《「十七年文學」研究與「歷史敘述」的重構》，《海南師範學院學報（社會科學版）》2003 年第 2 期。

〔註4〕 王彬彬：《「十七年文學」：紅線黑線有異，實行專政則一──一九七六～一九七八年文藝界的「撥亂反正」》，《當代作家評論》2012 年第 6 期。

〔註5〕 程光煒：《當代文學 60 年通說》，《文藝爭鳴》2009 年第 10 期。

〔註6〕 〔法〕雅克・勒高夫：《我們必須給歷史分期嗎》，華東師大出版社 2017 年版，第 129 頁。

之前，不可能提前出現某種歷史的「終結」和「總結」。反過來說，只有在政治意識形態宣佈歷史必須於 1966 年 5 月、8 月或 10 月予以中斷之後，關於「十七年」及文藝的評判才可能且合法。這也就是說，「十七年」這個概念，雖然沒有證據表明一俟文革爆發就產生了，但至少有證據表明是「文革」政治歷史的產物；而進一步說，「十七年」概念出現後，才能出現「十七年文學」的概念。一言以蔽之：從概念起源和知識生產來看，不是「十七年」產生了「文革」，恰相反是「文革」產生了「十七年」和「十七年文學」。

　　其二，《紀要》對「十七年」的文學有基本否定，卻並未全盤。今天我們習慣了「文革」否定一切的論斷，自然也認爲「文革」否定了「十七年」間的文藝。從某種意義上來說，無論是《紀要》關於「十六年」的表述，還是更早前最高領導「兩個批示」中關於文聯和文藝界各協會「十五年來，基本上（不是一切人）不執行黨的政策，做官當老爺」〔註7〕的判斷，都在合力構成「『文革』關於『十七年』歷史敘述的源頭」〔註8〕。也就是說，「文革」期間，激進政治文化力量對「十七年」間文學狀況的主導態度是否定的。也正是在這種主導型的否定態度影響下，出現了一個本質爲「文藝黑線專政」的「十七年文學」範疇（這也意味著「十七年文學」不等於「十七年」文學）。

　　但以否定爲主導，並不意味著只有否定。如果細讀《紀要》，就能發現它對「十七年」文學做了三種分類：一、「反黨反社會主義的毒草」；二、「中間狀態的作品」和三、「好的或者基本上好的作品」〔註9〕。前兩類爲主，第三類極少，但仍然有甄別和區別對待的必要。《紀要》的這種三分法，事實上也在「文革」文藝機制中得到運用。儘管大量作家作品被批判打倒，但是仍有金敬邁的《歐陽海之歌》風行一時，浩然的《豔陽天》再版，《紅岩》、《草原兒女》等諸多作品被納入「樣板戲」的改造工程（雖說大多失敗了），更不用說「文革」後期如柳青、胡萬春、李學鰲、賀敬之等作家重新獲得發表作品的機會。〔註10〕

---

〔註7〕　毛澤東：《對中宣部關於全國文聯和各協會整風情況的報告的批語》，《建國以來毛澤東文稿》（第 11 冊），中央文獻出版社 1996 年版，第 91 頁。

〔註8〕　金光耀：《「十七年」：不同時代的不同敘述和記憶》，《史林》2011 年第 1 期。

〔註9〕　《林彪同志委託江青同志召開的部隊文藝工作座談會紀要》，《人民日報》，1967 年 5 月 29 日。

〔註10〕　洪子誠曾經羅列了部分「文革」開始最初幾年擁有發表資格和「文革」後期重獲發表資格的作家名單。詳見洪子誠：《中國當代文學史》，北京大學出版社 2007 年版，第 162～163 頁。

綜上所述，我們得知研究者和歷史親歷者所說的「十七年文學」並非「十七年」期間的全部文學，它不是對一個特定時間段內全部文學景觀所作的某種中性命名，而是「文革」期間激進政治文化力量對新中國文學進行「黑線專政」政治定性的直接產物。「文革文學」基於現實的政治考量和帶有空想性質的「純粹」文學標準，構造了一個兼具政治和文學意義的敵人「十七年文學」，用以判定或指代「十七年」期間的主流文學狀況，同時也在對「十七年文學」的持續和激烈批判中不斷獲得自我的體認。此即「不破不立」之意，對「十七年文學」的「破字當頭」，對「文革文學」的「立也在其中了」。

這就是文首提出的問題關鍵所在：我們習慣於視其為一個理所當然的時間段，一段毫無疑義的歷史事實；更為遺憾的是即使已經意識到作為概念的「十七年文學」乃是特定歷史階段的產物，卻不去追問概念在何種具體的社會語境中被接受、被運用；不去追問概念興起背後起支撐作用的政治文化力量為何；也自然難以反省概念一旦生成並被普遍使用，又怎樣「反過來建構著具體的物質世界，使得支持這一概念定義內涵的物質性力量更為強大和穩固」〔註 11〕。用洪子誠的話說：十七年，文革與新時期文學之間，雖經常被敘述為一種「斷裂」關係，但也僅僅停留在判斷的層次上，「對它們之間的複雜關係，現在也還沒有得到充分研究」〔註 12〕。

也可以說，沒有「文革」文學，何來「十七年」文學。因此，跳出「文革否定一切」的情緒性、印象化論斷，探索「十七年」文學是如何在「文革」期間被構建出來的，挖掘某些標誌性文學事件以利於我們瞭解這一構建過程，便是本書的第一項工作任務。除了標記那些被否定的作品之外，探索哪些作品被認為「好的或基本上是好的作品」，怎樣被納入「文革」文藝陣營又獲得何種評價，其間有無階段性的變化甚至反覆，是同樣重要且更有意思的一項工作任務。

## 二、現有研究的貢獻和局限

自 20 世紀 90 年代以來，1950～70 年代的文學逐漸走出價值窪地，成為二

---

〔註 11〕 李宏圖：《概念史筆談·概念史研究對象的辨析》，《史學理論研究》，2012 年第 1 期。

〔註 12〕 洪子誠：《問題與方法：中國當代文學史研究講稿》，生活·讀書·新知三聯書店 2002 年版，第 130 頁。

十世紀中國文學的一大研究熱點。近年來，文學史研究的歷史轉向日益明顯：對第一手資料的開掘和使用更加重視；對文史互證、文史對話方法更加強調；對大量成規定見展開了再次歷史化的研究，已經成爲 1950～70 年代文學乃至整個二十世紀中國文學研究的重要特徵。對於「文革」與「十七年」兩段文學史的關係，學術界展開了更深入的探討。接下來我們將以 1990 年代以來較有代表性的當代文學研究方法爲對象，簡要分析其突破以及可以繼續前行的路徑。

　　首先，以「再解讀」思潮爲例。90 年代以來，知識界日益分化。面對紛繁的社會現實，一部分知識分子試圖從對「革命中國」（1949～1976）的檢討中，獲取應對和解決現實難題的思想資源和實踐路徑。以汪暉《韋伯與中國的現代性問題》、《當代中國的思想狀況與現代性問題》等文章爲代表，他們鮮明地亮出「反現代的現代性」這一概念，以期反轉新時期以來基於啓蒙立場對「革命中國」所作的「前現代」定性。這一思潮在文學界也有迴響。一部分學者並不滿意「重寫文學史」思潮對「50～70 年代文學」所作的「價值翻轉」。他們匯聚在「再解讀」的旗幟下，對「重寫文學史」進行「重寫」。如有研究者將延安文藝理解成一場具有「文化革命」性質的「反現代的現代先鋒派文化運動」〔註 13〕；有研究者試圖從社會主義文學實踐中看到其「對五四現代性的超克」〔註 14〕；也有研究者認爲 1942～1976 年的文學「不但不是五四新文學的中斷，而是五四新文學的邏輯發展」，具有「『反現代』的『現代』意義」〔註 15〕，並提出「十七年」文學、「文革」文學才是「新時期」文學眞正的「精神、知識、文化背景」〔註 16〕。他們視野開闊、理論嫻熟，並自陳「深受詹姆遜『永遠歷史化』的觀念的影響」，試圖「把文學作品放到更爲複雜的歷史語境和文化建構的過程之中」，希望對「革命中國」進行批判性的反思。但部分學者卻有意無意遺漏了一些重要的歷史脈絡和歷史細節，甚至還存在以論帶史的弊病。如唐小兵就曾表示：「在某個意義上，我想寫的，在抽掉具體的語境、具體的文藝實踐和經驗這個層次上的東西之後，可能是

〔註 13〕唐小兵：《再解讀：大眾文藝與意識形態（增訂版）・代導言》，北京大學出版社 2007 年版，第 6 頁。

〔註 14〕賀桂梅：《「民族形式」建構與當代文學對五四現代性的超克》，《文藝爭鳴》2015 年第 9 期。

〔註 15〕李楊：《抗爭宿命之路——「社會主義現實主義」（1942～1976）研究》，時代文藝出版社 1993 年版，第 314～315 頁。

〔註 16〕李楊：《沒有「十七年文學」與「文革文學」，何來「新時期文學」？》，《文學評論》2001 年 2 期。

20 世紀中國革命的衝動和它的運作邏輯。」〔註 17〕也就是說，「抽空具體的語境和文藝實踐」，並非無意而恰恰是主動的結果。本來「再解讀」思潮的主流就將「十七年」文學和「文革」文學視爲深具「反現代的現代性」的整體，加上對歷史情境的有意抽空，那麼我們很難獲知和理解「文革」期間關於「十七年」文學評價的歷史縱深、幕後力量和眞實意圖。

其二，以當代文學制度研究思潮爲例。洪子誠通過《中國當代文學史》等著作，成功地將當代文學的個人趣味和整體創作潮流的產生、演變，置於具體的社會歷史語境和互動關係之中。這爲當代文學史提供了非常有效的研究理論和敘述方法。誠如賀桂梅所言：「就其在當代文學學科建設中的地位和影響而言，恐怕沒有哪位學者比洪子誠更應當被稱爲『文學史家』了。」〔註 18〕如此重視歷史語境與文學生成關係的洪子誠，自然也注意到了當代文學中「十七年」和「文革」之間的斷裂：「在『文革』前夕和『文革』中，一大批在此之前受到肯定、推薦的當代作品，這個時候，卻成了批判對象，被置於『非主流』的位置上。」〔註 19〕他也注意到了不同作家、作品在文革初的不同待遇，以及「文革」後期對部分「十七年」作家、作品的鬆綁行爲。

但是有兩個重要原因，影響了洪子誠對「文革」期間的「十七年」文學評價進行更深入的觀察。一個是關於新文學傳統延續性的判斷，使其將 50～70 年代的文學視爲共性大於差異性的整體。他認爲：「這三十年的文學，從總體性質上看，仍屬『新文學』的範疇。它是發生於本世紀初的推動中國文學『現代化』的運動的產物……是『五四』誕生和孕育的充滿浪漫情懷的知識者所作出的選擇，它與『五四』新文學的精神，應該說具有一種深層的延續性。」〔註 20〕另一個是潛藏的「文學性」情懷，也使其對兩個時期的文學同懷「貧困」之憾。在《中國當代文學概說》中，洪子誠曾以「文學性」爲準，認爲「『當代文學』這 40 年間成績較爲有限，特別是 50 年代到 70 年代這個階段」〔註 21〕。儘管有研究者認爲「這種理解『文學性』的方式，到《中國

〔註 17〕 唐小兵：《再解讀：大眾文藝與意識形態（增訂版）》，北京大學出版社 2007 年版，第 256～258，260 頁。

〔註 18〕 賀桂梅：《文學性與當代性——洪子誠的當代文學史研究》，《文藝爭鳴》2010 年第 5 期。

〔註 19〕 洪子誠：《中國當代文學史》，北京大學出版社 2007 年版，第 132～133。

〔註 20〕 洪子誠：《關於 50～70 年代的中國文學》，《文學評論》1996 年第 2 期。

〔註 21〕 洪子誠：《中國當代文學概說》，北京大學出版社 2010 年版，第 8 頁。

當代文學史》的寫作中卻得到了明確的反省，並有很大調整」〔註 22〕，但實際上在更晚近的《問題與方法》中，洪子誠依然沒能抑制住「文學性」的浮現，如其所言：「對 50～70 年代，我們總有尋找『異端』聲音的衝動，來支持我們關於這段文學並不是完全單一、蒼白的想像」。〔註 23〕。

其三，程光煒帶著文學社會學的理論指南，「重返八十年代」的歷史語境。他曾對比「再解讀」學人，表明自己更願意擱置理論的預設，更樸質地去「接近所謂的『歷史遺址』」，「發現它原本存在的複雜性、豐富性和多樣性」〔註 24〕。不過從其研究成果看，他的主旨與其說是在還原八十年代的歷史細節，不如說是藉此拷問——當下思想文化界的思維方式何以如此——「以魯迅和五四文學爲標準，重審乃至顛覆五六十年代文學和左翼文學的合法性」〔註 25〕。也就是說，他認爲：「八十年代」已經變成了一個特殊的思想文化裝置，其運作法則和運作語言可稱爲「新啓蒙話語」，而我們今天對 50～70 年文學的理解，都經過這一思想文化裝置建構出來的。

不過，客觀呈現「八十年代」的建構性並不能滿足他的學術抱負，實際上他對上述建構性（壓抑性）是持負面評價的。比如在怎樣評價「十七年」文學這一問題上，他就認爲現代文學學科範式施加了強大的壓力，如其所說：「重視了『現代文學』、『個性自由』、『個性解放』的精神範疇，『十七年』文學的『不自由』就處在被審查的地位上」〔註 26〕。於是程光煒的「八十年代」研究衍生出一個新任務，即在反思「八十年代」建構性的基礎上，試圖爲「十七年」文學和左翼文學正名。不過，如果「十七年」文學確被「八十年代」壓抑，那麼「文革文學」不也被「八十年代」壓抑了嗎？如此一來，「文革」對「十七年」的建構和壓抑，極易成爲一個被忽略或被延遲的議題。

其四，以堅守「文學性」的一股力量爲例。儘管這些年來學界對「純文學」曾有過充分檢討，但既然人在歷史中，也就未必能像主張得那樣完全拋棄「純文學」的傳統。更何況，「文學性」、「人性」仍是我們進行文學評價的

〔註 22〕賀桂梅：《文學性與當代性——洪子誠的當代文學史研究》，《文藝爭鳴》2010 年第 5 期。
〔註 23〕洪子誠：《問題與方法》，生活・讀書・新知三聯書店 2002 年版，第 78 頁。
〔註 24〕程光煒，楊慶祥《文學、歷史和方法》，《當代作家評論》2010 年第 3 期。
〔註 25〕程光煒：《文學講稿：「八十年代」作爲方法》，北京大學出版社 2009 年版，第 88，89 頁。
〔註 26〕程光煒：《當代文學的歷史化》，北京大學出版社，2011 年版，第 83 頁，第 27 頁。

重要標準。董健、丁帆、王彬彬等人編寫的《中國當代文學史新稿》便試圖貫徹「人、社會和文學的現代化」的評價標準，並致力於書寫一部「眞理的文學史」〔註27〕（雖然他們自陳並未達到目標）。這決定了他們對待「十七年」文學的態度，即認爲「17 年文學呈現出一種普遍的『非人化』面貌」〔註28〕。而最有代表性的發言來自王彬彬，他用「一隻大部分爛了的蘋果」來比喻「十七年」文學〔註29〕，並斥責《紅旗譜》「每一頁都是虛假和拙劣的」〔註30〕。這一群體對「十七年」文學和「文革」文學抱持同質化的理解，如其宣稱的：閱讀「『十七年』、『文革』時期的作品」，「很少得到審美的享受，特別難以得到在審美中對社會、人、自我的體驗」〔註31〕。上述學者近年來也在致力於文學研究和歷史研究的互動〔註32〕，但即使如此，「十七年」文學和「文革」文學的異同參差並未得到深入分析。

王富仁所強調的文學性，與上述不同，乃是基於個人眞切生活體驗基礎之上的吶喊，簡言之即「一個作家內在的心靈感受與他的作品的關係就是衡量他的作品成敗得失的唯一標準」。〔註33〕「赤誠」與「力量」，成爲王富仁衡量文學價值的兩根最重要的準繩，而 1930 年代的「左翼文學」深得其心，但 1940 年代的「延安文學」和「十七年」文學，則被認爲其間存在一個反文化專制的「左翼文學」精神逐漸消亡的過程。〔註34〕「文革」文學都被置於眞正的文學之外，自然不論「十七年」文學與之的複雜關係。

最後，王堯的「文革」文學研究直接涉及了「文革期間對十七年文學的評價」。在長文《「文革」對「五四」及「現代文藝」的敘述與闡釋》中，他

〔註27〕 董健、丁帆、王彬彬：《〈中國當代文學史新稿〉緒論》，《當代作家評論》2006 年第 5 期。

〔註28〕 丁帆、王世沉：《十七年文學：「人」和「自我」的失落》，《唯實》1999 年第 1 期。

〔註29〕 王彬彬：《關於「十七年文學」的評價問題》，《文學報》2009 年 12 月 4 日。

〔註30〕 王彬彬：《〈紅旗譜〉：每一頁都是虛假和拙劣的》，《當代作家評論》2010 年第 3 期。

〔註31〕 董健、丁帆、王彬彬：《〈中國當代文學史新稿〉緒論》，《當代作家評論》2006 年第 5 期。

〔註32〕 王彬彬：《中國現代文學研究與中國現代歷史研究的互動》，《文藝爭鳴》2008 第 1 期。

〔註33〕 王富仁：《端木蕻良》，商務印書館 2018 年，第 60 頁。

〔註34〕 王富仁：《關於左翼文學的幾個問題》，《中國現代文學研究叢刊》2002 年第 1 期。

將「『文革』對現代文藝」的評判分為四個主要對象:「五四」新文學、魯迅、三十年代文藝和新中國十七年文學。這四個對象的實質乃是「文革」文學必須面對並加以揚棄的四大文學傳統和資源。雖然其重點是在分析「文革」期間如何敘述「五四」和「魯迅」,但他仍然敏銳地看到了「文革」和「十七年」期間文學評判的差異,如其所說:「『十七年』的批判沒有導致對『十七年文藝』的整體否定」,而「文革」則與此迥異。〔註35〕不過,儘管認為「十七年」和「文革」在革命的範圍和程度上差異甚多,王堯還是從指導思想、開展方式和運行機制等三方面,強調兩個時段文藝批判的一致性。也可以說,王堯提示了「文革」對「十七年」文學的批判,但尚未將其視為單獨的研究對象予以全面探討。

總體來說,「文革」與「十七年」的複雜關係,已經成為學術界的重要研究對象,但關注焦點多集中在兩者的相似性、繼承性,以「文學性」、「人性」等標準確證兩個時段文學成就的凋零衰敗,認為這是左翼文學不斷純化的產物,並對「五四」新文學構成了重大「擠壓」。不足的是,首先對「文革」批判「十七年」文學的細節性過程關注不夠,其二對其背後的政治文化根源以及激進文化力量內部的複雜性,也缺乏細緻和深入的探討。要做到這兩點,需要我們更自覺地將研究放置於更寬廣也更豐富的國家歷史情態中,「形成當代文學史與當代中國史的密切對話」〔註36〕。

## 三、「再整合」的路徑

如何讓文學與歷史成功對話?或者說,如何進入歷史情境?

本文認為當務之急,乃是能否在一個更客觀也更有說服力的視野中去理解這樣一個問題:為何要否定「十七年」文學?

《林彪同志委託江青同志召開的部隊文藝座談會紀要》於1966年4月10日作為中央文件在黨內高層發佈。《紀要》稱新中國的文藝界存在一條反對毛澤東思想的專政黑線,號召全國全黨共討之。此後,「十七年」期間幾乎所有重要作品都被冠以「毒草」或「有錯誤的作品」之名橫遭批判;而一長串被

〔註35〕王堯:《「文革」對「五四」及「現代文藝」的敘述與闡釋》,《當代作家評論》2002年第1期。

〔註36〕李怡:《人民共和國文化與中國當代文學》,《重慶廣播電視大學學報》2014年第2期。

迫害致死的文藝界組織者和藝術家的名單，則顯示了這種批判的烈度。「文革」結束後，復出者紛紛撰文指出「文藝黑線專政」的實質乃是「四人幫」歪曲事實，顛倒敵我的產物。這種觀點在 80 年代的當代文學史著中多有固化。如《當代文學概說》認為：「林彪、『四人幫』把文藝變成其推行反革命修正主義路線的工具，大搞『陰謀文藝』」〔註 37〕；《當代文學史初稿》譴責林彪和「四人幫」，認為它們篡奪了一部分權力，致使「整個文化界形成了封建法西斯的文化專制主義局面」〔註 38〕。《中國當代文學思潮史》也認為「幫派」文藝思想對革命文藝進行了誣陷和洗劫。這些評價出於時代語境或其他考量，認為「林彪」、「四人幫」等具體個人應該為「文革」期間的「革命大批判」負責。這是新時期「撥亂反正」的集體吶喊，個人情緒和時代共名的推動作用大過理性的考察分析。

洪子誠嘗試為「文革」何以否定「十七年」文學尋找原因，他認為這是「革命文學」的純粹性追求和「革命」的不間斷性共同造成的。他引用黃子平關於「革命每前進一步，鬥爭目標都發生變化，關於『未來』的景觀亦隨之移易，根據『未來』對歷史的整理和敘述也面臨調整」的表述，來解釋「革命」與「反動」、「進步」與「倒退」、「香花」與「毒草」在「50～70」年代中的移位。〔註 39〕洪子誠顯然看到了「50～70 年代文學」惡性發展背後的體制性力量：「革命」或「政治意識形態」決定了文學的命運，也決定了共和國文學的命運。但他的「革命」話語不可分析——被視為各種政治力量、文化力量理所當然的源泉，並決定著文學以這種而不是那種面貌出現——左翼文學或革命文學的發展軌跡如有宿命。在某種意義上，上述理解帶有鮮明的過渡性，如人所說：「這樣的工作只完成了一半，其原因是它們並不對政治意識形態做同樣的『還原』，在那裡政治意識形態似乎是一種靜態的乃至是抽象的存在……似乎結論已經擺在那裡，所需的只是具體的聰明和精彩的文本分析」。〔註 40〕簡言之，要將「革命」及「革命」的變化也納入更廣闊而細緻的歷史情境。

〔註 37〕 張鍾：《當代文學概說》，北京大學出版社 1980 年版，第 10 頁。
〔註 38〕 《中國當代文學史初稿》，人民文學出版社 1980 年版，第 17 頁。
〔註 39〕 洪子誠：《中國當代文學史》，北京大學出版社 2007 年版，第 133 頁。
〔註 40〕 薩支山：《「社會史視野」：「當代文學」研究的一個切入點》，《文學評論》2015 年第 6 期。

　　本文認爲如果從特定時期國家意識形態對文藝界進行「思想再整合」的角度考察 1966～1976 年間對新中國文學的評判，更具建設性和說服力。

　　所謂「整合」，即英文的「Integration」，有「使一體，使結合」之意。有研究者認爲是指「整合體對事物（信息）加工活動、功能和過程」〔註 41〕；也有人認爲應該包括兩個方面：一方面是整合的內容，指的是：「某一系統或某系統的核心把若干部分、要素聯結在一起，使之成爲一個統一整體的過程」；另一方面是整合的原動力，指的是：「新的統一形成之前某種先在系統或系統地統攝、凝聚作用」〔註 42〕。根據上述論述，有研究者對「整合」提出了更爲全面、具有動態過程的闡釋：「特定整合體在與其最基本最核心的理念一致的前提下（即前提預設），通過特定的創置活動，對其整合的對象之間或內部的諸要素和環節之間所存在的顯性的或隱性的緊張和衝突，運用引入新的要素、理念、遊戲規則等方式和手段，重組和再造其內在和外在的要素之間的排列和設置，化解其所顯現出的或潛在的張力，使整合對象又重新獲得或在更高層次上獲得有序、協調和和諧的過程。」〔註 43〕

　　那麼何爲思想整合呢？本文基於對「整合」的相關研究，對思想整合採用分步式而非定義式的闡釋。

　　首先，此處「思想整合」的「特定整合體」是 50～70 年代的國家意識形態及相關管理組織。在馬克思主義經典作家的論述中，國家既是社會利益和社會秩序整合的結果，同時也是整合社會利益和社會秩序的主體。在論及國家起源時，馬克思曾說：「這個社會陷入了不可解決的自我矛盾，分裂爲不可調和的對立面而又無力擺脫這些對立面。而爲了使這些對立面，這些經濟利益互相衝突的階級，不致在無謂的鬥爭中把自己和社會消滅，就需要有一種表面上駕於社會之上的力量，這種力量應當緩和衝突，把衝突保持在『秩序』的範圍以內；這種從社會中產生但又自居於社會之上並且日益同社會脫離的力量，就是國家。」〔註 44〕對於 1949 年建立的共和國來說，它要面臨的整合任務具體應該包括「社會整合、政權整合、經濟整合、國際關係整合和意識

〔註 41〕鄔成效：《「整合」界說》，《社會科學戰線》1994 年第 1 期。

〔註 42〕黃宏偉：《整合概念及其哲學意蘊》，《學術月刊》1995 年第 9 期。

〔註 43〕王志勇，周汝江：《「整合」一次探源與概說》，《齊齊哈爾大學學報》（哲學社會科學版），2009 年第 1 期。

〔註 44〕《馬克思恩格斯選集》第 4 卷，人民出版社 1972 年版，第 166 頁；晁福林：《關於中國早期國家形成的一個理論思考》，《歷史研究》2010 年第 6 期。

形態與文化整合」〔註45〕等各方面的內容，思想整合是其中的重要部分。而對於1960年代中期的共和國來說，意識形態領域的鬥爭形勢受到過於嚴重的估計，這就意味著此時的思想整合併未缺失，而是以一種更為激進暴烈的方式展開著，甚至直接導致了整合的失敗。

其二，就文藝領域來說，「思想整合」的「對象」主要是1950～70年代具體時空情境下的知識分界。毛澤東在1951年《三個運動的偉大勝利》中說過：「思想改造，首先是各種知識分子的思想改造」。〔註46〕某種程度上，確如惠雁冰所說：知識分子階層「是前二十七年文學中一直貶抑的一個階層，也是無產階級意識形態極力整合的一個階層」〔註47〕。所謂作為整合對象的「知識分子」，具體包括知識界、文藝界的整體性思潮以及知識分子個體的情感觀念。不過，思想整合的對象並不僅僅針對知識分子。1949年剛剛進城時，毛澤東在《論人民民主專政》中指出：「嚴重的問題是教育農民」。〔註48〕1957年全國宣傳工作會議上又說：「所有的人都應該學習，都應該改造。我說所有的人，我們這些人也在內。」〔註49〕1960年代中後期讓進入作協的工人作家重新回爐工廠工作以「汲取生氣勃勃的戰鬥力」，並寄望於新一代業餘工農兵作者引以為戒。〔註50〕具體對於文學創作與批評來說，主要是關注作者如何「正確」展開革命敘述與塑造各階層正反人物形象。

其三，「思想整合」的表層目標是思想領域的「有序、協調和和諧」，但深層目的乃是為了實現政治意識形態對包括文學知識分子在內的各個階層思想的覆蓋和統御。對知識分子的思想整合，不僅要做到為他們提供人生意義的標尺，更要協助政治力量履行合法性論證、不合理性解釋、黨員的政黨認同和思想控制、一般成員的思想引導〔註51〕等功能。而倪春納對此提出比較簡潔的描述：「思想整合不僅需要實現最弱意義上的社會心理對政黨理念、行為和政策的默認，而且在社會結構和社會行動中還需要形成有利於政黨貫徹其意志的情感上和信仰上的支持能力。前者是政黨思想整合所要達到的基本

---

〔註45〕楊鳳城：《新的民族國家整合——建國頭三年歷史的宏觀透視》，《教學與研究》2000年第6期。

〔註46〕《毛澤東選集》第五卷，人民出版社1977年版，第49頁。

〔註47〕惠雁冰：《論農業合作化題材長篇小說的深層結構》，《文學評論》2005年第2期。

〔註48〕《毛澤東選集》（一卷本），人民出版社1967年版，第1366頁。

〔註49〕《毛澤東選集》第五卷，人民出版社1977年版，第407頁。

〔註50〕任犢：《走出「彼得堡」！》，《朝霞》1975年第3期。

〔註51〕鄭永年：《再塑意識形態》，東方出版社2016年版，第16～19頁。

限度，後者則是政黨思想整合的理想訴求。」〔註 52〕本文將之置於文藝領域予以了細化，即此處提及的「思想整合」，其目的是實現文學知識分子對共產黨執政的新中國的深度認同，推動文學知識分子通過政治學習和思想改造向無產階級轉化，樹立馬列主義和毛澤東思想在意識形態領域乃至私人情感生活中的主導地位，自覺建立一個高度組織化的文學世界。當然，「文革」期間的「思想整合」，要求更充分的國家認同、政權認同、思想認同，對私人領域和個人情感有更嚴格的道德高標和更徹底的自我審查，以便建立一個更加激進純粹也更加保守封閉的文學情感堡壘。

其四，「思想整合」被理解為一個互動的複雜過程，在複雜多變的「文革」政治時空中更是如此。那麼在不確定終極目的已經達到的情況下，「思想整合」必定要踏上一次又一次的「再整合」之路。

早在 1940 年代後期，前線戰事正酣，而左翼文學就已借政治力量對文藝界實行了一系列思想和組織上的整合。比如 1948 年 3 月《大眾文藝叢刊》發表邵荃麟執筆的《對於當前文藝運動的意見》和郭沫若的《斥「反動文藝」》，按照作家政治立場和階級意識，強化了對作家的分類；比如召開第一次全國文代會，通過周揚的《新的人民的文藝》和茅盾的《在反動派壓迫下鬥爭和發展的革命文藝》，明確將毛澤東文藝思想作為新中國文藝唯一指導思想，在解放區文藝和國統區文藝間劃出高下，並提出了新的人民文藝必須遵循的創作方法和創作內容；比如組織出版現代作家選集的「新文學叢書」和體現延安文藝實績的《文藝建設叢書》，在文藝界實行統一戰線的同時，確認延安文藝道路的主體性；比如成立全國文聯、作協機構，將文藝從業人員納入單位制度開展組織管理，同時主辦《文藝報》和《人民文學》，對文藝創作進行思想領導；而全國性的思想改造運動和文藝界一系列的批判運動，則進一步在思想領域開展了徹底的清掃工作，不僅清理了左翼文學以外的各種「資產階級唯心主義」雜音，還完成了左翼文學內部異質性力量的剔除。通過這些政策、行動，「實現了對知識分子記憶的重構，進而成功完成了知識分子尤其是民主知識分子由『身歸』到『心歸』共產黨的過程，也使得共產黨政權的政權合法性得到了知識分子的廣泛認同」。〔註 53〕

---

〔註 52〕 倪春納：《「文革」前十七年毛澤東的知識分子思想整合觀研究》，《江蘇省社會主義學院學報》2010 年第 6 期。

〔註 53〕 孫丹：《建國初期知識分子思想改造運動研究述評》，《當代中國史研究》2008 年第 3 期。

　　但是進入 60 年代，最高領導對文藝界的不滿，推動了激進政治文化力量對文學知識分子進行更頻繁也更嚴格的「思想再整合」。

　　這種不滿明確體現於「兩個批示」之中。1963 年 12 月 12 日，毛澤東在中宣部編選的一份《文藝情況彙報》上作出了第一個批示，批評文藝創作領域乏善可陳：「各種藝術形式——戲劇、曲藝、音樂、美術、舞蹈、電影、詩和文學等等，問題不少，人數很多」。他認為問題在於文藝界沒有及時加強意識形態的改造：「社會主義改造在許多部門中，至今收效甚微。許多部門至今還是『死人』統治著」，「許多共產黨人熱心提倡封建主義和資本主義的藝術，卻不熱心提倡社會主義的藝術」。〔註 54〕第二年的 6 月 27 日，毛澤東又作出了第二個批示，矛頭針對的是文化部整風的情況。這次整風本是響應第一個批示進行自我檢討的結果，但發現的問題反而激起了最高領導對文藝界的更大失望。他集中批評了文聯、各文藝協會以及主辦刊物，認為：「十五年來，基本上（不是一切人）不執行黨的政策，做官當老爺，不去接近工農兵，不去反映社會主義的革命和建設。最近幾年，竟然跌到修正主義的邊緣。」〔註 55〕

　　與此同時，最高領導對知識分子「異己性」判斷也日漸強固。或許正如施拉姆所理解的：「毛之所以向藝術、文學、哲學和教育所有這些不同領域中間知識分子的頭面人物發動進攻，並不是因為他們是剝削群眾的特權分子，而是因為他們沒有接受他的烏托邦的鬥爭哲學，沒能全心全意地執行他的指示。」〔註 56〕1962 年 8 月毛澤東在北戴河中央工作會議上提出「千萬不要忘記階級鬥爭」，並再次肯定「從意識形態來說，資產階級知識分子還存在」〔註 57〕。1964 年 7 月，毛澤東對意識形態危機作了更嚴重的估計，他認為新中國的文化教育部門和知識界已經成了滋生資產階級知識分子的溫床，並預言：「這些新的資產階級分子和蛻化變質分子，同那些已經被推翻、但是還沒有被徹底消滅的舊資產階級和其他剝削階級分子結合起來，向社會主義進攻」。〔註 58〕此文已具《五·一六通知》的雛形，並在後者那裡得到強化。

〔註 54〕《建國以來毛澤東文稿》第 10 冊，中央文獻出版社 1996 年版，第 436～437 頁。
〔註 55〕《建國以來毛澤東文稿》第 11 冊，中央文獻出版社 1996 年版，第 91～92 頁。
〔註 56〕麥克法誇爾：《劍橋中華人民共和國史》（下卷），中國社會科學出版社 2007 年版，第 84 頁。
〔註 57〕薄一波：《若干重大決策與事件的回顧》，中共中央黨校出版社 1993 年版，第 1006 頁。
〔註 58〕《建國以來重要文獻選編》第十九冊，中央文獻出版社 1998 年版，第 21 頁。這段話是在修改《赫魯曉夫的假共產主義及其在世界歷史上的教訓》時所寫。

加之文藝長期被理解爲「時代的風雨表」，因此一抓階級鬥爭就首先向文藝界下手；而「思想整合」並不是每一次都能做到「和風細雨」，其結果便是意識形態領域中對「十七年」文藝的過火批判。

## 四、目標、方法和章節設置

「思想再整合」的提出，是爲了更理性、客觀地解讀「文革」（1966～1976）對新中國文學的評判。但本文還希望探索以下問題：對「十七年」文學的批判在特殊時期政治治理和意識形態整合大格局中，究竟處於何種位置；有哪些具體的政治文化力量在影響著這種評價的「常」與「變」；對「十七年」文學的否定如何通過批評、政策、運動等方式展開；整體性的否定和個別性的徵用如何落實到具體的個體——具體的作家、作品，或具體的文藝部門管理者；不同個體所受之待遇是否存在差異；不同作家和文藝部門管理者在時代巨變和差異性待遇中如何自處等等。

爲了獲得答案，本文努力進入歷史情境，梳理歷史細節，探討那些看起來理所當然或者已成共識的結論背後的時代氛圍、批判過程、權力運作、個人命運，將「革命中國」和「社會主義文學」內部的豐富性和矛盾性呈現出來。但必須承認，對當代文學尤其是當代文學制度的研究，材料既豐富、更匱乏，「解密」和「證僞」的任務都相當沉重。在某種意義上，本文雖不完全贊同李潔非關於「當代文學史不是作家史，不是作品史，是事件史、現象史和問題史」〔註59〕的觀點，但也認同其將研究重心放在事件的發微、辨析上。也就是說，本文更願意對事件已經模糊的部分進行細節性的還原，或者呈現事件來龍去脈的全過程，而將對人物、事件的評價加以延遲。

本文雖討論的是 1966～1976 年間對新中國文學的批判，但在具體的行文過程中並不限於 1966～1976，有時會前推至 1960 年代初，因爲此時最高領導人已經對文藝管理部門和文藝界表現出了不滿，且「文革」期間以 1963 年戲劇革命爲主要標誌的「文藝革命」，往往被視爲「無產階級文化大革命的眞正開端」。〔註60〕也可能上溯到 1950 年代，畢竟「文革」與「十七年」在文藝政策、創作方法、文學活動等許多方面有著連續性；也可能會下延至 1970 年代末或 1980 年代初，這不僅因爲此一時期提供了大量批判「十七年」文學的

〔註59〕李潔非：《典型文案》，人民文學出版社 2010 年版，第 4 頁。
〔註60〕《把無產階級文化大革命進行到底》，《人民日報》，1967 年 1 月 1 日。

材料（包括解密的歷史資料、歷史人物回憶等），更因為「文革」期間「再整合」的特徵也體現在「新時期」如何對它進行的掙脫上。

　　本文分為三個部分，主要依據是《紀要》對「十七年」文學所作的三種分類：一、整體上的文藝黑線專政，其中尤其體現在對文藝管理部門的「文藝黑線人物」的評判；二、被視為「反黨反社會主義毒草」的大多數作家作品；三、「中間狀態的作品」和極少數被認可的「好的或者基本上好的作品」〔註61〕。具體討論方式，則是通過代表性的個案以點帶面展開論述和總結。

　　第一部分考察 1966～1976 年間對文藝界領導人的批判。選擇的考察對象是處在所謂「文藝黑線」上的文藝主管周揚和象徵性人物郭沫若、茅盾，這主要基於他們在共和國文化部門的領導地位和在社會主義文學中的重要性。周揚自 1940 年代開始長期擔任文化界的主要領導職務；郭沫若是繼魯迅之後，左翼文化界的又一面旗幟，建國後擔任中國文聯主席；而茅盾亦是共和國文學重要的文學領袖，身兼文化部長、中國作協主席等職，其大量評論寫作也對社會主義文學產生了重要影響。我們知道，「文革」期間，周揚成了被打倒的典型，而郭沫若、茅盾則獲得一定的「善待」。而我們希望進一步瞭解這些評判的內容和方式差異，把握背後的根源。

　　第二部分考察 1966～1976 年間對「十七年」文學代表性作家作品的批判。選擇的考察對象是吳晗的《海瑞罷官》、趙樹理和柳青。對新編歷史劇《海瑞罷官》的批判，成為「文革」的導火索，當能體現高層關於思想整合不同路徑的存在以及彼此間的博弈；趙樹理是代表著延安文藝傳統延續至新中國的象徵性人物；柳青的《創業史》則被認為是五六十年代文學代表作，對他們的批判將成為探索左翼文學如何走向自我否定的重要入口。本章力求呈現這些批判的具體原因、所遇阻礙、最終結果的重要細節，呈現文化權力和政治權力的運作過程，辨析「文革」與「十七年」之間的複雜關係，並著重分析激進文化力量在思想再整合進程中所起到的作用及其可能存在的複雜性。

　　第三部分考察 1966～1976 年間對「十七年」文學的徵用，亦即發現「文革」文學與「十七年」文學既斷裂又承襲的緊密聯繫。「文革」期間，除了傾全國之力打造的少量樣板外，難以推出或者難以在短時間內推出更多的「文革文學」代表性產品。這樣，從「十七年」文學陣營中，提取出若干可供利

---

〔註61〕《林彪同志委託江青同志召開的部隊文藝工作座談會紀要》，《人民日報》，1967 年 5 月 29 日。

用、改造的作家和文本，就成了極其緊迫的事情。羅廣斌、楊益言的《紅岩》，乃是眾多被選中進行樣板戲改編的源文本代表，其失敗的改編過程及影響因素有助於我們深化對樣板戲生產的認識。此外，金敬邁的《歐陽海之歌》、浩然的《豔陽天》以及工人作家胡萬春等，是「文革」期間頗負盛名的作家（儘管時間長短不一），且各自代表了「工農兵」寫作的一大分支。分析特定時期對他們的評判過程，或許有助於形成「文革」文藝機制的整體認知。

　　最後，需要補充的是，無論「文藝黑線人物」的「棄」或「留」，還是代表作家作品的「批判」和「徵用」，這等分類並非在本質上予以區別，而實屬某種程度上的權宜之計。因為「棄留批用」只是用來說明這些動詞所連接的對象在「文革」中的最初命運，至於這一命運在此後的歲月中是持續還是翻轉，都有賴於「文革」情勢的動態發展——而這正是正文所要細心展開的討論對象。

# 1. 權力清場：文藝界領導人的三種差異化處置

　　1940～50 年代之交，隨著左翼文學力量對文藝界的思想整合，中國大陸文學出現了重要「轉折」徵象：中心作家位移和作家群的大規模更迭。〔註1〕實際上，這一過程也包括了文藝管理部門領導者的更替。進入 50 年代，在頻繁的批判運動中，一大批身爲文藝官員或文聯、作協機關刊物重要成員的作家、理論家、批評家，先後被打倒或調離崗位。這些人包括胡風、丁玲、馮雪峰、秦兆陽、鍾惦棐、蕭乾、黃藥眠等。

　　到了 1960 年代，隨著對文藝界進行的思想再整合，當代文壇不僅出現了作家群的被動性隱匿，還造成了文藝管理部門和各類文藝協會領導者的集體垮臺。爲了貫徹「兩個批示」精神，文化部展開了大規模整風。作協黨組書記、「大連會議」的組織者邵荃麟被冠以鼓吹「寫中間人物論」和「現實主義深化論」的「罪名」；夏衍、陳荒煤也成爲電影系統「一條反動的資產階級『夏、陳路線』」〔註2〕的代表。1965 年 4 月 7 日，中共中央改組文化部，免去了齊燕銘和夏衍的副部長職務，調蕭望東爲文化部第一副部長。這次文化部官員的更替，本是意識形態過火批判的惡果，但在極度扭曲的政治邏輯中，它反而「從『實踐』上論證了『完成思想戰線上的社會主義革命』的必要性」〔註3〕。此

---

〔註1〕 洪子誠：《中國當代文學史》，北京大學出版社 2007 年版，第 26～29 頁。
〔註2〕 1964 年 8 月 8 日，張春橋在上海市文藝界大會上傳達全國京劇現代戲觀摩演出情況時所說。見陳播：《中國電影編年紀事・總綱卷（上）》，中央文獻出版社 2009 年版，第 519 頁。
〔註3〕 王永魁：《中央「文化革命五人小組」的來龍去脈》，《百年潮》2014 年第 3 期。

後，隨著《五・一六通知》發起「高舉無產階級文化革命的大旗，徹底揭露那批反黨反社會主義的所謂『學術權威』的資產階級反動立場，徹底批判學術界、教育界、新聞界、文藝界、出版界的資產階級反動思想，奪取在這些文化領域中的領導權」的號召，更多的文化官員和知名作家受到非正常對待。

《紀要》最為人熟悉的論斷之一就是，建國以來的文藝界漆黑一片，毛澤東的文藝思想沒有得到貫徹執行，反而「被一條與毛主席思想相對立的反黨反社會主義的黑線」所專政。〔註 4〕簡而言之，這條黑線上的領導人物包括三類人，一類是胡風、馮雪峰、丁玲、艾青、秦兆陽等在 50 年代歷次文藝批判運動中的罹難者；一類是邵荃麟、田漢、夏衍、齊燕銘、林默涵、陳荒煤、許立群、姚溱、周揚、陸定一等在 60 年代先後被打倒的中宣部、文化部黨政領導；此外還包括郭沫若、茅盾等身兼政府部門職務，跡近民主人士的著名作家、學者。

本文選擇以周揚、郭沫若、茅盾三人為個案，展開對「文革」期間批判文藝界領導人的研究。之所以如此選擇，主要基於他們在共和國文化部門的領導地位和在社會主義文學中的重要性。周揚自 1940 年代開始長期擔任文化界的主要領導職務，一度被視為毛澤東文藝思想卓越的闡釋者，歷次文藝批判運動冷酷的領導者。郭沫若是繼魯迅之後，左翼文化界的又一面旗幟，建國後擔任中國文聯主席，也是最高領導人少數幾位唱和返還的詩友；而茅盾亦是共和國文學重要的文學領袖，身兼文化部長、中國作協主席等職，鑽研理論、評論作品、提攜新人，對社會主義文學發展產生重要影響。

不過，文革激進勢力對文藝界管理層的代表性人物，採取了性質不同或烈度有異的批判方法。周揚成了被打倒的典型，而「三十年代」和兩個口號之爭成為批判周揚的重要武器。姚文元在《評反革命兩面派周揚》中，不僅將長期擔任中宣部副部長和文化部黨組書記的周揚稱為「文藝黑線的總頭目」，還認為必須揭發和清算周揚背後更危險的「陰謀篡黨、篡軍、篡政的反革命集團」，以便「更深入地挖掘政治上資產階級反黨反社會主義的黑線」。〔註 5〕相對而言，郭沫若、茅盾作為文化領袖則是極少數被「善待」的代表，他們獲得了毛澤東、周恩來的特別保護，並以自我檢討或內部點名批判的方式

---

〔註 4〕 《林彪同志委託江青同志召開的部隊文藝工作座談會紀要》，《人民日報》
1967 年 5 月 29 日。
〔註 5〕 姚文元：《評反革命兩面派周揚》，《紅旗》1967 年第 1 期。

度過了「文革」歲月。本文認爲不同人員的不同命運，具體原因不一，但在根源上取決於不同人在從 60 年代前期即已開始的思想再整合過程中所處的位置，及其可以爲思想再整合貢獻多少力量。誠如高華對革命領袖何以關懷又批判丁玲的總結：關懷是眞實的，批判也是眞實的，「說到底，革命領袖對丁玲的親善和反感都是政治化的，是超越個人關係而從政治的角度出發的」〔註 6〕。這段話也適用於政治文化圈中的許多人事。

## 1.1 徹底打倒：對周揚的高烈度整合──以「三十年代」評價爲中心

1989 年 7 月 31 日，81 歲的周揚辭世北京。一個多月後，《人民日報》發表《周揚同志生平》一文，公開了中共中央爲周揚所寫的悼詞。悼詞不僅給予周揚「中國共產黨的優秀黨員、無產階級革命家」的政治身份，肯定了其作爲「著名的馬克思主義文藝理論家」的理論造詣，還爲周揚仕新中國文化戰線上的成績背書，稱其爲「無產階級革命文化運動的先驅者之一和黨在文藝戰線的卓越的領導人」。〔註 7〕

這一論斷顯然意味著官方對這位曾經詫叱風雲的文藝界領導者的高度肯定。但是與其說這是在爲逝者蓋棺論定，不如說它標誌著 90 年代以來不斷反思周揚其人的新起點。其實，早在周揚彌留之際，思想文化界就已經邁出了重新審視「周揚現象」的步伐。以朱輝軍、古遠清的研究爲例，他們首先著力於勾畫周揚一生的文化圖譜。朱輝軍將周揚的一生概括爲五個時段：「三十年代左翼文藝運動的宿將，四十年代解放區文藝的組織者，五十年代文藝鬥爭的領導者，六十年代毛澤東文藝思想的代言人，七十年代末八十年代初思想解放運動的先驅。」〔註 8〕古遠清則關注周揚生命中「左聯時期」、「新中國」和「新時期」三個重要階段，認爲他曾是 30 年代的「文藝理論家、美學家、翻譯家」，進入 50～60 年代躍升爲「權威理論家與文藝政策制定者」，而到了新時期，則再現了青年時代的鋒芒銳利，「較早揭起思想解放的旗幟」。〔註 9〕

---

〔註 6〕 高華：《從丁玲的命運看革命文藝生態中的文化、權力與政治》，《炎黃春秋》 2008 年第 4 期。
〔註 7〕 《周揚同志生平》，《人民日報》1989 年 9 月 6 日。
〔註 8〕 朱輝軍：《周揚現象初探》，《文藝報》1988 年 10 月 8 日。
〔註 9〕 古遠清：《一個文藝理論權威走過的曲折道路──周揚試論》，《固原師專學報》

　　當然，兩位學者意不在爲周揚提供差異化的人生簡歷或活動年表，而在爲理解周揚和「周揚現象」提供不同的契入點和解讀模式。古文重點強調的三階段，爲「周揚」構建了一個「失落——回歸」的文化歷程。在這個帶有宿命和大團圓意味的結構中，周揚首先是一個「詞鋒犀利」、「閃耀著辯證法的光芒」的文藝理論家，自進入解放區後「創造精神受了權力意志的束縛」，並在「建國後十七年中，爲錯誤的文藝思潮推波助瀾」，直到「文革」結束後幡然醒悟。從古文歷數周揚在「建國後」的種種錯誤來看，他顯然更警惕由於文藝與政治的關係處理不當而帶來的負面效應。相對來說，朱文並不在意周揚身上「官員」和「理論家」這兩種身份的歷時性轉變，而將這兩種身份理解爲一種共時性的矛盾存在。他認爲周揚「不是一個職業的政治家」，「本色仍是一個文人，一個理論家」，並在「現實主義論、現實人性論和民族形式論」三個方面對馬克思主義理論發展做出了貢獻。不僅如此，朱文還在周揚著作中，讀出了一個關注「藝術創造主體」、力戒教條主義的「周揚形象」。這樣的「周揚形象」離眞實的「周揚」究竟有多遠，是一個可以繼續探討的問題。但朱文卻由此指示了研究周揚的一個新方向，那就是關注「官員」之外的其他身份、特徵，繪就一幅更加立體多面的「周揚」肖像。

　　首先是周揚的同時代人開始談論其矛盾性和複雜性。如曾撰文與周揚商榷文學作品如何塑造「新英雄人物」，後被打成右派的唐達成覺得周揚「是一個處在矛盾狀態下的人」〔註 10〕。被作爲「胡風反革命集團」成員打倒的賈植芳也看到了周揚兼具「打手」和「五四傳統」的複雜性。〔註 11〕曾受周揚關照重獲寫作權的劉眞也慨歎「他的名字叫『沒法說』」。〔註 12〕上述言論在性質上屬於事後回憶，個人感觸大於經驗總結。

　　其後，在一些研究者那裡，周揚的複雜性開始被敘述爲不同理念碰撞、妥協的結果。比如李輝就認爲周揚內心深處一直存在著「仕途的雄心和文化的使命感」兩者之間的糾纏消長〔註 13〕；陳順馨根據張光年的回憶將周揚一下反左，一下反右的情況，視作「在對毛澤東近乎迷信的忠誠與對文藝界朋

　　　　（社科版），1989 年第 2 期。
〔註 10〕李輝：《與唐達成談周揚》，《往事蒼老》，花城出版社 1998 年版，第 364 頁。
〔註 11〕李輝：《與賈植芳談周揚》，《往事蒼老》，花城出版社 1998 年版，第 258 頁。
〔註 12〕劉眞：《他的名字叫『沒法說』……》，《憶周揚》，內蒙古出版社 1998 年版，第 395 頁。
〔註 13〕李輝：《搖盪的鞦韆》，《往事蒼老》，花城出版社 1998 年版，第 207 頁。

友感情和道義上的歉疚的『夾縫』中『鬥爭』或『生存』的結果。陳順馨還敏銳地看到了周揚在五六十年代「報告」和「講話」的差異，認為周揚的講話比報告更自然、開放。〔註 14〕許麗、劉鋒傑承繼了上述發現，進而將「報告」和「講話」看作周揚「十七年」文論話語的衝突兩極，其中「報告」代表著「意識形態的規訓與生產」，「講話」代表著「個人想法的恣意與隱現」。〔註 15〕

然而，我們也從對周揚的「複雜性」追求中，看到了事情正走向純粹化的一面。比如有人從其晚年參與思想解放大潮的表現看出：「周揚還是一個知識分子。」〔註 16〕還有人提出要「從大量的政策性（評介性）文字中，盡可能剝離出屬於周揚自己的理論探索、發現與困惑」〔註 17〕；要「想辦法把他的真實思想從大量臨時政策性的講話中剝離出來，盡力還周揚一個真實的面貌」〔註 18〕。可問題在於：不是說一個人只能具備一種特質一種性格，也不是說一個文化界的權威或領袖就不能同時成為一個知識分子或一個文藝理論家，而是說執著於給其一個終極的定性，並未幫助我們瞭解政治意識形態主導下的文化格局以及周揚在這一格局中的地位和作用。

很多時候，「複雜性」與其說是歷史事實，不如說是當下對歷史的一種期待、一種想像甚至一種要求。如果因此使我們模糊了一個人、一個時代的主要特質，那就等於取消了是非的標準，取消了找到歷史何以如此的根源的可能。以周揚為例，一個文學理論家的、知識分子的、柔軟可親的形象，無助於認識周揚在共和國文學的地位的生成、周揚在歷次文學批判運動中的作用，也無法解釋周揚何以一夕之間就從「文藝總管」變身為「文藝黑線總頭目」，何以「四人幫」倒臺後主流媒體仍然繼續對周揚進行批判。

「文革」期間，周揚被徹底打倒，各類報刊充斥著聲色俱厲的批判和咒罵。其根本原因並非周揚的「複雜性」所致，而是激進文化勢力發現周揚所代表的的左翼文化傳統乃是他們重整意識形態和創造「純淨」文化所必須跨越的重要障礙。「文革」後期，最高領導多次指示解放周揚，其原因也並非周

---

〔註 14〕陳順馨：《1962：夾縫中的生存》，山東教育出版社 2001 年版，第 312 頁。
〔註 15〕許麗、劉鋒傑：《「報告」與「講話」：周揚「十七年」文論話語的建構與衝突》，《文藝爭鳴》2014 年第 3 期。
〔註 16〕葉凱：《作為知識分子的周揚》，《讀書》2001 年第 4 期。
〔註 17〕溫儒敏：《中國現代文學批評史》，北京大學出版社 1993 年版，第 138 頁。
〔註 18〕童慶炳：《周揚文藝思想論略》，《東疆學刊》2006 年第 1 期。

揚身上的「複雜性」，而是基於「文革」造成的社會動盪、文化凋敝、創作慘淡的現實狀況，希望藉此安定社會、加大文化活力之故。有學者指出必須建立一個「參照系」，才能理解周揚文學態度的搖擺不定，文學言論的前後不一。他認爲這個參照系「關鍵還在於一個時期黨的方針政策及執行黨的文藝政策具體領導人的理念觀念」〔註 19〕。只是需要補充的是，新中國不同時期有著不同的方針政策，而文藝政策的執行者也必須相應調整自己的理念觀念，直到政治文化變動如此之劇，以至於在政策和執行者之間不再具有互動和偏離的可能。

鑒於「文革」期間針對周揚的批判涉及方方面面，也跨越了不同時期，〔註 20〕本文擬選擇其中的一個批判焦點——「三十年代」，作爲瞭解和理解周揚批判的一個切口。

## 1.1.1「三十年代」：反覆發作的歷史沉屙

爲了響應如火如荼的《海瑞罷官》批判，又力爭做到比姚文元的《評新編歷史劇〈海瑞罷官〉》更具理論性，周揚主持出臺了署名「方求」的批判文章《〈海瑞罷官〉代表一種什麼社會思潮》。此文於 1965 年 12 月 29 日的《人民日報》發表後不久，周揚就住進醫院，做了肺癌手術。批判吳晗和《海瑞罷官》的不斷升級，似乎也引發了周揚關於意識形態鬥爭局勢失控的判斷。而鬥爭的鋒芒是否會波及到中宣部和自己，也成了周揚憂心忡忡的內容。手術前，周揚對前來看望的龔育之、林澗青說：「我身上有兩個癌症」：「一個是肺癌，一個是『三十年代』」。

熟知二十世紀中國文學史、左翼文學運動史的人，當然知道關於「疾病」的話語從來不局限於具體的生理病症，而是一個充滿政治性的隱喻。從晚清

---

〔註 19〕邢曉飛：《現實向左，理想向右——「兩面派周揚」的正面、反面及側面》，《當代作家評論》2013 年第 4 期。

〔註 20〕關於「文革」期間的周揚批判，資料整理可觀者有回憶類及訪談文集，如王蒙、袁鷹《憶周揚》，李輝《搖盪的鞦韆——是是非非說周揚》，徐慶全《知情者眼中的周揚》；還有傳記性著作，如郝懷明《如煙如火話周揚》，羅銀勝《周揚傳》。此外還有少數論文亦可借鑒，如張景超《周揚「文革」落難現象之反思》注意到批判周揚的人與周揚本身在價值觀念上的相似性；孫書文《「文革」中的周揚批判》整理了「文革」期間給周揚定下的罪狀，並研究了這些批判的修辭方法；徐慶全的《周揚在「文化大革命中」》比較細緻地梳理了周揚在 1966～1976 年期間全時段的遭遇。

的「東亞病夫」之辱到魯迅的「國民劣根性」批判，到延安整風時期的「懲前毖後，治病救人」，再到雙反運動中割除「個人主義毒瘤」，建立現代民族國家和社會主義新文化的過程中總是伴隨著對思想疾病的尋找、指認然後清除的反覆操作。如果說詹姆遜在第三世界國家中的個人故事和民族寓言之間，建立起了一體兩面的關係，那麼我們完全可以認為「疾病」比個人力比多更有資格構成上述關係中的一面。

　　顯然，這裡的「癌」既是身體的，也是歷史的和思想的。此處所謂的「三十年代」，並非一個單純的時間概念，而指的是 1930 年代發生在左翼文學內部的一場論戰。論戰圍繞著「國防文學」與「民族革命戰爭的大眾文學」兩個口號的是非優劣進行。作為毛澤東文藝思想宣傳員和新中國文藝政策制定者，周揚當然明白兩個口號的爭論，本不是一場單純的文學論爭，其背後還蘊藏著左聯解散、抗戰統一戰線等重大歷史內涵。他也能意識到：曾經與之進行論爭的魯迅，經毛澤東《新民主主義論》等經典文獻和各類文化工程的闡釋和塑造，已然成為「中國文化革命的偉人」和「新民主主義」文化的方向，並在新中國佔據著精神領袖和革命先驅的重要位置。他甚至能預測：「兩個口號」之爭在共和國急遽的政治、文化變革中，遲早要引發重新討論甚至政治批判。由「雙癌之說」可見：儘管周揚從延安時期到共和國，仕途相對順暢，且頗受最高領導的肯定和愛護，但深諳政治運作規則的周揚內心應該常是如履薄冰之狀。

　　事實上，「文革」期間對周揚的批判就是從「三十年代」開始的。以《紀要》為例，它首先將所謂的「反黨反社會主義黑線」，分解為三個重要組成部分：一個是「資產階級文藝思想」，第二個是「現代修正主義文藝思想」，還有一個就是「三十年代文藝」。其二，它以不點名的方式指出周揚等人在「三十年代」所犯的錯誤：「到了三十年代的中期，那是左翼的某些領導人在王明的右傾投降主義的路線影響下，背離馬列主義階級觀點，提出了『國防文學』的口號」。其三，它還將「三十年代左翼文學運動」定性為：「政治上是王明的『左傾』機會主義路線，組織上是關門主義和宗派主義，文藝思想實際上是俄國資產階級文藝評論家別林斯基、車爾尼雪夫斯基、杜勃羅留波夫以及戲劇方面斯坦尼斯拉夫斯基的思想。」〔註21〕

---

〔註21〕　《林彪同志委託江青同志召開的部隊文藝工作座談會紀要》，《人民日報》
　　　　　1967 年 5 月 29 日。

　　如果說《紀要》還只是暗批周揚，那麼 6 月 26 日，中共中央批轉的《文化部爲徹底乾淨搞掉反黨反社會主義反毛澤東思想的黑線而鬥爭的請示報告》，則直接點名「以周揚爲首的反黨反社會主義黑線」，稱其同中央對抗，同毛澤東文化工作路線對抗，統治了文化領域的絕大多數領導部門。〔註 22〕文件中的中央批語顯示，此時的「無產階級文化大革命」還被理解成文化界的一場鬥爭，是爲了「徹底解決作爲文化革命的重點的文教部門領導權基本不在無產階級手裏的問題。」問題是，早在 5 月 23 日，中央就停止了彭眞、陸定一等中央書記處職務，撤消了彭眞北京市委第一書記、市長職務和陸定一的中宣部部長職務。此時再提奪回文教部門領導權的問題，顯然劍指尚在任上的周揚。批語還特別指出「搞掉」這條「黑線」的具體辦法：對「以周揚爲代表的所謂三十年代的資產階級文藝路線和方針」和「周揚提倡的『國防文學』口號」，進行「徹底清算、批判、消毒」。

　　中央文件精神自上而下貫徹迅速，大規模的周揚批判也指日可待。到了 7 月 1 日，周揚便同時被《紅旗》和《人民日報》公開點名批判。這一天，《在延安文藝座談會上的講話》重新登上《紅旗》版面。編者還爲重溫經典作了按語，無視《講話》作爲邊區政治文化運作和延安整風產物的事實，稱其爲「無產階級文化大革命的指南針」。按語不僅在《紀要》的基礎上細化了「以周揚爲代表的文藝路線」在政治、思想和組織上的錯誤性質〔註 23〕，還指出毛澤東早在 1940 年代就已經對這條文藝路線做了系統批判。如此一來，周揚自三十年代起爲建立中國馬克思主義文論的嘗試，爲組織和領導左翼文學運動的努力，爲宣傳貫徹《講話》精神和建設新中國社會主義文藝的種種貢獻都被抹殺。

　　上述按語爲中央文件未曾言明的周揚問題的性質填補了漏洞，但對周揚文藝思想、文藝活動的具體批判，仍需進一步展開。從時間順序看，最早針對周揚的批判文章的主要攻擊對象仍是「三十年代」，具體的靶子主要有兩個：一個是對《魯迅全集》所作的一條注釋，批判文章有中宣部工作人員阮銘、阮若瑛二人所作的《周揚顛倒歷史的一支暗箭》；一個是「國防文學」口

〔註 22〕中國人民解放軍國防大學當時黨建政工教研室：《「文化大革命」研究資料》（上冊），1988 年版，第 53 頁。

〔註 23〕編者按稱：「以周揚爲代表的資產階級的文藝路線」，「在政治上，是王明右傾路線投降主義和『左傾』機會主義的產物；在思想上，是資產階級小資產階級世界觀的表現；在組織上，是爲了個人或小集團利益的宗派主義」。

號的提出，批判文章有《光明日報》總編穆欣寫的《「國防文學」是王明右傾機會主義路線的口號》。〔註 24〕

1958 年版《魯迅全集》的出版，之所以後來掀起軒然大波，源自對第 6 卷《答徐懋庸並關於抗日統一戰線問題》所作的一條注釋：

「徐懋庸給魯迅寫那封信，完全是他個人的錯誤行動，當時處於地下狀態的中國共產黨在上海文化界的組織事前並不知道。魯迅當時在病中，他的答覆是馮雪峰執筆擬稿的，他在這篇文章中對於當時領導「左聯」工作的一些黨員作家採取了宗派主義的態度，做了一些不符合事實的指責。由於當時環境關係，魯迅在定稿時不可能對那些事實進行調查和對證。」〔註 25〕

注釋表明：一，徐懋庸給魯迅寫信，是個人的錯誤行動；二，答徐懋庸一文，係馮雪峰擬稿；三，擬稿對於「左聯」作了不符事實的指責；四、魯迅沒有對馮雪峰的擬稿進行查證。儘管這條注釋本出自馮雪峰之手，注釋原稿也保留了他的筆跡，但真實反映的卻是周揚等人的意志。〔註 26〕阮銘、阮若英的文章，就是從這個小小的注釋出發，生發出周揚攻擊左翼文學旗手魯迅，為「國防文學」辯污的幽深之意。〔註 27〕

穆欣一文也是從這條注釋出發，但著重談兩個口號之爭的負面影響及其在現代文學史著作中的「不良」反映。除此之外穆欣重複了「國防文學」口號作為王明右傾機會主義路線產物、階級投降主義、民族投降主義的「錯誤本質」。他還在三十年代「國防文學」到五六十年代「全民文化」之間建立起了承繼關係，認為「是同一條修正主義黑線的產物。」〔註 28〕也就是說，穆文中的「三十年代」已經不再是一個單獨的歷史時期，它已經和周揚五六十年代的各種文學活動、文學政策、文學主張建立起了同質關係，成了激進文化力量否定「十七年」間文學成就的入口。

---

〔註 24〕其後發表的各類批判文章如武繼延《駁周揚的修正主義文藝綱領》（《人民日報》1966 年 7 月 16 日）、姚文元《評反革命兩面派周揚》（《紅旗》1967 年第 1 期）都將之當做重要的批判材料。

〔註 25〕《魯迅全集》（第六卷），人民文學出版社 1958 年版，第 614 頁。

〔註 26〕李新宇：《〈魯迅全集〉：一條注釋的沉重歷史》，《東嶽論叢》2011 年第 11 期。

〔註 27〕阮銘、阮若瑛：《周揚顛倒歷史的一支暗箭——評〈魯迅全集〉第六卷的一條注釋》，《紅旗》1966 年第 9 期。

〔註 28〕穆欣：《「國防文學」是王明右傾機會主義路線的口號》，《紅旗》1966 年第 9 期。

### 1.1.2 因時而變的「三十年代」評判

　　上述兩篇文章，實質上都在談周揚與魯迅的矛盾。只是，爬梳兩個口號之爭的史實、論述兩個口號之爭的學理、或者判斷論爭中的誰是誰非，並非本文職責所在。本文更願意追問的是：從 1930 年代到「文革」前夕，作為史實的兩個口號之爭是否有過結論，在共和國的歷史中是否反覆提及？只有回答了這個問題，才能顯示「文革」前和「文革」中周揚批判的同與異。

　　這個問題，首先可以在「文革」結束後再次泛起的「三十年代」之爭中找到一部分解答。

　　根據魏晨旭、李光燦等當事人回憶和唐天然收集的資料，我們得知在 1937年 11 月 14 日，「陝甘寧特區文藝界抗敵協會成立大會」上，中共主要領導人洛甫作了題為《十年來文化運動的檢討及目前文化運動的任務》的長篇報告，並在報告中評論了兩個口號之爭，並正式說明了黨中央對這一論戰的態度：一個方面是肯定魯迅，表示「黨中央贊成魯迅先生的正確主張」；另一方面是公開批評魯迅的反對者，認為要堅持統一戰線，也應堅持無產階級的獨立性。〔註29〕

　　不過兩人的回憶和當時對大會的報導有一些差異。有研究者查證，1938年出版的《西北特區特寫》中曾收錄了一篇名為《陝北文藝運動的建立》文章，它引用了時任中央局宣傳部長吳黎平在會上的講話，說毛澤東、洛甫、博古等人經過討論，得出了關於兩個口號的一般性結論，認為：「在當前，『國防文學』這個口號更適合」。不過，此文也稱，他們也並不否定「民族革命戰爭的大眾文學」，只是認為其「性質太狹窄」，可以「作為前進的文藝集團的標幟」，卻難以承擔起組織全國文藝界統一戰線的大任。〔註30〕前後兩材料，雖對兩個口號的是非觀點不同，但可以肯定的是延安基本將兩個口號之爭視作左翼文藝界內部發生的、雙方都有優缺點的一次爭論。

　　周揚 1937 年 11 月到延安後，曾「很想向毛澤東反映一下上海文藝界的

---

〔註29〕魏晨旭，李光燦：《洛甫同志談黨中央對一九三六年兩個口號論戰的態度》，《魯迅研究月刊》1980 年第 4 期；魏晨旭，李光燦：《〈洛甫同志談黨中央對一九三六年兩個口號論戰的態度〉一文的幾點補充》，《魯迅研究月刊》1981年第 2 期；唐天然：《關於〈洛甫同志談黨中央對一九三六年兩個口號論戰態度〉一文的補正》《魯迅研究月刊》1981 年第 1 期。

〔註30〕吳黎平：《關於三十年代左翼文藝運動的若干問題》，《文學評論》1978 年第 5期。

情況，特別是兩個口號論爭的情況……剛剛提及此時，就被毛澤東制止了。毛澤東似乎對事情早已瞭如指掌，無須聽他再說。」〔註31〕其意在表明，毛澤東並沒有因魯迅的不滿和批評，影響對周揚等人的肯定和任用。據徐懋庸回憶，毛澤東曾對其說：「你們是有錯誤的，就是對魯迅不尊重。魯迅是中國無產階級革命文藝運動的旗手，你們應該尊重他。但是你們不尊重他，你的那封信，寫得很不好。當然，如你所說，在某些具體問題上，魯迅可能有誤會，有些話也說得不一定恰當。」〔註32〕這段回憶或許有為自己文過飾非之意，但也再次表明高層更願意將兩個口號之間的衝突視為革命陣營內容的意氣之爭並有意邁過去。

　　某種意義上，周揚等人提出的「國防文學」，或許更符合《講話》發生的歷史語境。我們都知道《講話》對中國當代文學的影響，最重要的一點就是在文學與政治二者之間，確立了更為直接的主從關係，並成為討論思想文化和文藝創作問題的根本原則。毛澤東認為「一切文化或文學藝術」，都「屬於一定的政治路線」，必須「服從黨在一定革命時期內所規定的革命任務」。他以 1940 年代為例，指出當時「中國政治的第一根本問題是抗日」，因此「黨的文藝工作者」的首要任務就是以「抗日」為出發點，「和黨外的一切文學家藝術家團結起來」。〔註33〕雖說《講話》的內容不能看作是在為兩個口號之爭作歷史結論，但我們也不難讀出其旨意與「國防文學」口號初衷的相似性。

　　但誠如前文已述：魯迅被譽為中國文化革命的偉人、新民主主義文化的方向。那麼他對周揚等「四條漢子」的批評必將如芒刺在背，對周揚文藝界領導人的合法性構成了嚴重威脅。「拔刺」之舉勢在必行。實際上，五六十年代的周揚始終在努力著鞏固「三十年代」的正確性和自身的正統性。

　　1957 年 9 月 16 日，周揚在作協黨組擴大會議上發言，將「路線鬥爭」的政治敘事模式套用在左翼文學發展史的評價上。他指出：「左翼文學運動的歷史就是一部始終貫穿著兩條路線鬥爭的歷史。」〔註34〕雖然周揚並未指出誰代表無產階級的路線，誰代表修正主義路線或資產階級路線。但周揚的

---

〔註31〕郝懷明：《如煙如火話周揚》，中國文聯出版社 2007 年版，第 55 頁。

〔註32〕徐懋庸：《徐懋庸選集》（第 3 卷），四川人民出版社 1984 年版，第 319 頁。

〔註33〕毛澤東：《在延安文藝座談會上的講話》，《毛澤東選集》一卷本，人民出版社 1967 年版，第 822～824 頁。

〔註34〕穆欣：《「國防文學」是王明右傾機會主義路線的口號》，《紅旗》1966 年第 9 期。

講話資格和現場語氣已經揭曉了答案。到了 1958 年，中國作協奮反右運動之餘烈，組織座談周揚的《文藝戰線上的一場大辯論》。座談內容以《為文學藝術大躍進掃清道路》為題發表在文藝界方向標《文藝報》上。這篇文章直接用兩條道路和兩條路線的政治內容，重新闡釋兩個口號之爭，指其「引起了革命文藝運動的分裂」，並將原因歸結為「馮雪峰和胡風等人的挑撥離間」；與此同時賦予「國防文學」口號以馬列主義路線的正統地位。〔註 35〕1958 年 4 月發生的《答徐懋庸並關於抗日統一戰線問題》注釋事件，可以視為周揚為擴大上述戰果所作的又一次努力。1962 年 11 月 3 日在《中國現代文學史綱要》討論上，周揚更直接為「左聯」正名：他一邊強調「左聯成立以前，對魯迅的批評，肯定是錯的，是宗派主義」，但又指出「左聯以後，黨解決了這個問題，強調團結，統一戰線」，並認為「左聯的確為新文學開闢了一個新階段」〔註 36〕

重要刊物發文和經典著作注釋，發揮了巨大的意識形態引導作用，並在現代文學史著述中迅速起效。1958 年 6 月出版的《中國現代文學史參考資料》（中國人民大學新聞系編寫）在編注中就照搬了前述座談會上關於兩個口號之爭的原因和影響的論斷。1960 年 3 月出版的《左聯時期無產階級革命文學》（南京大學中文系）也認為「國防文學」，「是黨的抗日民族統一戰線政策在文藝戰線上的實際運用」，而將「民族革命戰爭的大眾文學」視作修正主義路線的代表。〔註 37〕

不過在文藝界積極參與的 1960 年代初的大調整期間，周揚的一些言論也充滿了矛盾。比如他在 1961 年 3 月作關於電影《魯迅傳》的講話時，就沒有認可現代文學史著作為「國防文學」背書的行為。不僅如此，他還指出左翼文藝運動「功勞很大……但有缺點：一個缺點是當時黨內王明、博古的『左傾』路線佔領導地位，左翼文學文藝運動也受到影響；再一個缺點是領導骨

---

〔註 35〕 《為文學藝術大躍進掃清道路》，《文藝報》1958 年第 6 期。這裡引用的是林默涵的發言，其實質是借批判馮雪峰、胡風來重新解釋兩個口號之爭。但饒有意味的是，座談對象《文藝戰線上的一場大辯論》本身卻並未提及兩個口號之爭的問題。因此也可以說，周揚、林默涵雖為「國防文學」辯誣，但手法還比較隱蔽。

〔註 36〕 周揚：《在〈中國現代文學史綱要〉討論會上的講話》，《周揚文集》（第四卷），人民文學出版社 1991 年版，第 236～237 頁。

〔註 37〕 穆欣：《「國防文學」是王明右傾機會主義路線的口號》，《紅旗》1966 年第 9 期。

幹的作風問題。」〔註38〕在1962年的《中國現代文學史綱要》討論上，他對兩個口號之爭採取了更加客觀的態度。首先，他基本肯定「國防文學」口號的優點，如提得時間早、影響面廣；同時也指出這個口號有一些缺點和負面效果，如「不能表現階級立場」，「作爲進步作家的口號不夠」，更重要的是「沒有團結好魯迅」。此外，他還少有地主動承認「民族革命戰爭的大眾文學」的優點，認爲它兼顧「革命」和「大眾」，有「階級規定」。最後他明確提出兩個口號的關係應該是「互相配合，互相補充」。〔註39〕

周揚嘗試更客觀地評價三十年代左翼文學運動和兩個口號之爭，但這種努力很快被意識形態過火的批判現實所否定。兩個批示掀起了文化部的整風高潮，曾被魯迅斥爲「四條漢子」的田漢、夏衍、陽翰笙等人先後被解職，三十年代的問題也再次被提出來。比如夏衍在1965年1月19日所作的檢查中，便專門檢討了自己所犯「路線錯誤」，認爲「思想深處有一個三十年代的老包袱」，「企圖把三十年代電影作爲正統，來抗拒毛主席的文藝爲工農兵服務的方向」。〔註40〕

其後，周揚以對文化部大力整風，試圖斬斷那些與「三十年代」既是歷史又是現實的「千絲萬縷的聯繫」。不僅如此，他還在1965年11月29日召開的全國青年業餘文學創作積極分子大會上，對「三十年代」做了一個大反轉的評價：「要我們的文藝回到三十年代去，就是要我們離開社會主義的道路，走資本主義的道路。」〔註41〕顯然，周揚所指的「有些同志」不包括自己，他似乎又站在了永遠正確的批判者的位置。但這種帶有強烈自欺意味的切割並未奏效，《紀要》和此後各類批判文章以「三十年代」爲突破口猛攻周揚即是明證。

〔註38〕 周揚：《關於電影〈魯迅傳〉的談話》，《周揚文集》（第三卷），人民文學出版社1990年版，第280頁。

〔註39〕 周揚：《在〈中國現代文學史綱要〉討論會上的講話》，《周揚文集》（第四卷），人民文學出版社1991年版，第238頁。穆欣也注意到了這個講話材料，在《「國防文學」是王明右傾機會主義路線的口號》中認爲這是周揚「迫於形勢採取的一種方法，是做賊心虛的掩飾之詞，是言不由衷的。」

〔註40〕 陳墨：《革命語境中的角色與臺詞——夏衍〈在文化部整風中的檢查〉研究》，《上海大學學報》（社會科學版）2016年第3期。夏衍：《在文化部整風中的檢查（1965年1月19日）》，《現代中文學刊》，2015年第5期。

〔註41〕 周揚：《高舉毛澤東思想紅旗，做又會勞動又會創作的文藝戰士》，《紅旗》，1966年第1期。

### 1.1.3 基於個人因素的「三十年代」批判

　　梳理了關於三十年代的評價史，我們找到了激進政治文化力量藉以批判周揚的歷史源頭。但我們還必須追問那促成 1966 年反芻此一問題的具體動力為何？一些「文革」歷史當事人和研究者紛紛提出自己的看法，其中有代表性的包括劉志堅提出的「陳伯達補充說」，陳晉提出的「康生建議說」，還有周建明提出的「江青周揚矛盾說」。他們的言說也許與事實相距甚遠或者解釋效果有限，但他們提供的說法，本身已構成理解周揚及周揚批判的重要材料。

　　首先是部隊文藝工作座談會參與者劉志堅提供的材料。江青到部隊召開座談後，劉志堅等人根據江青談話精神整理了一個「紀要」初稿，江青很不滿意，在毛澤東支持下又請來陳伯達、張春橋、姚文元等人參與修改。劉志堅回憶，陳伯達針對《紀要》初稿提出了兩條意見，其中第一條就是為所謂的「文藝黑線」尋找到了一個「三十年代」的根源，並認為只有講清楚這個問題，才能把握十七年文藝黑線的實質。〔註42〕

　　第二條是研究者陳晉在《文人毛澤東》一書中提供的材料。它指出最高領導之所以將「三十年代」左翼文學運動看作是兩條路線的鬥爭，是聽信了康生關於「魯迅的大眾文學與黨的國防文學是兩條路線」的建言。〔註43〕

　　第三條來自周立波之子周建明與周揚的談話內容。周建明不解江青何以如此仇恨周揚，「四人幫」垮臺後，曾為此詢問周揚。周揚表示：「除了政治上的原因外，曾和她有過幾次衝撞。」〔註44〕周揚還羅列了兩個案例：一個是關於江青黨籍的問題，周揚對「江青左聯時期即是黨員」的說法沒有印象，不能肯定，得罪了江青；另一個是多次冷處理江青對電影領域所提的意見。

　　第一條材料似乎告訴我們：「三十年代」問題是陳伯達為了加強《紀要》初稿的邏輯性而首先提出來的。但前文述及文化部整風時，「三十年代」已經

---

〔註42〕劉志堅回憶：聽到陳伯達的意見後，江青認為「幫我們提高了，擊中了要害，很厲害。」張春橋也說經此一點撥「對問題更清楚了。」見劉志堅：《部隊文藝工作座談會紀要產生前後》，《回首「文革」》（上），中共黨史出版社 1999 年版，第 324 頁。

〔註43〕陳晉：《文人毛澤東》，上海人民出版社 1997 年版，第 576 頁。

〔註44〕周健明：《我所見到的周揚》，《憶周揚》，內蒙古人民出版社 1998 年版，第 389 頁。

作為重要錯誤提出來了，而最高領導也對三十年代左翼文藝的領導者們產生了懷疑。因此陳伯達提出「三十年代」問題並非首創，而是其準確把握到意識形態領域鬥爭焦點的結果。第二條材料套用了一個佞臣讒言惑主的故事形構，這種敘述流露出「撥亂反正」時期特有的悲情，但歷史研究者已經證明這場聲勢浩大的革命運動，並非一時興起而是深思熟慮的結果。一個早在「延安」時期即已基本解決的問題，再次被提到政治領袖的議事日程，必須還原到 60 年代中期階級鬥爭愈演愈烈的現實語境中去找答案。第三條材料則運用純粹的人際關係來解釋現實中的文化衝突。的確，有研究者認為周揚的命運，固然與最高領導對階級鬥爭形勢日益嚴重的估計有關，「但江青在其中的作用絕不可以忽視。」〔註 45〕但正如江青所說，她只是毛主席在文藝界的流動哨兵，她的政治行動和文化行動，只有通過領袖授權或者默認才能夠獲得正當性。

　　還有第四種看法，即從個人與領袖之間的歧思、錯位、異步進行解讀。具體說來，即周揚雖然長期身為文藝界的領導者、毛澤東文藝思想的代言人，但缺乏江青、柯慶施、張春橋、姚文元等激進派的敏銳性和執行力，並不總能及時把握最高領導的意圖，因而面對突如其來的批判任務時往往處於疲於應付之狀，以至被批評為「政治上不開展」。

　　以《武訓傳》批判為例，據「文革」期間的揭發材料，周揚曾對《武訓傳》評價甚高，還流了眼淚。〔註 46〕《應當重視電影〈武訓傳〉的討論》發表後，幾乎一邊倒的稱讚局勢被扭轉。儘管此前周揚已經得到信息及時轉向，但仍然失了批判《武訓傳》的先機，並為此多次檢討。比如在 1951 年 8 月在《人民日報》上，周揚就說：「我自己很早就看了電影《武訓傳》，但並沒有能夠充分地認識和及早地指出它的嚴重的政治上的反動性。」〔註 47〕同年 11 月 24 日在北京文藝界整風學習動員大會上，他又重申「文藝工作的領導方面是犯了嚴重的錯誤」，並自我檢討：「作為文藝工作的主要領導人之一，應當負很大的責任。」〔註 48〕其後，在批判俞平伯《紅樓夢研究》和胡適資產階

〔註 45〕徐慶全：《周揚與馮雪峰》，湖北人民出版社 2005 年版，第 185 頁。

〔註 46〕郝懷明：《如煙如火話周揚》，中國文聯出版社 2007 年版，第 122 頁。

〔註 47〕周揚：《反人民，反歷史的思想和反現實主義的藝術——電影〈武訓傳〉批判》，《人民日報》1951 年 8 月 8 日。

〔註 48〕周揚：《整頓文藝思想，改進領導工作》，《周揚文集》（第二卷），人民文學出版社 1985 年版，第 91 頁。

級唯心主義思想的運動中，周揚也因《文藝報》阻攔李希凡、藍翎批判俞平伯而做了檢討，坦承「要負嚴重的責任。有負於黨和人民的委託。」〔註 49〕到了 1965 年底，周揚已經深覺難以跟上最高領導的步伐。在全國青年業餘文學創作積極分子大會上，周揚開篇即做檢討：對意識形態領域階級鬥爭形勢「覺察較遲，反擊不力，同文藝界前幾次的批判和鬥爭一樣」〔註 50〕。

這其實是周揚作爲政治人的必然結果。周揚曾自稱「毛主席的留聲機」〔註51〕。所謂「留聲機」，一是能夠發聲卻不能發出自己的聲音，而一旦發出自己的聲音即被認爲「破壞性」噪音。延安整風以後他所寫的文章很多都是經中央領導批閱修改的〔註52〕，此「留聲機」的一大表現，既是重視，也是限制。二是必須先有主體發聲，然後才有留聲機的復現。因此，周揚儘管能夠上達天聽，卻不可避免地總是要落後於最高領導的思想意圖。〔註 53〕由此可知，周揚作爲「留聲機」的尷尬早在 1950 年代即已萌蘗，「文革」前積累日久，並由此造成理解不到位、跟進不及時並最終被棄置的命運。

簡而言之，前述三種解釋雖有助於我們理解具體時空中的某些個人在重大歷史事件中的心態、立場和作用，但過於重視歷史進程中的個人因素，在某種程度上也就是過於重視其中的偶然性因素。而對於一個醞釀已久並掀起巨大波瀾的歷史事件，僅僅用個人性和偶然性來解釋，無助於抓住影響社會主義文化進程的主導性力量，無助於理解這一力量在面對種種障礙所作的應對策略及其規律性。而第四種看法，有充分的例證，看似也極具歷史連續性，但無法回答這樣一個問題———一個自始至終趕不上政策節奏的文化官員怎能成爲 1950～60 年代的文化領袖？它顯然將歷史進程中的周揚窄化爲「被領袖的意志壓倒、覆蓋和粉碎的一個意象」〔註54〕！

---

〔註 49〕 周揚：《我們必須戰鬥》，《周揚文集》（第二卷），人民文學出版社 1985 年版，第 312 頁。

〔註 50〕 姚文元：《評反革命兩面派》，《紅旗》1967 年第 1 期。

〔註 51〕 趙浩生：《周揚笑談歷史功過》，《新文學史料》1979 年第 2 期。

〔註 52〕 趙浩生：《周揚笑談歷史功過》，《新文學史料》1979 年第 2 期。

〔註 53〕 正如嚴文井曾以《榮譽屬於誰》這部電影的評價爲例，說明「周揚身處全國文藝界的領導人的權威地位，他有時也陷入苦惱或惶惑狀態，主要是摸不清毛澤東的想法、意圖。這種『沒有把握』，使周揚感覺爲難。」見涂光群：《胡喬木和周揚》，《黃河》2000 年第 3 期。

〔註 54〕 邢曉飛：《現實向左，理想向右———「兩面派周揚」的正面、方面及側面》，《當代作家評論》2013 年第 4 期。

## 1.1.4 大政治文化格局中的「三十年代」批判

那麼我們究竟該如何看待周揚批判當中的「三十年代」和「三十年代」批判之下的周揚？事實上，「三十年代」作為「批判周揚」的「武器」，並非源於周揚某種固有的「反動」本質，某種固有的「落後」狀態，而是基於周揚對文藝界成就的判斷，與愈來愈嚴厲的意識形態語境相悖。激進文化力量為營造自身發展空間，視其為必須跨越的文化障礙。這是此一時期政治文化格局的第一個重要特質。

在整個六十年代，周揚對「三十年代」和「十七年」兩個時段文學成績的基本肯定態度。

在 1960 年代初的文藝調整期，其於 1961 年 8 月 9 日天津召開的《文學概論》大綱討論會上說：「中國幾十年來的文藝鬥爭有個突出的特點，那就是方向明確，頑強堅定。反映在作品裏，戰鬥性是鮮明的。這好的方面我們要充分肯定……我們的社會主義是有成績的。」〔註55〕1963 年 4 月 9 日在全國文藝工作會議上，他說：「全國解放十三年，我國文學、電影、戲劇、美術、音樂、舞蹈、曲藝等方面都產生了不少優秀的作品。」〔註56〕1963 年 8 月 29 日在戲曲工作座談會上，他又大談戲劇界（這是第一個批示中首先不滿領域）的成就：「建國以來戲曲工作在『百花齊放、推陳出新』方針的指導下，取得了巨大的成就。廣大的戲曲工作者在挖掘祖國優秀戲曲遺產方面，在創造新戲曲方面，作出了很多貢獻。」〔註57〕

領導人先後作出「兩個批示」，也沒有徹底改變周揚對新中國文藝的正面判斷。1963 年 12 月的第一個批示傳達後，周揚等文藝界領導普遍「對毛澤東突然作出了這樣嚴厲的批示感到茫然，感到與當時的文藝實際情況有很大距離」，周揚認為現在的問題不是直接反對社會主義，而是不理解，是認識問題。〔註58〕12 月 25 日在首都音樂、舞蹈等工作者座談會上，周揚仍然高度肯定：「社會主義文化這些年來有不少創造，有很大成績，特別是在文學、戲劇、

---

〔註55〕 周揚：《對編寫〈文學概論〉的意見》，《周揚文集》（第三卷），人民文學出版社 1990 年版，第 237 頁。

〔註56〕 周揚：《在全國文藝工作會議上的講話》，《周揚文集》（第四卷），人民文學出版社 1991 年版，第 281 頁。

〔註57〕 周揚：《在戲曲工作座談會上的講話》，《周揚文集》（第四卷），人民文學出版社 1991 年版，第 296 頁。

〔註58〕 黎之：《文壇風雲錄》，人民文學出版社 2015 年版，第 413 頁。

音樂、美術、舞蹈、電影方面宣傳社會主義的相當不少，在這一方面，文學藝術工作者的貢獻很大。低估這種影響，低估這種成績，低估這種貢獻是不對的。」〔註59〕

周揚長期身爲文藝界的領導者、毛澤東文藝思想的代言人，其上述言行固然可以理解爲對個人管理成績的一次自證，但與毛澤東對文化界問題嚴重的判斷反覆牴牾，足見其已經缺乏「文藝哨兵」所具備的「敏銳性」和「執行力」。因此，要批判周揚，就必須對周揚參與的「三十年代」左翼文學和其主導的「十七年」文學進行否定。對待前者，《紀要》認爲他們「絕大多數還是資產階級民族主義者」，沒有過好民主革命和社會主義兩個關；對待後者，《紀要》則指責它們深受「資產階級、現代修正主義文藝思想逆流的影響或控制」，出現了大批中間狀態的作品以及毒草。從某種意義上說，否定周揚的「三十年代」，直接目的還是爲了否定「十七年」文學，爲激進文化力量清場提供歷史依據。

當然，在我們試圖從政治文化大格局去理解「周揚批判」和「三十年代」問題的過程中，必須避免另一種簡化可能：將政治文化格局固化爲一個政治決策上傳下達，各種社會力量被動應承、接受的單向度場域；且在此場域中，政治文化能量的傳遞被視作高效無損耗的過程。因此，此一大格局內部的複雜性必須敞開，其內部存在的不同力量、不同傾向以及由此造成的曲折過程、能量損耗，必須給與細緻清理。之於 1960 年代的周揚批判，除了視其爲否定周揚個人及其代表的「文藝黑線」的結果，還可視其爲廟堂之上存在的兩條既隱又顯的思想文化整合路線之間的衝突的產物。這是此時政治文化格局的另一個重要特質。

在第一個批示中，毛澤東認爲問題在於文藝界沒有及時加強意識形態的改造：「社會主義改造在許多部門中，至今收效甚微。」在第二個批示中，他告誡各文藝組織：「如不認眞改造，勢必在將來的某一天，要變成匈牙利裴多菲俱樂部那樣的團體」。可以看到，「改造」已經成爲批示的核心詞彙。「改造效微」是文藝界的現狀；「繼續改造」是文藝界的未來；而未言明的「改造方式」則是「加大整風力度」。可問題是，「批示」必須通過具體的機構和人員去執行，而在「決策者」和「執行者」之間，並不總能達成觀念上的一致，

---

〔註59〕 周揚：《關於當前文藝工作中一些問題的意見》（第四卷）人民文學出版社 1991年版，第 323～324 頁。

或者即使達到觀念上的統合，在具體推進過程中，也可能因各種實際情況造成不小的偏差。

第一個批示沒有直接轉給中宣部和文化部，而是批示彭眞、劉仁兩位北京市委主要領導，對後者的期待清楚可見。彭眞在向各級部門層層傳遞壓力的同時，卻對文藝界作出了更爲公允的評價。首先，在問題性質上，他認爲文藝工作者大多數人存在的只是「認識問題」，即使是「政治問題」也當作「認識」處理；第二，在批評方法上，他要求破立並舉，改進批評作風，進行具體分析；第三，在具體寫作要求上，他主張要幫助文藝工作者接觸工農群眾，但不對寫作內容進行硬性規定。〔註60〕稍後，北京市委研究室對文藝界進行了調查，得出這樣的結論：「文藝隊伍大多數是好的和比較好的，近年來創作的文藝作品多數也是優秀的，沒有發現有重大問題的內容。」〔註61〕

第二個批示發出後，文化部領導進行了改組。可在1965年7月13日，文化部黨組書記蕭望東在《文化部黨委關於當前文化工作中若干問題向中央的彙報提綱》中仍然認爲：「總的說來，當前文化戰線上的形勢，同其他戰線一樣，也是大好的。事實證明，關鍵在於領導，這支隊伍的絕大多數人是好的，或者基本上是好的和比較好的。」〔註62〕這一估計，也代表了周揚的態度，並得到了彭眞和劉少奇的肯定。上述判斷，在彭眞擔任「文化革命五人小組」組長後，仍未見改變。「五人小組」本是最高領導對文藝界和思想界日益不滿、要求整風的產物，但彭眞依然在總體上肯定60年代以來的文藝成績。1965年3月3日中央書記處第393次會議上，他認爲1964年以來「文藝批判有很大成績，很見效」。〔註63〕1965年9月23日，他又在全國文化廳局長會議上提出「不要把文化戰線看作漆黑一團」。〔註64〕

由上可見，在如何評價文藝界成績和如何開展思想文化批判的問題上，廟堂之上除了全面批判和改造這一激進整合路徑之外，還潛藏著一條在基本肯定文藝界成績的基礎上展開學術討論的溫和整合思路，儘管兩者實力並不對等。或者也可作如是說，正是廟堂之上力求將政治批判扭轉爲學術探討的努力，加上學院中的理性思維和民間的正義之聲，合力形成了一道制衡歷史

〔註60〕黎之：《文壇風雲錄》，人民文學出版社2015年版，第319頁。
〔註61〕《彭眞傳》編寫組：《彭眞年譜》，中央文獻出版社2012年版，第1164頁。
〔註62〕王永魁：〈「文化革命五人小組」的來龍去脈〉，《百年潮》，2014年第4期。
〔註63〕《彭眞傳》編寫組：《彭眞年譜》，中央文獻出版社2012年版，第1176頁。
〔註64〕《彭眞傳》編寫組：《彭眞年譜》，中央文獻出版社2012年版，第1177頁。

激進化的圍欄。儘管這圍欄脆弱、鬆散、甚至自我矛盾，但毫無疑問也應成為我們觸摸 1950～70 年代歷史和理解周揚等歷史人物的一個重要側面。

需要補充的是，周揚批判畢竟是一場政治運動，自然不能局限於文化整合路徑衝突的框架中進行理解。實際上，周揚在接受無休止批判的同時，也成了激進政治力量向更大的障礙發起進攻的利器。姚文元清楚認識到批判周揚的重要性，認為「關係到更深入地挖掘政治上資產階級反黨反社會主義的黑線，」〔註 65〕所以批判周揚，既可以聯繫「舊北京市委的赫魯曉夫式的野心家」彭真；也可以指認其為「叛徒、內奸、工賊劉少奇在文化領域的代理人」〔註 66〕。而更有意思的是，在「四人幫」垮臺後，尚未被「解放」的周揚仍一度被拉入張春橋的朋友圈，繼續「充當『圍剿』魯迅的急先鋒」和「民族敵人和階級敵人的一條叭兒狗」〔註 67〕。

### 1.1.5 餘論：哪個「三十年代」，怎樣左翼文學？

我們從政治文化大格局去觀照「周揚批判」中的「三十年代」問題，也不應將「三十年代」固化為周揚、夏衍、陽翰笙等代表的文藝思潮和文藝形態。事實上，即使在「三十年代」的名人譜中再添加胡風、馮雪峰、丁玲、林默涵、陳荒煤等人，也不足以展示「三十年代」全部的多元性。柄谷行人曾說：「『風景之發現』並不是存在於由過去至現在的直線性歷史之中，而是存在於某種扭曲的、顛倒了的時間性中。已經習慣了風景者看不到這種扭曲。」〔註 68〕就像北海道這樣一片「廣闊的令人生畏的荒原」，在成為優美的「風景」之後，它最先帶給我們的那些刺痛與不適感就被遺忘了。置身於 1960 年代的政治文化格局中，無論是批判周揚還是批判「文藝黑線」，無論是維護周揚者還是批判周揚者，「三十年代」都堪稱被遺忘的「風景」。具體說來，即此「三十年代」並非歷史語境中那個完整的「二十世紀三十年代」，期間經歷了對左翼文化和左翼文學某些重要面向的高度壓縮和簡化。

---

〔註65〕 姚文元：《評反革命兩面派》，《紅旗》1967 年第 1 期。

〔註66〕 鄭昭希：《反資題材的實質是妄圖復辟資本主義——徹底肅清叛徒、特務周揚在三條石散佈的流毒》，《天津日報》1970 年 4 月 19 日。

〔註67〕 魯迅研究室大批判組：《魯迅痛打落水狗張春橋》，《人民日報》1976 年 10 月 31 日；徐慶全：《周揚關於三十年代「兩個口號」論爭給中央的上書》，《魯迅研究月刊》2004 年第 10 期。

〔註68〕 柄谷行人：《日本現代文學的起源》，生活·讀書·新知三聯書店，2003 年版，第 10 頁。

張武軍曾坦率地指出：「馮雪峰從陝北返回上海所帶來的統一戰線政策和周揚通過報紙所領悟的「八一宣言」精神，不只是殊途同歸，而根本上就是同源同宗。」在他看來，與其糾結於「宗派」或「誤會」來理解「兩個口號」之爭，不如將其視作「政治政策和作家個人主體性之間的衝突」。該文並舉馮雪峰、胡風、周揚、夏衍、胡喬木、郭沫若、茅盾等諸多「三十年代」代表性人物姓名，想來是要指出在新中國語境下存在著一個文藝界「個人主體性」漸次削弱的過程。〔註69〕

然而在此基礎上，我們還要繼續追問：三十年代的「個人主體性」是否還有其他樣態？否則，王富仁何以在20世紀90年代頻繁標舉以蕭紅、蕭軍、端木蕻良、駱賓基等為代表的東北作家，稱讚他們借「左翼文學」破除了學院派自我中心化帶來的文化霸權和文化遮蔽，不僅表達了「自己獨立生活感受、社會感受和精神感受」，〔註70〕也照亮了那些「不屬於處於權力鬥爭漩渦裏的政治家或革命家，不屬於在現代經濟體制內部進行著經濟競爭的實業家，不屬於在社會生活中尚沒有找到自己固定的社會位置，還沒有穩定的物質生活保障和自我表現的自由空間的中下層知識分子，更不屬於在溫飽線上掙扎的底層廣大社會群眾。」〔註71〕

這樣的「三十年代」，在1930年代就已勢單力薄（從茅盾胡風對蕭紅的委婉批評就可以窺斑見豹），「在40年代的抗日戰爭當中」又被「民族主義所消解」，而50年代胡風被整肅則意味著消解進程的基本完結。〔註72〕如果1940～50年代的歷史被視作一個「左翼文學」精神逐漸消解的過程，那麼1960年代則可視為一個遺忘「左翼文學消解過程」的年代。而「三十年代」中最能代表「個人主體性」的聲音，正經歷著反覆的遺忘。文化歷史的進程，往往也是原初感受消弭和轉化的過程，如果缺乏反省則萬無可能發現此點。這是我們重新進入「周揚批判」歷史的不可不察之處，也是我們重新描述1960年代政治文化格局的不可不察之處。或許必得如此，方才有助於我們順利跨越想像和反思的層面，從過去真正抵達現在，並走向未來。

---

〔註69〕 張武軍：《1936年：20世紀中國文學發展道路中的轉捩點》，《東嶽論叢》2016年第5期。

〔註70〕 王富仁：《三十年代左翼文學·東北作家群·端木蕻良》（1～4），《文藝爭鳴》2002年第1～4期。

〔註71〕 王富仁：《「新國學」論綱（上）》，《社會科學戰線》2005年第1期。

〔註72〕 王富仁：《關於左翼文學的幾個問題》，《中國現代文學研究叢刊》2002年第1期。

## 1.2 非正式批判：對茅盾的低烈度整合

1957 年 7 月，茅盾在《詩刊》上發文談及遭遇創作障礙的苦悶，並將之歸因於「審美觀念和批評標準」的「眼高」與創作能力不足的「手低」之間的矛盾。〔註 73〕雖然文章是針對他人作評，但也算借借他人酒杯澆自家心中塊壘。的確，共和國階段的茅盾，似乎一直很難將時代思想和個人經驗完美結合，雖屢獲機會進行小說創作，卻始終不得其法，最終只能在文藝批評領域一展「眼高」的能力。大概對其創作萎縮的印象過於深刻，以至於在很多人眼中形成了這般的刻板印象，即作家茅盾僅是一個現代文學作家或者民國文學作家。因此，若以「文革期間的茅盾批判」為研究對象，人們便以為定要關注對「民國茅盾」的斧鉞相加。其實不然，共和國階段的茅盾，也是「十七年」文學的重要內容。首先，茅盾作為文化部長所作的大量發言、報告；其二，茅盾作為文藝理論家所作的大量評論；其三，也是最為人忽略的地方，即其民國時代的創作在共和國具備了新的形態和影響力。

茅盾作為新中國的文化和文學重鎮，在思想再整合的格局中都具備巨大的影響力和示範作用。茅盾因此也獲得了高層的保護，得以謹小慎微地度過文革，並在「新時期」重放光芒。但對茅盾在 1960 年代中期思想文化「再整合」中的地位問題，對茅盾受到何種形式、何種程度的評判的問題，其實遠非「過關」能夠一言以蔽之。恰相反，我們可以從中看到激進政治文化力量某種「建構性」的企圖和嘗試，看到其在整合重要文化資源時的審慎和多元。當然，針對這種「審慎」、「多元」和「建構性」進行的梳理，絕不能迴避特定歷史時期對知識分子和廣大社會群體的巨大傷害；針對知識分子如何應對「再整合」所展開的探討，也必須體諒個體在政治文化大變局中的軟弱無力。

### 1.2.1 邊緣：文化部長的真實處境

若要準確描述茅盾在 1960 年代尤其是 1964 年文化部整風期間的真實處境，我們可以從 1964 年底周恩來與茅盾的一番談話說起。

這個談話有三個版本。第一個版本，來自茅盾 1976 年 12 月 21 日所作的《敬愛的周總理給予我的教誨的片段回憶》：

〔註 73〕茅盾：《從「眼高手低」說起》，《詩刊》，1957 年第 7 期。

　　「在會議中期（全國人大三屆一次會議，筆者注），總理在人民大會堂某廳召我談話。總理先說，准予免職，另安排我在政協工作。又說，文化部工作有原則性的嚴重錯誤，我的責任比較小，而文化部黨組兩個主要成員的責任大。這番話真使我十分惶愧。我常聽說『黨內從嚴，黨外從寬』，我作為黨外人，既然居於負責的地位，不應該以此寬慰自己，而且副部長們在工作上確也經常徵求我的意見。」〔註74〕

第二個版本，來自韋韜、陳小曼的《父親茅盾的晚年》：

　　「（周恩來說，筆者注）文化部的工作這些年來一直沒有搞好，這責任不在你，在我們給你配備的助手沒有選好，一個熱衷封建主義文化，一個又推崇資本主義文化。我知道你從一開始就不願意當這部長，後來又提出過辭職，當時我們沒有同意，因為找不到接替你的合適人選。」〔註75〕

　　一個故事有兩種講法，這顯然是時代變遷對歷史言說左右牽引的結果，但其核心無疑都集中在兩個批示出臺後，文化部領導如何擔責的問題上。在茅盾的回憶中，周恩來對文化部有負於領袖期待亦感失望，在責任分攤上他認為茅盾雖難逃干係，但黨組成員應擔主責。在第二種敘述中，周恩來將文化部的「錯誤」歸罪於具體的個人——齊燕銘、夏衍兩個副部長。在第三種敘述中，文化部的「錯誤」則由抽象的「黨」組織來承擔。對於這三種講法，我們與其辨析哪一種更準確，不如將之視為一個更全面事實的三個不同面向。

　　先從 1960 年代黨政關係說起。一般認為進入 1950 年代下半頁，伴隨著共和國計劃經濟體制的初步建立，執政黨對社會的領導全面深入，比如毛澤東就在 1962 年的《在擴大的中央工作會議上的講話》中就提出「黨是領導一切的」的論斷。〔註76〕有學者將這種黨政一體的模式稱為「合一型黨政關係」，即「黨以治理主體的方式直接介入國家治理過程，黨和政府構成合二為一的高度融合關係。黨在國家治理過程中既是決策者又是執行者，政府在很大程度上只不過是黨治理國家的象徵性的制度符號，本身完全不具備治理功能，政府機構執行的是黨的政策措施，而且這樣的執行也是在機構黨組織的領導

---

〔註74〕茅盾：《茅盾全集》第 27 卷，人民文學出版社 1996 年版，第 207～308 頁。
〔註75〕韋韜、陳小曼：《父親茅盾的晚年》，上海書店出版社 1998 年版，第 5 頁。
〔註76〕《毛澤東文集》第 8 卷，人民出版社 1999 年版，第 305 頁。

下進行的。」〔註77〕因此，從 1960 年代黨組織和政府部門的關係看，所謂文化部的問題「是黨的責任」、責任由黨組書記齊燕銘和副部長兼黨組成員夏衍承擔，是符合文化部黨組負責制的實際情況的。

黨組書記負責，而擔任正職的民主人士所獲更多的是象徵資本——這就是茅盾身處文化部所必須接受的制度安排。

1965 年文化部出現了巨大的人事變動，4 月 7 日中共中央免去了齊燕銘和夏衍在文化部的黨政職務，調來軍隊的蕭望東、上海的石西民取代之。茅盾雖處在權力體制邊緣，仍然不可能自外於文化領域階級鬥爭的漩渦和熔爐。所以茅盾所謂的自己「居於負責的地位」與其說是要主動擔責，毋寧說這反映的是他的緊張心態。正是伴隨著這種緊張心態，茅盾遭遇了一系列直接或間接涉己的批判運動。

## 1.2.2 「大連會議」批判中的保護過關

他首先直面的是 1964 年下半年開始的對「大連會議」的猛烈批判。

大連會議，主要圍繞「農村題材小說如何反映人民內部矛盾」的核心主題展開，廣泛涉及到人物形象、題材問題、深入生活、藝術形式等多方面的內容。〔註78〕與會者思想放鬆、發言熱烈，被譽為一次「神仙會」〔註79〕。孰料政治形勢斗轉，毛澤東於同年 7 月 25 日在北戴河召開的中央工作會議上痛斥「利用小說反黨是一大發明」，9 月又在八屆十中全會上重申「千萬不要忘記階級鬥爭」。而意識形態領域成為階級鬥爭的試驗場和最先爆發地，標誌之一就是對文藝界的兩個「批示」：不滿 50 年代以來文藝界「收效甚微」、「問題不少」，指責文藝界的領導者「跌倒修正主義的邊緣」。作為對領袖批示的及時回應，「大連會議」被當做文藝領域反資反修的鬥爭對象，作協黨組書記邵荃麟也被拋出「祭旗」。根據與會者回憶和會議記錄彙編的《關於「寫中間人物」的材料》，邵荃麟的罪責在於提出了「寫中間人物」和「現實主義深化」兩項錯誤主張。〔註80〕

---

〔註77〕劉傑：《黨政關係的歷史變遷與國家治理邏輯的變革》，《社會科學》2005 年第 3 期。

〔註78〕丁爾綱：《茅盾與「現實主義深化」、「寫中間人物」論——兼談批判「大連黑會」的指向問題》，《綏化師專學報》，1995 年第 2 期。

〔註79〕黎之：《文壇風雲錄》，人民文學出版社 2015 年版，第 272 頁。

〔註80〕《關於「寫中間人物」的材料》，《文藝報》1964 年第 8～9 期合刊。

　　實際上，所謂邵荃麟獲罪的發言材料，有些並非他所說，有些只是被他引用。比如在涉及寫「中間人物」時，邵荃麟明確指出：「茅公提出『兩頭小，中間大』」；在涉及「現實主義深化」時，他也是引用茅盾發言：「茅盾同志說的現實主義的廣度、深度和高度，這三者是緊密相連的」。〔註81〕不僅如此，茅盾早在50年代便已思考「中間人物」和「現實主義」等問題。比如在《創作問題漫談》中，茅盾強調「中間狀態」人物的文學價值，提出「我們日常生活中的典型，有正面的典型，也有反面的典型，還可能有一種中間狀態的典型。」〔註82〕。在其名篇《夜讀偶記》中，他將現實主義的發展視作一個複雜的過程，並揭示在這個發展過程中起作用的兩大因素：「首先是社會經濟的發展，其次是現實主義本身的藝術發展的規律」。〔註83〕這其實已經爲「現實主義深化」提供了理論基礎。正因如此，有研究指出對「寫中間人物」和「現實主義深化」反覆不斷的批判，「名義上批判的是邵荃麟；實際上批判的是茅盾。」〔註84〕

　　當然，如果將茅盾視作批判「中間人物論」的焦點，顯然不夠準確，因爲邵荃麟作爲中國作協黨組書記、「大連會議」組織者和主持人，有足夠「資格」被推上風口浪尖。如果要說代人受罪，那麼「代周揚受罪」或許更爲準確。畢竟在新中國成立後，周揚才是公認的文藝方面的主管。然而，對於茅盾本人來說，雖經受種種旁敲側擊，但確實被保護過關了。其時任職中宣部文藝處的黎之後來的回憶也證實了這一點：茅盾不是文化部整風的重點，也不是直接的批判對象，甚至都可能未參加部領導的整風。〔註85〕

## 1.2.3 《林家鋪子》批判中的「有保留」批評

　　一波未平，一波又起。靠邊站的茅盾又受到了批判電影《林家鋪子》的波及。

　　電影《林家鋪子》，根據茅盾1932年的同名小說改編而來。促成此事的關鍵性力量來自夏衍。夏衍對茅盾的《林家鋪子》可謂一往深情。1933年，他化名「羅浮」在《文學月報》一卷二期上稱讚該小說是茅盾短篇小說中「描

〔註81〕邵荃麟：《邵荃麟評論集（下）》，人民文學出版社1981年版，第403，399頁。
〔註82〕茅盾：《茅盾評論文集（上）》，人民文學出版社1978年版，第303頁。
〔註83〕茅盾：《茅盾評論文集（上）》，人民文學出版社1978年版，第35頁。
〔註84〕丁爾綱：《茅盾研究難點試論》，《文史哲》，1994年第4期。
〔註85〕黎之：《文壇風雲錄》，人民文學出版社2015年版，第351頁。

寫最爲生動，逼眞，和有力的一個」。〔註86〕1955 年，夏衍由上海調任北京擔任文化部分管外事與電影的副部長，改編《林家鋪子》的意向也開始逐步落實，對作品主題也做了局部調整。如果說茅盾在小說中更多地投入了對下層工商業者的同情〔註 87〕，那麼夏衍則希望突出「林老闆」作爲民族資產階級壓迫與被壓迫的兩面性，揭示舊社會「大魚吃小魚，小魚吃蝦米」的叢林法則。〔註88〕在編劇夏衍和導演水華的共同努力下，《林家鋪子》作爲共和國十週年華誕獻禮影片走上銀幕，收穫了無數掌聲。

　　然而時隔 5 年之後，在文化部整風的過程中，電影《林家鋪子》竟成了「有嚴重錯誤的影片」。爲了展現整風的成果，贏得主動，1964 年 8 月 14 日，中宣部向中央書記處報告《北國江南》和《早春二月》有嚴重錯誤，請示在北京、上海等地公開放映和批判。8 月 18 日，毛澤東批示：「不但在幾個大城市放映，而且應在幾十個到一百多個中等城市放映，使這些修正主義材料公之於眾。可能不只這兩部影片，還有些別的，都需要批判。」〔註89〕這個批示爲激進文化力量批判更多的電影，拉開了口子。據吳冷西回憶，1964 年底，江青約談中宣部周揚、許立群、林默涵、姚溱和吳冷西等人，要求全國報刊著手對《林家鋪子》等其他影片的批判。〔註90〕

　　處在文化革命一線的領導如彭眞、周揚等人試圖縮小文藝批判的範圍，並將批判性質限制在學術討論。據黎之回憶，當時彭眞建議先批判《林家鋪子》、《不夜城》，並主張在批判之外，也可以開展學術爭鳴；中宣部副部長林

---

〔註86〕茅盾：《〈春蠶〉、〈林家鋪子〉及農村題材的作品》（回憶錄十四），《新文學史料》，1982 年第 1 期。

〔註87〕1953 年 10 月，茅盾在給吳奔星的信中說：之所以設計懦弱的林老闆「出走」的結局，是爲了體現對惡勢力的反抗。孫中田，查國華：《茅盾研究資料》（中），中國社會科學出版社 1983 年版，第 51 頁。

〔註88〕原文爲：「把林老闆這一類人物處理爲：一方面是被壓迫者、被剝削者，另一方面又是一個還可以壓迫人的剝削者……他對豺狼是綿羊，但是他對綿羊則是野狗。『大魚吃小魚，小魚吃蝦米』，是當時的社會現實……不把林老闆寫成一個十足的老好人，不讓今天的觀眾對林老闆有太多的同情，應該說是完全有必要的。」孫中田，查國華：《茅盾研究資料》（中），中國社會科學出版社 1983 年版，第 365 頁。

〔註89〕《建國以來毛澤東文稿》第十一冊，中央文獻出版社 1996 年版，第 135 頁。

〔註90〕吳冷西回憶：中宣部不同意江青批判那麼多電影後，「江青就到上海去，上海報紙就陸續批判這些影片，全國其他地方也相繼仿傚。在這樣的壓力下，中宣部被迫要人民日報批判《不夜城》和《林家鋪子》」。吳冷西：《憶毛主席》，新華出版社 1995 年版，第 149 頁。

默涵，還安排黎之在馬克思主義經典文獻中找到了一段「大魚吃小魚」的言論，算是為電影處理大小資本家間的關係找到了理論依據；此外，周揚等人還曾跟文化部、文聯各協會和各大報刊打招呼，希望批判有理有據，不要批判過寬。〔註91〕其後的事實證明，彭真、周揚等人的努力沒有收到成效。對《林家鋪子》的批判大潮，推遲了半年之久，終於在1965年5月29日爆發了。

　　這一天，《人民日報》、《光明日報》、《中國青年報》等諸多報紙，同時發表對電影《林家鋪子》的批判文章。既往對《林家鋪子》批判的研究，大多鎖定在對改編者夏衍身上，但如若細查此類文章，則發現直接關涉茅盾者也不在少數。何故？在批判「大連會議」之時，由於茅盾和邵荃麟的發言均未公開，所以雖將茅盾之言嫁接到邵荃麟之口，也難遭大眾質疑。然而電影《林家鋪子》的源本小說早在1932年就已發表，人人皆可溯流上查，所以儘管批判者們費盡心力想在電影和小說之間劃出清晰界限，仍然不能阻止人們從小說文本中捕獲與電影一致的內容，不能阻止人們關於茅盾亦當擔責的推斷。而更重要的是，激進文化力量似乎並不總是在保護他，或者說他們早有意要真正敲打一下茅盾了。作為具體表現形式：一方面，批判者仍有限度地肯定小說在1930年代的意義，另一方面，他們往往緊接著話鋒一轉直指茅盾小說原作的弊病。

　　比如《人民日報》發表署名蘇南沅的文章《〈林家鋪子〉是一部美化資產階級的影片》，認為：「原作表現了三十年代的中國在三座大山的壓迫下，連民族資產階級也不得不陷於破產的命運，因而對國民黨的黑暗統治有所揭露，這在當時是有一定的積極意義的。但是小說沒有揭示民族資產階級和無產階級之間的剝削和被剝削的本質關係，即使在當時來說，也是很大的缺點。」〔註92〕

　　《光明日報》發表署名關山、巴雨的文章《美化資本家，醜化工人階級——批判影片〈林家鋪子〉》，仍不否定其積極意義，但重點顯然在突出缺點。它認為：「小說《林家鋪子》當時在揭露國民黨的黑暗統治方面雖然有一定的積極意義，但它掩蓋了資本家林老闆的剝削本質，只看到民族資本家的苦難，

〔註91〕黎之：《文壇風雲錄》，人民文學出版社2015年版，第354～355頁。

〔註92〕蘇南沅：《〈林家鋪子〉是一部美化資產階級的影片》，《人民日報》1965年5月29日。

而看不到工人階級和勞動人民所受的真正苦難。而揭露國民黨的黑暗統治也主要是替民族資產階級訴苦喊冤，反映他們的思想和願望。」〔註93〕

倒是《文藝報》發表署名張天翼的文章《評電影〈林家鋪子〉的改編》，看似與蘇文相似，但其落腳點是在承認小說的合理性。身為 1930 年代左翼作家的張天翼作此文，大概既有辯他，亦有自辯的成分在內。它認為：「小說是有重大缺點的，它不是站在無產階級立場，用馬克思列寧主義觀點來分析當時的社會現象；可是它針對著當時國民黨反動統治下的社會現實，從一定的側面暴露了國民黨統治下的黑暗，矛頭是指向著當時國民黨的統治制度的。」〔註94〕

如果說，在批判「寫中間人物」論時，《文藝報》編者在《「寫中間人物」是資產階級的文學主張》中提出「『寫中間人物』的倡導者們，從資產階級的藝術觀看問題」一說，算是「順便一棍子將茅盾也捎帶上了」〔註 95〕。那麼在《林家鋪子》批判風波中，以《人民日報》、《光明日報》、《文藝報》之尊，同時發文對卸任文化部長耳提面命，則顯示了激進文化力量對茅盾及其創作的「有保留」的否定。蘇南沉在文中稱：「夏衍同志和文藝隊伍中的一些同志一樣，是資產階級知識分子出身。但是有些人在革命實踐中，在黨的教育下，逐漸改造了自己的世界觀，他們的立場、觀點已經基本上轉變到無產階級這方面來；有些人正在努力改造的過程中；另外一些人則頑強地堅持自己的資產階級世界觀，他們的心靈深處，還藏著一個資產階級的王國……夏衍同志就是屬於世界觀沒有得到很好改造的作家之一。」那麼讀者必然會追問：這三類人中，茅盾到底屬於哪一類呢？但無論答案為何，大前提已經確立——都逃不脫「資產階級知識分子」的身份和命運。

## 1.2.4 文化部內部會議上的點名批評

在 1964 年下半年到 1965 年上半年的文化部整風運動中，儘管前文已述——茅盾處於運動邊緣，較少參會更沒有被迫表態自我批判和揭發他人。但在一些茅盾未參與的內部會議中，茅盾已經多次被點名批評。根據黎之的回

---

〔註93〕關山、巴雨：《美化資本家，醜化工人階級——批判影片〈林家鋪子〉》，《光明日報》，1965 年 5 月 29 日。
〔註94〕張天翼：《評電影〈林家鋪子〉的改編》，《文藝報》，1965 年第 6 期。
〔註95〕鍾桂松：《茅盾評傳》，南京大學出版社 2013 年版，第 344～345 頁。

憶，文化部整風期間曾對茅盾有過大量批評，集中在三點：一是二三十年代的「問題作品」，如《蝕》三部曲和《從牯嶺到東京》；二是茅盾對中間人物價值的肯定性言論；三是獎掖青年時強調個人奮鬥因素的「不當言論」。

當然，黎之憑記憶講述，難免錯失某些重要細節。近年來，有研究者通過對中國作協黨組會議討論材料勘察、梳理，發現了一本極有價值的、由中國作協黨組在 1964 年 8 月 28 日出臺的《關於茅盾的材料》，有利於還原作協機構對茅盾的「真實」態度。〔註 96〕根據這份材料，我們發現作協黨組是從以下三個方面批判茅盾在共和國的評論文章的：首先，從性質上，將茅盾的評論定性為資產階級世界觀、文藝思想的產物。稱其十五年來，「頑強」、「系統」、「露骨」地宣揚資產階級文藝思想、世界觀，「與黨的路線、方針、政策針鋒相對」。其二，從內容和表現上，認為茅盾的評論文章「幾乎沒有從正面提倡或闡發過寫先進人物、英雄人物的重要意義。」其三，從作用上，認為茅盾通過大量評論工作，「左右文學創作傾向」，「與黨爭奪青年作家」。〔註97〕

上述措辭不可謂不激烈，文藝界管理者對茅盾的不滿可見一斑。不過，激烈的措辭在日趨激進的文化政治中，也可能只是順應某種批判套路。所謂「資產階級」的定性，「不提倡寫英雄人物」的局限，乃是批判大戰中屢試不爽的萬能武器。所以最讓茅盾和後來研究者驚訝的，是關於「與黨爭奪青年作家」的指責。此論主要依據是茅盾 1962 年 4 月 27 日寫給胡萬春的一封信。但事實上，茅盾在信中稱讚胡萬春從一個半文盲成長為一名知名作家難能可貴的時候，並未遺漏「黨的領導」，反而明確表示這是「受了黨的培養」。只是茅盾多說了一句「自己的努力該是主要的因素」〔註 98〕，便成了鼓吹個人奮鬥、與黨爭奪青年作家的罪證。其實，茅盾對青年作家的重視、鼓勵、獎掖，在 1960 年代已有公論。如 1962 年陳毅《在全國話劇、歌劇、兒童劇創作座談會上的講話》中多次提到茅盾，並稱讚茅盾扶植文藝新生力量：

> 「茅盾先生做了很多工作，看了近幾年來主要的小說，我就相信他。他說有很多有才華的青年作者，很有希望。他講這個話：「比我們年輕的時候寫得好。」這句話是很有分量的。」〔註99〕

〔註96〕陳徒手：《矛盾中的茅盾》，《讀書》，2015 年第 4 期。
〔註97〕《關於茅盾的材料》，載陳徒手：《矛盾中的茅盾》，《讀書》2015 年第 4 期。
〔註98〕茅盾：《茅盾書信集》，文化藝術出版社 1988 年版，第 201～202 頁。
〔註99〕陳毅：《在全國話劇、歌劇、兒童劇創作座談會上的講話》，《文藝研究》，1979 年第 2 期。

　　《關於茅盾的材料》全盤否定了茅盾在新中國的評論成就，但似覺僅從文藝角度進行批判尚不盡興，另還歷數了茅盾五六十年代在工作、生活中的一些「不當」言行。結合茅盾在文藝上的種種錯誤，作協黨組最後爲這位文壇領袖、尚未卸任的文化部長作了一個頗爲冷酷的定性：「十五年來，每當國內階級鬥爭尖銳化或遇到困難的時候，他就明目張膽地暴露出他的頑固的資產階級立場。」〔註 100〕

## 1.2.5 政治和人身安全下的零星批判

　　在周揚、林默涵等人主持文化部整風的情勢下，對茅盾的內部點名既是批判也是保護。不過隨著文革形勢狂飆突進，周、林等人被打倒後，茅盾的處境變得更爲艱難。對於茅盾在文革的境遇，學術界比較關注的是紅衛兵對其家庭的衝擊，但茅盾此時的整體處境卻並沒有根本性的惡化。以其 1966 年 5 月到 8 月「文革」全面爆發期間的日記爲例，我們可以得知如下情況：

　　5 月 3 日下午 2 點半赴北京飯店，出席政協招待海外歸國觀光華僑、港澳同胞及少數民族代表之酒會；5 月 4 日晚 7 點赴人大三樓看內部放映的「壞電影」《桃花扇》；5 月 6 日晚在人大三樓小禮堂看話劇《奴隸之歌》；5 月 10 日晚 7 點出席阿爾巴尼亞黨政代表團告別宴會；5 月 11 日上午 9 點赴政協出席國際問題小組座談會，晚上 9 點半，赴東郊機場歡送阿國黨政代表團；5 月 17 日晚赴天橋劇場看《白毛女》舞劇；5 月 20 日上午 9 點赴政協出席國際問題座談會，晚 7 點赴人大三樓小禮堂看「壞電影」《不夜城》；5 月 26 日晚 7 點赴人大小禮堂看電影；

　　6 月 2 日晚赴人大三樓小禮堂看「壞電影」《紅日》；6 月 7 日晚赴人大看「壞電影」《阿詩瑪》；6 月 17 日上午 9 點赴人大河北廳出席統戰部召集的會議，聽徐冰報告彭羅陸楊四人所犯「罪行」，閱讀中共中央有關文化革命運動之文件；6 月 18 日上午 9 點仍去河北廳閱文件，11 點半返家，下午 3 點再去河北廳看文件，5 點半返家；6 月 20 日～24 日連續每天赴政協出席座談會；6 月 27 日赴人大出席統戰部召集會議，聽劉少奇關於彭羅陸楊的講話；6 月 29 日～30 日赴政協出席座談會；

　　7 月 7 日下午 4 點出席人大與政協兩常委聯席會議；7 月 8 日～9 日下午連續出席政協雙週座談會；7 月 21 日下午 3 點赴政協出席常務委員會議；7

〔註 100〕 《關於茅盾的材料》，載陳徒手：《矛盾中的茅盾》，《讀書》，2015 年第 4 期。

月 24 日下午 2 點赴政協出席座談會並發言；8 月 15 日晚到北京體育館看體操比賽，16 日晚 7 點半赴北京工人體育館看捷克女子籃球隊與駐京部隊女子籃球隊比賽；

8 月 18 日上午 7 點 5 分到天安門參加集會，因「毛主席將在門樓與群眾見面」；8 月 27 日晚 7 點赴工人體育館出席乒乓球邀請賽開幕式；8 月 31 日應邀參加毛主席在天安門舉行的接見外地來京革命師生大會。〔註101〕

由上可見，首先，此時的茅盾雖然沒有進入「文革」風暴的中心，但並未賦閒在家，仍需參加全國人大、政協各種會議及各類學習會議和外事活動。甚至毛澤東多次在天安門城樓接見來北京串聯的紅衛兵時，茅盾也應邀同場觀禮。

其次，雖然茅盾日記始終堅持極簡的陳述，而少情感的鋪陳，但是他的內心應該並不感到寬慰和輕鬆。這固然有來自「彭羅陸楊」批判帶來的緊張，也不缺對於「文化革命運動」的困惑，還包括茅盾自家也不免被民眾批判甚至紅衛兵「查抄」的命運的無奈。比如 8 月 11 日，茅盾記錄了科學院情報所一對「右派」被戴高帽遊行；8 月 25 日，他又記錄了文化部職員子女推倒文化部宿舍大院和自家漢白玉石盆的粗暴行為；8 月 30 日，他更詳細地記錄了上午紅衛兵衝入家中後持續了近 1 個半小時的「檢查」。此類事件顯然不斷加深著茅盾的緊張心態，頻繁記錄這一行為本身就是症候。

1966 年 8 月 30 日，周恩來借毛澤東批示保護章士釗的契機，擬了一份保護名單，除了宋慶齡、章士釗、郭沫若等 12 人外，茅盾也因身為政協副主席受到保護，也從此獲准免受直接衝擊、批鬥之苦。〔註102〕這說明特定時期對茅盾文化身份和文化地位給予了持續肯定，也是將茅盾整合進新的文化格局中的重要舉措。但在這一特殊文化格局之中，茅盾並無自外於批判的特權。1966 年秋冬，東總布胡同二十二號中國作協院內終於出現了第一張針對茅盾的大字報。據韋韜、陳小曼回憶，大字報「篇幅不短，在大門內的影壁上，佔了整整一面牆，標題是《徹底批判三十年代文藝黑線的祖師爺》」。但大字報上有不少人留言表示質疑或反駁，而且此後一段時間再不見大字報出現。〔註103〕

〔註101〕《茅盾全集·日記二集》（第 40 卷），人民文學出版社 2001 年版，第 91～152 頁。

〔註102〕毛澤東：《在章士釗反映被抄家情況來信上的批語》（注釋 2），載《建國以來毛澤東文稿》（第十二冊），中央文獻出版社 1998 年版，第 116～117 頁。

〔註103〕韋韜、陳小曼：《父親茅盾的晚年》，上海書店出版社 1998 年版，第 39～40 頁。

### 1.2.6 文革小報中的尖銳謾罵

　　進入 1967 年，上述情況開始改變。1 月，《紅旗》發表《評反革命兩面派周揚》。文章雖以批判周揚為務，但既指周揚為文藝黑線的總頭目，那麼筆涉其他文藝黑線人物和反動學術權威也實屬必然。1956 年 3 月召開的中國作協第二次理事擴大會議上，周揚將趙樹理、茅盾、巴金、老舍、曹禺等人稱為「語言藝術大師」。〔註 104〕姚文元舊事重提，並將之描述成周揚欲藉此「命令無產階級向資產階級「權威」跪倒投降」〔註 105〕。若以姚文為是，那麼茅盾自然也就成了未點名的「資產階級權威」之一。這頂帽子，相較於此前中國作協黨組設定的「資產階級立場」，定性更為嚴重。

　　姚氏基調甫定，造反組織自辦的文革小報便馬上配合嗆聲。由中國作協革命造反團、新北大公社文藝批判戰鬥團聯合編訂的《文藝戰線上兩條路線鬥爭大事記 1949～1966（增訂本）》〔註 106〕上，多處點名批判茅盾。如指其在 1959 年 2 月 18～27 日中國作協召開的文學創作工作座談會上，「在題為《創作問題漫談》的講話中，說描寫日常生活的普通題材比重大題材『教育作用』『更為普遍』，鼓吹寫英雄人物的『缺點』，寫『中間狀態的典型』，同時還對新民歌冷嘲熱諷。」〔註 107〕；指其在「大連會議」上，「對黨和社會主義制度破口大罵，污蔑大躍進『是暴發戶心理』。」〔註 108〕

　　造反組織顯然覺得《大事記》這種羅列條例的方式，嚴重束縛了他們上綱上線的手腳。中國作協革命造反團自辦的報紙《文學戰報》，遂祭出 1960

---

〔註 104〕周揚：《建設社會主義文學的任務》，《文藝報》，1956 年 5～6 合刊。

〔註 105〕姚文元：《評反革命兩面派周揚》，《紅旗》雜誌一九六七年第 1 期。

〔註 106〕當事人洪子誠曾「供述」：「《大事記》編者署名『中國作家協會革命造反團、新北大公社文藝批判戰鬥團』，實際的編寫者是當時任教於北大中文系的幾位教師，有嚴家炎、謝冕、劉煊，還有我六七人：他們在學校主要從事文學理論、現代文學史和寫作的教學。……說是和作協造反團合作，其實他們並沒有派人參加。」洪子誠：《思想、語言的化約與清理──「我的閱讀史」之〈文藝戰線兩條路線鬥爭大事記〉》，《文藝爭鳴》2010 年第 3 期。

〔註 107〕中國作家協會革命造反團，新北大公社文藝批判戰鬥團：《文藝戰線上兩條路線鬥爭大事記 1949～1966（增訂本）》，1967 年版，第 27 頁。

〔註 108〕《文藝戰線上兩條路線鬥爭大事記 1949～1966（增訂本）》，1967 年版，第 39 頁。需要補充的是，《茅盾年譜》在記錄茅盾 1967 重大事件時，曾指出《文學戰報》上發表的《文藝戰線兩條路線鬥爭大事記》在談到青春之歌的討論時，說：「周揚黑幫立即組織茅盾、何其芳等『權威』進行圍攻」。在單行本《文藝戰線上兩條路線鬥爭大事記 1949～1966（增訂本）》上，並無「茅盾、何其芳等『權威』進行」這幾個字眼。

年代以來針對茅盾的最兇悍的一次批判——《茅盾——大連黑會抬出來的一尊凶神》，給茅盾戴上了「三十年代祖師爺」、「反共老手」、「老右派」：

> 「在陰風陣陣的大連黑會上，茅盾是個特殊人物，起到別人難以起到的作用。

> 在物色與會人選時，周揚黑幫就別有用心地抬出茅盾，並讓他充當會議主持人之一。……原來，周揚黑幫早就明白，這個大革命以後背叛了黨的三十年代『祖師爺』，與他們是一條心的。解放以後，一到氣候適宜，這個反共老手就跳出來放毒箭，點鬼火。周揚黑幫想利用的正是這個『祖師爺』的『威望』和反黨的『經驗』。

> 果然，茅盾不負周揚黑幫的希望。……在他的插話和報告中，猖狂攻擊三面紅旗……他假借談崇禎，瘋狂誹謗我們心中最紅最紅的紅太陽，為被『罷』了『官』的右傾機會主義分子叫屈，支持、策應封建主義、資本主義勢力的猖狂進攻。

> 這個老右派，積極響應劉少奇反革命復辟的動員，與周揚、邵荃麟等一小撮黨內走資本主義道路當權派勾結在一起，大肆鼓吹創作為這一反革命政治綱領服務。

> ……今天，我們在清算劉少奇文藝黑線，審判大頭目周揚時，要砸爛反革命文藝黑線的破廟裏的這尊兇神惡煞，讓他見鬼去吧！」

〔註109〕

而與此同時，我們發現日記中的茅盾開始處在某種「無事」的落寞之中：1967年的1～4月，「閱《參資》」成了他最重要的政治活動；唯一記錄下來的大事件，是1月27日「文化部革命奪權派內部兩派與被指斥為假革命的一派」進行大辯論的高音喇叭，將他從午睡中「驚醒」。

綜上所述，具備巨大的文化影響力，能夠發揮針對知識分子的示範效用，這是茅盾被再整合進1966～1976年間激進意識形態版圖的重要原因。但這一思想文化整合過程反覆跌沓，其間茅盾雖在「大連會議」批判運動中被保護過關，卻也被《林家鋪子》批判聲浪所指謫，更經歷了文化部內部的點名批判，在接受政權提供的政治安全和人身保護同時，也默默忍受著「文革」小報既受人引導又超出常規的高聲謾罵。

---

〔註109〕《茅盾——大連黑會抬出來的一尊凶神》，《文學戰報》（第8號），1967年5月5日。

　　茅盾當能理解此番「再整合」對其蘊含的「不幸之幸」。50 年代初，茅盾在編選開明版《茅盾選集》時，將《創造》、《腐蝕》、《蝕》三部曲等作品剔除，收入《春蠶》、《林家鋪子》以及一些不太知名的小說，以此對自己「落伍」的創作實踐和文學觀念進行檢討。他在選集序言中強調：「一個人有機會來檢查自己的失敗的經驗，心情是又沉重而又痛快的。」〔註 110〕「有機會」這三個字所體現的「亡羊補牢，為時未晚」的慶幸，極易為研究者忽視，卻包含了知識分子的政治理想、功利考量和內心焦慮等豐富的內涵。正如 1955 年，四川大學中文系主任張默生在批判「胡風反黨集團」時曾說的：「值得可怕的是『不堪造就』，而不是『可以造就』。不堪造就，那就是所謂『前途不堪設想了』；可以改造，才有前途，才有希望，才有光明。」〔註 111〕被政治大潮裹挾的知識分子，真正害怕的不是檢查不深刻，「搔不到創傷」，也不是「因循拖延，沒有把自己改造好」，而是唯恐失去改造的機會與資格，被徹底置於「人民」之外。

　　茅盾亦能明白自身在「再整合」進程中所處的文化位置：作為新中國曾經的文化部長、作協主席，他繼續發揮著重要的文化象徵作用。但 1960 年代的「整合」與 1950 年代的「整合」終究不可同日而語。50 年代初，由小說改編的同名電影《腐蝕》因「同情特務」遭遇停映時，茅盾「始終未置一詞，若無其事」。〔註 112〕1960 年代中期的茅盾似乎依然鎮定——「仍舊像往日那樣平靜地躺在床上看書，看不出有什麼情緒上的變化」。〔註 113〕按照孔德芷的說法——「他還要觀察」，但觀察的結果卻是——不再「有機會」自辯或檢討了。

　　於是在日復一日的關於起床、如廁、小睡、閱報、讀書、吃藥的「起居注」式的日記中，本就謹慎的茅盾更加沉默了！但「意有所鬱結」，必思「通其道」，1973 年 6 月 6 日在給妻弟媳金韻琴的信中，他透露出悔其少作、不該走上了現代文學之路的遺憾之情：「我近來深悔當年為糊口計，不得不搞創作，暗中摸索，既走了彎路，也有不少錯誤。假使我當年有擔石之儲，不必日日賣文而做古典文學的研究工作，庶可以無大過。」〔註 114〕

〔註 110〕茅盾：《茅盾選集・自序》，上海開明書店 1952 年版，第 11 頁。

〔註 111〕張默生：《我迫切需要學習馬列主義哲學》，《人民川大》第 153 期，1955 年 4 月 2 日。

〔註 112〕柯靈：《心嚮往之——悼念茅盾同志》，《上海文學》，1981 年第 6 期。

〔註 113〕韋韜、陳小曼：《父親茅盾的晚年》，上海書店出版社 1998 年版，第 8 頁。

〔註 114〕金韻琴：《茅盾晚年談話錄》，上海書店出版社 2014 年版，第 217 頁。

# 1.3 自我批評：對郭沫若的柔性整合

　　共和國時期的郭沫若，作爲政府部門和文藝界重要領導人的身份，在新中國文化領域和廣泛的社會觀感中更具識別度。然而，郭沫若畢竟是文學大家。儘管「與『文藝新方向』所規定的創作觀念和創作方法之間的關係，始終處於緊張的、難以協調的狀態」，儘管堅持創作也「難以超越曾經的高度」，〔註115〕但他仍然留下了不少文學作品和評論文章。其在擔任政務院副總理、中國文聯主席、中科院院長、全國人大副委員長等職務的間隙，出版了歷史劇《蔡文姬》、《武則天》和《新華頌》、《百花集》、《潮汐集》《東風集》等10餘部詩集。因此，在激進文化勢力看來，身居要職的文化人不可能完全與「資產階級反動權威」和「文藝黑線人物」脫鉤，而其地位和作品都是問題所在。

　　但對郭沫若的整合，因爲有高層的有意關照，而呈現相對柔和的推進方式。以茅盾和郭沫若爲例即可見一斑，雖說兩人俱爲共和國文藝界重鎮，但兩人在「文革」期間的處境卻存在著不小的差別：從激進文化力量對兩人的處理方法上，郭沫若基本上沒有受到批判，但茅盾卻經內部批判的方式才被整合進新的意識形態版圖。

## 1.3.1 過渡：從「魯迅的繼承者」到「毛主席的老學生」

　　1941年，魯迅逝世5週年，也是郭沫若50壽辰。11月，中共南方局借助「文協」等民眾團體，動員了大量社會名流，發起了「郭沫若五十壽辰暨創作生活二十五週年」大型紀念活動。有研究者簡潔地指出這一活動的目的：「把郭沫若塑造成了魯迅的後繼者，把郭沫若的個人選擇和文化活動塑造成了國統區文藝運動的基本方向，把郭沫若的個人行爲改寫成了具有普遍意義的文化運動方向。」〔註116〕同年11月16日，周恩來在《新華日報》發表文章《我要說的話》，不僅將郭沫若的創作與五四新文化運動牢牢地聯繫在了一起，而且將郭沫若塑造成魯迅的衣缽傳人。文章寫道：「魯迅自稱是『革命軍馬前卒』，郭沫若就是革命隊伍中人。魯迅是新文化運動的導師，郭沫若便是新文化運動的主將。魯迅如果是將沒有路的路開闢出來的先鋒，郭沫若便是

---

〔註115〕洪子誠：《中國當代文學史》，北京大學出版社2007年版，第27頁。
〔註116〕段從學：《「文協」與抗戰時期文藝運動》，北京大學出版社2012年版，第231頁。

帶著大家一道前進的嚮導。」〔註117〕周恩來的講話無疑是這場聲勢浩大的紀念活動的重頭戲。以周恩來中共中南局領導人的身份，其發言絕非一時感動，也非個人意志，而是作爲中共喉舌發出要求。

本文並不打算辨析郭沫若是否有資格成爲魯迅的繼任者或評估這種繼任是否有效。本文將時間快進，然後注目於共和國如何重新評價郭沫若。周恩來說：「魯迅的方向就是大家的方向」。既然魯郭之間已經被建構成了一種傳承關係，那麼魯迅的方向也必然是郭沫若已經或必經的方向。那麼魯迅和郭沫若的方向是什麼？在毛澤東《新民主主義論》的論述中，身兼文學家、思想家和革命家三重榮譽的魯迅，已然「這個文化新軍的最偉大和最英勇的旗手」。文章接著說：「魯迅的方向，就是中華民族新文化的方向」。文章最後簡明扼要地指出這個方向，就是「無產階級領導的人民大眾的反帝反封建的文化」的方向。〔註118〕

然而，通過歷史的後見之明，我們也看到當「新民主主義」道路迅速向「社會主義」道路過渡時，魯迅以及郭沫若的方向和意義也隨之發生了某些改變。楊奎松認爲「新民主主義」這一理論的創造性，就在於它「明確肯定了像中國這樣的落後國家，在民主革命勝利到逐步轉入社會主義革命的過程中間，存在著一個相對穩定的過渡時期。」〔註119〕但是，建設新中國的步伐似乎走得比預想的更快一些，在 1953 年 6 月 15 日的政治局會議上，毛澤東就批評了「確立新民主主義社會秩序」的觀點，並提出：「要在 10 年到 15 年或者更多一些時間內，基本上完成了國家工業化和對農業、手工業、資本主義工商業的社會主義改造」。〔註120〕

在「新民主主義」向「社會主義」過渡的歷史時刻，文化整合的工作自然被推上了議事日程，而對「魯迅」和「郭沫若」等文化資源也進入重新估值的階段。研究晚年郭沫若的馮錫剛指出：「魯迅已矣，郭沫若取而代之成爲『革命文化的班頭』——但這只是周恩來 40 年代的評價，50 年代以來再無人

〔註117〕周恩來：《我要說的話》，《新華日報》，1941 年 11 月 16 日；廖永祥：《一篇具有重大歷史意義的〈新華日報〉代論》，《郭沫若學刊》1998 年第 4 期。
〔註118〕毛澤東：《新民主主義論》，《毛澤東選集》（一卷本），人民出版社 1967 年版，第 658～659 頁。
〔註119〕楊奎松：《毛澤東爲什麼放棄新民主主義——關於俄國模式的影響問題》，《近代史研究》，1997 年 04 期。
〔註120〕毛澤東：《在中國共產黨全國代表會議上的講話》，《毛澤東選集》（第五卷），人民出版社 1977 年版，第 81 頁。

提及。以毛澤東對建國 15 年來文化界的尖刻評判，自然也不會有此等人選。」
〔註121〕郭沫若對此想必是早有自知的。1951 年 5 月 20 日《人民日報》發表
了社論《應當重視電影〈武訓傳〉的討論》，扭轉了此前盛讚武訓精神和電影
《武訓傳》的熱潮。6 月 1 日，郭沫若迅速調整思想，作了《聯繫著武訓批判
的自我檢討》，就 1950 年為《武訓畫傳》題詞和褒揚武訓的內容進行「誠懇」
的「告罪」。〔註122〕「文革」爆發前夕，在批判吳晗、翦伯贊的聲浪中，他
主動提出辭去一切職務；在全國人大常委會第三十次（擴大）會議上公開悔
其舊作。「五·一六」通知發出不久之後，他又在亞非作家紀念《在延安文藝
座談會上的講話》的會議閉幕式上自稱「是一位毛主席的老學生」。可以說，
面對緊張的政治形勢，加之個人強烈的政治信仰，郭沫若主動投入到了「文
革」期間的思想整合中。

## 1.3.2 辭呈：山雨欲來前的緊張反應

當然，個人情志要融入組織的意識形態框架，既要面臨組織在整合多種
思想文化資源時難免的暴烈，也要經歷由深刻自我批判所帶來的困惑。經歷
了 1961～1962 年短暫的調整，文藝界和全國各個領域一樣，再次掀起階級鬥
爭的新波瀾。郭沫若樹大招風，且與文革前發生的若干文藝風波都有著千絲
萬縷的聯繫，難免生出彷徨之感。

比如對田漢及其京劇《謝瑤環》的批判。1964 年 7 月，在全國京劇現代
戲會演臨近閉幕時，本沒有安排講話的康生忽然發難：「北京，全國劇協，十
五年來沒有寫出一個好劇本來。相反的，倒出了《李慧娘》、《謝瑤環》這樣
的壞戲。」〔註123〕對田漢的批判從此加快鼓點，並在 1966 年初達到高峰。2
月 1 日、24 日，《人民日報》先後轉載雲松的《田漢的〈謝瑤環〉是一棵大毒
草》、何其芳的《〈評〈謝瑤環〉》，集中火力攻擊作品「為民請命」和「美化
封建帝王」兩大污點。在後一點上，郭沫若是無法逃脫干係的。1961 年 5 月
26 日，郭沫若在給陳明遠的信中即提到：田漢 1947 年寫了《武則天》的劇本，
事涉「武則天的青年時代」；自己所作的《武則天》（1960）則「著重寫了武

---

〔註121〕馮錫剛：《郭沫若的晚年歲月》，中央文獻出版社 2004 年版，第 144～145 頁。
〔註122〕郭沫若：《聯繫著武訓批判的自我檢討》，《人民日報》，1951 年 6 月 1 日。
〔註123〕鄧興器：《為民請命何罪之有——為田漢同志的〈謝瑤環〉平反》，《中國戲劇》，
　　　　 1979 年第 3 期。

則天的中年時代，即她一生中最光彩的一段」；田漢的《謝瑤環》則「對於她的缺點（特別是晚年的過失）進行批評」。〔註 124〕因此，若論「美化帝王」，書寫女皇「一生中最光彩一段」的《武則天》、「替曹操翻案」〔註 125〕的《蔡文姬》，都較田漢有過之而無不及。

再比如對吳晗和《海瑞罷官》的批判。《評新編歷史劇〈海瑞罷官〉》在《文匯報》發表後，批判不斷升級，浪潮席卷全國。不僅寫《海瑞罷官》的北京副市長吳晗被點名，凡寫過海瑞、演過海瑞的人也頻遭批判，甚至連海瑞本人都成了否定的對象。而在 50 年代末掀起的一場學習海瑞的風潮中，郭沫若寫過兩首關於海瑞的詩。一則作於 1960 年 2 月，看了川劇《大紅袍》之後，有「直言敢諫疏猶在，平產均田見可高。公道在人成不朽，於今猶演大紅袍」的讚美；一則作於 1961 年 2 月，訪海口海瑞墓後，有「我知公道在人心，不違民者民所悅。史存直言敢諫疏，傳有平產均田說」的稱頌。〔註 126〕郭沫若所美言的海瑞功績──「平產均田」、「為民主持公道」，正是後來姚文元批判海瑞的兩項罪名──「退田」、「平冤獄」。因此，若將批判之火燃燒到郭沫若身上，這些詩必是最佳材料。

事實正是如此。1966 年初，在統戰部編的《零訊》和《光明日報情況簡編》中，已經有人主張批判郭沫若的《武則天》、《蔡文姬》以及寫於 60 年代初的兩首關於海瑞的詩。雖然，郭沫若並未記錄當時心態，但我們可以從章士釗寫給毛澤東的一封自責信中模擬大概。1966 年 5 月 15 日，章士釗致信毛澤東，要求暫不出版著作《柳文指要》。面對來勢洶洶的文化大革命，這位老派知識分子手足失措，在信中表示：《柳文指要》的性質反動──乃是「為封建社會的文化僵屍塗脂抹粉」；效果惡劣──竟然「墮入反黨反人民的黑線之內」；雖非成心如此，卻應該接受「農工新作者痛加批判」。〔註 127〕郭沫若與章士釗，均是文化名流且均與毛澤東私交甚厚，大概可互作鏡照。另據龔育之回憶，在批判《海瑞罷官》和翦伯贊歷史觀期間，郭沫若曾跟中科院黨組

---

〔註 124〕黃淳浩：《郭沫若書信集（下）》，中國社會科學出版社 1992 年版，第 119～120 頁。

〔註 125〕郭沫若：《郭沫若全集》文學編（第八卷），人民文學出版社 1987 年版，第 4 頁。

〔註 126〕馮錫剛：《郭沫若的晚年歲月》，中央文獻出版社 2004 年版，第 24～25 頁。

〔註 127〕逄先知、馮蕙：《毛澤東年譜（1949～1976）》（第五卷），中央文獻出版社出版 2013 年版，第 587 頁。章士釗的自責顯然大大出乎毛澤東的意料，在批示中接連撫慰：「批判可能是有的，但料想不是重點，不是『痛加』」；「此語說得過分」；「何至於此」。

書記張勁夫說：「我這個人要揭開蓋子，臭得很。」〔註128〕這則材料顯露了郭沫若的緊張心態。

1966 年 1 月 27 日，他以身體情況不佳爲由，向中科院黨組書記張勁夫請辭中科院一切相關職務：

> 「我很久以來的一個私願，今天向你用書面陳述。我耳聾，近來視力也很衰退，對於科學院的工作一直沒有盡職。我自己的心裏是很難過的。懷慚抱愧，每每坐立不安。因此，我早就有意辭去有關科學院的一切職務（院長、哲學社會科學部主任、歷史研究所所長、科技大學校長等等），務請加以考慮，並轉呈領導上批准。」

他顯然知道張勁夫不可能給出任何答覆，於是懇請務必將信件轉呈黨內高層。文末他特意強調辭職行爲經過長久考慮，僅因身體不適，「別無其他絲毫不純正的念頭」〔註129〕，這當然是不希望被人理解爲是在「躲避革命高潮」。〔註130〕

### 1.3.3 「燒書」：回應高層保護的積極表態

郭沫若的夢想當然不可能實現。以郭沫若的文化地位和社會聲望，他是思想整合、再造而非批判、拋棄的對象，並可爲廣大知識分子做繼續思想改造的表率。

1966 年 1 月 17 日，接管學術批判的中宣部副部長許立群，召集《人民日報》等 6 家北京報刊編輯部負責同志開會。此時由批判《海瑞罷官》所引發的政治局勢日益緊張，中宣部認爲有必要集中商討降溫和引導的辦法。會議討論的諸多議題中，有一個涉及學術討論戰線不斷擴大的問題：比如從歷史觀角度批判吳晗，將引出另外一些老資格歷史學家翦伯贊、寧可等；從道德觀的角度批判吳晗，也必然將批判矛頭引向大學者馮友蘭和朱光潛。〔註131〕

---

〔註128〕李輝：《搖盪的鞦韆——是是非非說周揚》，海天出版社 1998 年版，第 189 頁。

〔註129〕黃淳浩：《郭沫若書信集（下）》，中國社會科學出版社 1992 年版，第 162 頁。

〔註130〕陳明遠：《追憶郭老師》，《新文學史料》，1982 年第 4 期。此文指出郭沫若曾在信中寫到：「晚年只想找個小小的清淨的角落，安下心來好好讀些書，約幾個好朋友談談心，度此餘生。」這一念頭頗具士大夫氣息，但此一史料眞實性也被一些研究者質疑。

〔註131〕龔育之：《龔育之回憶「閻王殿」舊事》，江西人民出版社 2007 年版，第 42～43 頁。

雖然，由這次座談生成的簡報並未涉及歷史學家兼歷史劇作家的郭沫若，但其在五六十年代之交先後寫出《蔡文姬》、《武則天》、《鄭成功》等劇目，很難說與共和國歷史劇寫作風潮無涉；而他每每於公開刊物發表的歷史觀點和歷史論斷，也不易與同時期其他歷史學家劃出界限。

同年 1 月 22 日，許立群在向張春橋通報座談會內容時，張春橋就提到已經有些人想把郭沫若、范文瀾等人拉出來。

1 月 27 日，郭沫若上交了辭職信。據龔育之回憶：許立群認爲郭沫若的來信是學術批判牽扯太多太大的反映，除了馬上向彭眞報告，同時還要求龔育之等人從內部材料摘出一份《很多人提出要批判郭沫若、范文瀾等同志》的材料。

1 月 31 日，許立群將有關當前學術批判的七個材料上送彭眞，同時還寫了一封長信，提出了一些尚待解決的難題。其中第二條，就是針對一些人提出要公開批判郭沫若和范文瀾的籲求。許立群透露了本人和中宣部的難處：「現在，我們已經告訴各報刊，不登批評郭老、范老的文章，但是，學術界和其他方面的人，對此議論頗多。」〔註 132〕2 月 3 日，文化革命五人小組召開會議，要求把對《海瑞罷官》的批判置於黨的領導下，實行「百家爭鳴，百花齊放」。會後起草《文化革命五人小組關於當前學術討論的彙報提綱》，報送毛澤東和中央政治局其他常委。

2 月 8 日，在彭眞、陸定一等人到武漢向毛澤東彙報工作時，毛澤東對要不要批評郭沫若和范文瀾的問題，做出指示：「他們兩個還要在學術界工作，表示一點主動，做一點自我批評好。」〔註 133〕這是毛澤東多次明確要保護郭沫若中的較早一次。〔註 134〕3 月 17～20 日，毛澤東提出要在全國開展對資產階級學術權威的批判。但是在 3 月 20 日，談到學術界、教育界的問題時，毛澤東又說：「現在要保幾個，郭老、范老是要保的。我們的政策是不要壓制青年人，讓他們冒出來。」〔註 135〕3 月 30 日下午，毛澤東與康生、趙毅敏、魏

〔註 132〕龔育之：《龔育之回憶「閻王殿」舊事》，江西人民出版社 2007 年版，第 46 頁。

〔註 133〕龔育之：《龔育之回憶「閻王殿」舊事》，江西人民出版社 2007 年版，第 48 頁。

〔註 134〕逄先知、馮蕙：《毛澤東年譜（1949～1976）》（第五卷），中央文獻出版社 2013 年版，第 557 頁。

〔註 135〕逄先知、馮蕙：《毛澤東年譜（1949～1976）》（第五卷），中央文獻出版社 2013 年版，第 569 頁。

文伯、張春橋、江青等談話。在談到學術批判問題時，毛澤東再次提出：「要區別對待。郭沫若、范文瀾，我還是贊成保護。郭功大於過。誰也會犯錯誤。」〔註136〕

由上可見，中央高層對郭沫若等文化名流不可謂不關照，但這並不意味著容許他們完全自外於革命大潮，也不意味著讓他們不「觸及靈魂」就輕鬆過關。所以，章士釗需要適當「批判」；郭沫若、范文瀾等也需要「表示一點主動，做一點自我批評」。那麼郭沫若如何自處呢？置身事外、冷眼旁觀，已經不合時宜了，用范文瀾的話說，即「置身事外，是大罪狀之一」。〔註137〕作為回應，郭沫若對自己作出了極其苛刻的評價，這便是著名的「燒書」之論。1966年4月14日，全國人大常委會第三十次（擴大）會議上，郭沫若徹底否定了自己的創作：「拿今天的標準來講，我以前所寫的東西，嚴格地說，應該全部把它燒掉，沒有一點價值。」〔註138〕饒有意味的是，在自我否定的同時，郭沫若卻向與會者熱情推薦當時的暢銷書——由部隊文藝工作者金敬邁創作的《歐陽海之歌》：「他真把歐陽海寫活了，把毛主席的思想寫活了。……他把一直到一九六二年止，所有的黨的方針、政策，把主席的思想，差不多都容納在這一部長篇小說裏面。」〔註139〕

說到底，郭沫若的言行縱然誇張，意思卻很明瞭。那就是包括自己在內的老作家和專業作家已經難以適應日新月異的革命形勢，創作不出新時代期盼的英雄人物形象，而這個光榮的任務只能交給正在成長起來的新的工農兵作家。他在發言中稱：「兵在為我們服務」而「不是我們在為兵服務」，與其說是對創作現實狀況的發現，不如說是對誰才有創作資格的確認。有研究者在追問郭沫若何以作燒書之論和《歐陽海之歌》讚歌時，曾陷入是「生存環境壓迫」還是「時代風氣使然」的困惑中。〔註140〕而貼切的回答也許是：現實政治的壓力泰山壓頂，個人趣味也可能在恐懼中悄然扭曲，但文學自身的

〔註136〕逄先知、馮蕙：《毛澤東年譜（1949～1976）》，中央文獻出版社2013年版，第572～573頁。

〔註137〕劉潞、崔永華：《劉大年存當代學人手札》，中國社會科學院近代史研究所1995年版，第234頁。

〔註138〕郭沫若：《向工農兵學習，為工農兵群眾服務》，《光明日報》1966年4月28日。

〔註139〕郭沫若：《向工農兵學習，為工農兵群眾服務》，《光明日報》1966年4月28日。

〔註140〕馮錫剛：《郭沫若與〈歐陽海之歌〉》，《紅岩春秋》，1996年第5期。

思考也不能忽視。40 年代他曾經在趙樹理的小說中，發現了實踐毛澤東延安講話的最佳示範；此時又在金敬邁的小說中，看到了在個體靈魂深處爆發革命的理想樣板。在他看來，如果說趙樹理等延安作家實現了「寫工農兵」的目標，那麼《歐陽海之歌》則可能完成「工農兵寫」的宏願。既然如此，那麼向過去告別，大概才是最「端正」的自我反省態度了。

郭沫若的表態文章經《光明日報》發表後，當時的外國友人和今天的一些研究者都認為這是郭沫若成為「文革對象」的信號。其實，只要深入歷史深處，爬梳政治決策的制定和落實細節，就明白郭沫若的這次發言，乃是其對中央高層特別保護所作的積極回應。

那麼，此番表態在當時產生的效果究竟如何呢？我們可參考范文瀾 1966 年 5 月 11 日和 5 月 18 日寫給劉大年的兩封信件，感受到它對知名知識分子的觸動以及示範作用。在前一封信中，范文瀾已經聽聞郭沫若通過發表講話獲得了主動，自覺大大落後於形式，遂有催促打字成文，呈請康生批示之囑託。〔註 141〕後一封信中寫到，陳伯達批評范文瀾「倚老賣老」，並以郭沫若為正面例子，促其改正。范文瀾更覺自己行動遲緩，請劉大年幫助黎澍加強批評，並一再要求批評越激烈越好。〔註 142〕從范文瀾的信件中，我們可以得知，康生、陳伯達等中央高層認可了郭沫若的表態，也即認為郭沫若已經成功經受住了思想再整合過程中考驗，而他們表達的絕非個人意見。此後，郭沫若頻繁出席各類重要場合，多次在公開報刊發表講話和詩詞：5 月 17 日，《解放軍報》頭版發表了郭沫若的《水調歌頭‧讀〈歐陽海之歌〉》；8 月 3 日，郭沫若正式列席八屆十一中全會；8 月 19 日，《解放日報》發表了郭沫若在上海人民廣場慶祝「文革」的集會上的講話；8 月 30 日，《解放日報》再次刊登郭沫若的《水調歌頭‧上海人民廣場慶祝大會》。

---

〔註 141〕「有人從康老那裡聽說，郭老發表了談話，得到主動，范某也該主動有所表示才好。我那稿子，比起目前形勢來，已經大大落後了。希望打字員快打出來，快派專人送來，以便交康老請批示」。《劉大年存當代學人手札》，中國社會科學院近代史研究所 1995 年版，第 223 頁。

〔註 142〕「昨天我晤陳伯達同志，他直言相告，大意說我倚老賣老、沒有自我批評，保封建皇朝，不要以為有些知識就等於馬列主義。郭老就主動批評了。……請你助黎澍同志加強批評。愈過頭愈好，不過頭，別人會來補的，那就麻煩了」。《劉大年存當代學人手札》，中國社會科學院近代史研究所 1995 年版，第 234 頁。

### 1.3.4 衝擊與安撫並存的政治文化整合

不過，郭沫若也不得不面對思想整合後在意識形態版圖中「貌似中心，實則邊緣」的尷尬位置。1966 年 8 月，紅衛兵運動開始波及全國。無序本是群眾運動的特重要表徵，借革命領袖的支持和青春激情的催動，紅衛兵運動更是走向了打、砸、搶的反社會軌道，一些享有極高聲望的民主人士、愛國人士、宗教人士也被衝擊，其人身受到傷害，住宅被查抄，甚至民主黨派的中央機關都被高呼「造反有理」的紅衛兵組織下達了無條件解散的通牒。郭沫若雖有國家領導人關照列席八屆十一中全會，卻仍被造反者們衝擊，府宅周圍貼滿了「打倒反動文人郭沫若」的大字報。其中，最為詭異的是他們竟然在郭沫若為《歐陽海之歌》所題書名中，發現了「反毛澤東的字樣」。

很顯然，紅衛兵對郭沫若墨蹟的攻擊，源自一種「缺乏具體的資料以證實其確切性」，並「在未經官方證實的情況下廣泛流傳」〔註143〕的謠言。但是謠言並非全是空穴來風，正如有研究者指出：「當社會發生巨大的變革時，或者社會中蘊涵著強大的不安定因素時，民間聚集的騷動能量沒有得到疏通，就可能引發各種恐慌。」〔註144〕關於「海」字反毛的謠言，其實更適合被看作一個現代傳奇，它的流行恰恰反映了人們對金敬邁和《歐陽海之歌》的狂熱認同，以及對郭沫若在文革期間可疑政治身份的負面確證。若非周恩來及時將其轉移到專供黨和國家領導人休養的新六幹所，傳謠極有可能升級為攻擊行動。

8 月 29 日章士釗遭紅衛兵抄家後，上書毛澤東請求保護。毛澤東於 8 月 30 日將章信批轉周恩來。周恩來藉此契機當天即擬出一份應予保護的人員名單，郭沫若名列其中。在安全而不甚自由的避難所裏，郭沫若又填了一首《水調歌頭》。詞有小序：「《歐陽海之歌》書名為余所書，海字結構本一筆寫就。有人穿鑿分析，以為寓有『反毛澤東』四字，真是異想天開。」詞正文則透露了內心的委屈、憤怒和無奈。〔註145〕不過這種源自民間自發衝擊的委屈並

---

〔註143〕〔法〕卡普費雷：《謠言》，上海人民出版社 1991 年版，第 6 頁。
〔註144〕李若建：《虛實之間：20 世紀 50 年代中國大陸謠言研究》，社會科學出版社 2011 年版，第 7 頁。
〔註145〕原詩為：「海字生糾葛，穿鑿費深心。爰有初中年少，道我為貪壬。誣我前曾叛黨，更復流氓成性，罪惡十分深。領導關心甚，大隱入園林。初五日，零時頃，飭令嚴。限期交代，如敢違抗罪更添。堪笑白雲蒼狗，鬧市之中出虎，朱色看成藍。革命熱情也，我亦受之甘。」卜慶華：《郭沫若史實發微》，《中

未持續太久。1966 年 10 月 31 日，在首都各界紀念魯迅逝世 30 週年大會上，郭沫若再次獲得了發言的機會，按照時代所期望的將魯迅塑造成「始終聽黨的話，無條件地擁護黨的政策，歌頌黨，特別是熱烈信仰毛主席」的戰士形象。〔註 146〕

可即便如此，激進文化力量對郭沫若的肯定也是有限的。5 月的《人民日報》先後在頭版發表了毛澤東關於文學藝術的五個文件，將之視爲引導文化革命正確快速前行的思想指南。其中 5 月 25 日發表的是《看了〈逼上梁山〉以後寫給延安平劇院的信》，但對這封信（毛澤東 1944 年寫給楊紹萱、齊燕銘）做了重要修改。首先，「紹萱、燕銘同志」的稱謂不見了；其二，事關郭沫若歷史劇的評價——「郭沫若在歷史話劇方面做了很好的工作」〔註 147〕——也被抹除了。要知道，1944 年 1 月 9 日，毛澤東曾在閱讀歷史劇《虎符》之後，致信祝賀郭沫若，稱其「做了許多十分有益的革命的文化工作」〔註 148〕；尤嫌不足，11 月 21 日又致信郭沫若，贊其「史論、史劇有大益於中國人民，只嫌其少，不嫌其多」〔註 149〕如今舊文重發，不但刪除了本應成爲郭沫若一道政治護身符的領袖褒獎，而且這刪除行爲本身也暗示對郭沫若進行批判的允諾和可能。

這對郭沫若內心造成的震動應該非同小可。也讓郭沫若更明白自己在「文革」中某種「懸而未決」的眞實處境，使其在無奈介入「文革」的同時表現得更加謙虛謹慎。1967 年 8 月，北師大造反派曾將編印的小冊子《把顛倒了的歷史再顛倒過來》，送呈郭沫若並希望補充意見。8 月 17 日，郭沫若給造反學生寫信，特意說明僅對書中「文字上的錯誤」作了「鉛筆注出」，並表示「我提不出什麼補充意見」，並盛讚「你們的辛勤勞動產生了碩大的果實」。〔註 150〕需要補充說明的是，郭沫若對此書的推崇，除了謹小愼微所帶來的「謙卑」之態外，還有其他幾個原因：比如郭沫若 1920 年代對魯迅的攻擊，遠較周揚兇猛；又如郭沫若曾和周揚在 1958 年的新民歌運動中，合編過《紅旗歌謠》，

國文學研究》，1993 年第 4 期。

〔註 146〕郭沫若：《紀念魯迅的造反精神》，《人民日報》，1966 年 11 月 1 日。

〔註 147〕中共中央文獻研究室：《毛澤東書信選集》，人民出版社 1983 年版，第 222 頁。

〔註 148〕中共中央文獻研究室：《毛澤東書信選集》，人民出版社 1983 年版，第 221 頁。

〔註 149〕中共中央文獻研究室：《毛澤東書信選集》，人民出版社 1983 年版，第 241～242 頁。

〔註 150〕《把顛倒了的歷史再顛倒過來——周揚之流顛倒歷史圍攻魯迅對抗毛主席革命路線罪行錄·付印後記》（1968 年 4 月）。

此時周揚已被打倒，郭沫若難免不會對自身做類似的猜想。〔註151〕郭沫若的謹慎和自危感，在另一件事情中可能表現得更加明顯。1967 年 8 月 21 日，中國人民大學師生請求郭沫若爲他們編輯的革命導師論文藝系列書刊題寫書名〔註152〕，郭沫若竟以「我還未有蓋棺論定」爲由婉拒，代之以手書毛澤東和魯迅語錄爲贈。〔註153〕

郭世英曾將父親郭沫若比喻爲「裝飾這個社會最大的文化屏風」〔註154〕。此說當屬戲謔之詞，以郭沫若創作和研究成果之巨、政治社會地位之高，自然更易得到中央高層的特殊庇護，處境遠佳於其他文藝界高層和廣大文學知識分子。甚至可以說，郭沫若是「文革」中沒有被公開或私下批判的極少數知識分子之一。不過未經歷風吹雨打，不等於沒有風雨飄搖之感。以往論者若涉及郭沫若在大動亂年代的際遇，往往或批判其依附時政的委曲求全；或尋找其與時俱進背後的「異質性」—— 奮力緊跟頻繁發言背後的苦衷。但這兩種思路無法回答這樣的問題：當整個文化格局都錯亂顛倒的時候，能否讓個別人來承擔社會和群體的責任，能夠將「對歷史的反省交付給個別人的『人格』來加以解釋」〔註155〕？它們顯然遺忘了那個一開始山雨欲來、緊接著風雨大作的社會歷史環境，忽略了它對文化人尤其郭沫若這樣的文化領袖造成的巨大壓力，遺漏了一個個書生、文人、士大夫、知識分子在不得不身處其間的命運中進退失據的複雜歷程。

郭沫若在 1966 年前後的言行舉止，從歷史原因看，這體現了他詩人的熱情，歷史學家的敏銳和國家領導人的自覺。從現實目的看，這是他期望在思想再整合中，繼續保持舊有地位的結果。最高領導的關照和激進文化力量的寬待，似乎驗證了他的期望。但郭沫若的文化地位和價值，在階級鬥爭翻天覆地的喧囂中，雖未盡失陣地，卻也難以重現光華。

---

〔註151〕朱獻貞：《在魯迅與周揚之間——關於郭沫若文革初期一封佚信的歷史解讀》，《魯迅研究月刊》2011 年第 12 期。

〔註152〕《馬恩列斯論文藝》、《毛澤東論文藝》和《魯迅論文藝》等。

〔註153〕龔繼民、方仁念：《郭沫若年譜》（下），天津人民出版社 1992 年版，第 1350 頁。

〔註154〕馮錫剛：《郭沫若的晚年歲月》，中央文獻出版社 2004 年版，第 179 頁。

〔註155〕李怡：《十七年文學研究「熱」的幾個問題》，《重慶大學學報》（社會科學版），2011 年第 1 期。

# 2. 被否定的「十七年」文學

　　對文藝界的思想整合，最終必然落實到對作品的評價和對作家的處理上。1950 年代頻繁發生的文藝批判，大多是直接針對作家作品發動的。比如50 年代初對電影《武訓傳》的批判，對蕭也牧《我們夫婦之間》、白刃《戰鬥到天明》、碧野《我們的力量是無敵的》、路翎《窪地上的戰役》等作品的批評；50 年代中後期，針對以王蒙、劉賓雁、宗璞、流沙河、劉紹棠等為代表的「百花文學」的批判，則是反右運動的重要成果。

　　進入 60 年代，為了克服經濟、政治「大躍進」之後造成的嚴重困難，國家實施了一系列調整政策。借助這一契機，在周恩來、陳毅、陶鑄等一些較為務實的領導支持下，文藝界也開始逐步對激進的文藝路線進行調整，多次召開會議批評文藝上的左傾思潮，如 1961 年 6 月的全國文藝工作座談會、6～7 月的全國故事片創作會議、1962 年 2～3 月的中南海紫光閣會議、新橋會議、全國話劇、歌劇、兒童劇創作座談會，以及 8 月 2～16 日，中國作協在大連召開的「農村題材短篇小說座談會」。但思想清理和意識形態整合工作並未偃旗息鼓。比如為了配合國際「反修」鬥爭任務，文藝界也掀起了對所謂的修正主義的批判。遵照「文藝上的修正主義，是政治上、哲學上修正主義在文學藝術上的反映」〔註 1〕的認識，巴人《論人情》、李何林《十年來文學理論批判上的小問題》、劉真《英雄的樂章》等成為文藝界為「反修」樹立的靶子。

　　階級鬥爭擴大化難以限制，意識形態鬥爭形勢日益緊張，思想再整合的

---

〔註 1〕　《用毛澤東思想武裝起來，為爭取文藝的更大豐收而奮鬥》，《文藝報》1960
　　　　年第 1 期。

方式也漸趨暴烈。1962 年，八屆十中全會上，最高領導特別批評了小說《劉志丹》，並提出「利用小說進行反黨活動，是一大發明」的論斷。〔註 2〕這一判斷產生了重要的歷史影響，有學者認爲「這一論點爲進行意識形態領域的革命打下了理論基礎」〔註 3〕。此後在全國報刊上接連展開了對《李慧娘》、《謝瑤環》等歷史劇和《北國江南》、《早春二月》、《舞臺姐妹》、《林家鋪子》等影片的批判。在這一系列突如其來的批判聲浪中，「人們眞誠地或是違心地檢查自己『階級鬥爭的觀念太薄弱』」，但事與願違的是，這種檢討卻「構成了廣大群衆接受『文化大革命』的思想基礎」。〔註 4〕

「文革」期間更加主動、更加頻繁、更加用力地開展了對文藝領域的政治干預和對文藝作品的政治批判。激進文化力量對古今中外的文化遺產採取了「決裂」的姿態。

首先從打擊面來說，《紀要》不僅將中外古典文學、蘇聯革命文藝作品、30 年代左翼文藝全都列入批判簿，對新中國十幾年來的文藝成就評價也極其之低，認爲「不少是中間狀態的作品；還有一批是反黨反社會主義的毒草。」這種論斷顯然繼承並放大了最高領導在兩個批示中對文藝界的不滿。而一旦文件政策落實到批評實踐，「十七年」期間的幾乎所有重要作家、作品，都被貼上「毒草」的標籤，或者成爲「有錯誤」的作品，逐個成爲批判的對象。

其二從批判方式和目的來說，此處的「批判」並非哲學意義上的反思，也非一般意義上帶有政治性的批評，它的特質是以「革命大批判」爲名的道德定罪和政治攻訐。毛澤東在 1942 年延安文藝座談會上將文學批評理解爲「文藝界的主要鬥爭方法之一」，在 1950 年代又將之形象地稱爲「澆花」和「除草」。〔註 5〕儘管此時的文藝批評已經拋棄了個性化的、立場客觀的追求，並主要成爲基於政黨意志對各類文學實踐和文學現象進行裁決的手段〔註 6〕，但在政治經濟調整期也會呈現出更加柔軟的姿態。「多樣題材、豐富人物、深厚情感和高超技巧」等類似帶有政治禁忌的文學呼籲和追求，也會在下至普通

〔註 2〕 《建國以來毛澤東文稿》（第 10 冊），中央文獻出版社 1996 年版，第 194 頁。

〔註 3〕 王智：《從「除舊布新」到「繼續革命」——1956～1976 年黨在意識形態領域的鬥爭論略》，《江漢論壇》2004 年第 9 期。

〔註 4〕 席宣、金春明：《「文化大革命」簡史》，中共黨史出版社 2006 年版，第 18 頁。

〔註 5〕 毛澤東：《關於正確處理人民內部矛盾的問題》，《毛澤東選集》（第 5 卷），人民出版社 1977 年版，第 388～394 頁。

〔註 6〕 洪子誠：《中國當代文學史》，北京大學出版社 2007 年版，第 23 頁。

作家上至文藝界領導人心中形成共振。即使在風雨欲來的 1966 年初，由彭眞主持草擬的《二月提綱》，也仍然反覆強調「要堅持實事求是」、「要以理服人」、「要有破有立」的呼聲。然而「利用小說進行反黨活動」的言論已經引領了將文學等同於政治的批判風潮，而《五·一六通知》主張的「不破不立」、「破字當頭」更成了紅衛兵和造反派們信奉的「造反眞理」。文學批評遂突變爲無視學理、缺乏道德、言語空洞的政治攻擊。此時，文學知識分子的思想是否正確、文藝作品是「香花」還是「毒草」的問題，已經來不及仔細辨別。因爲在階級鬥爭和政治鬥爭的背景下，「無論是善意還是惡意，都有可能在指導思想和思路上以階級鬥爭爲綱出發，甚至是從『挖毒草』出發，專門去尋找文學作品的『毒素』，尋找『毒草』，因人爲的藉口對文學作品亂打棍子，亂扣帽子。」〔註7〕

其三，此類對文藝作品的政治批判，還伴隨著另外一些政治懲戒行爲：不僅作品不能再版，作者本人也失去了寫作發表的權力，更沒有進行反批評的可能。1966 年 4 月 16 日，中宣部曾經指示「凡是被批判的學術著作和文藝作品，或者對被批判的作者的其他著作，書店應該照樣出售，圖書館（包括公共圖書館和機關、團體、工廠、學校的圖書館）照樣借閱。」〔註8〕但這一處理辦法，同日新月異的「文化大革命形勢極不適應，需要改變」。於是兩個月後的 6 月 30 日，文化部黨委就「被批判的圖書的處理問題」提出了新辦法。新辦法提出：「凡是已經在報刊上揭露批判的反黨反社會主義毒草的圖書，出版社一律不得重印，不再發行。已在書店公開陳列的也可以不撤，如有讀者主動提出要作爲進行批判用的，可以售給。」〔註9〕這種情況直到 1971 年 3 月國務院委託出版口領導小組在北京召開出版工作座談會

---

〔註7〕 洪子誠、孟繁華：《當代文學關鍵詞》，廣西師範大學出版社 2001 年版，第 77 頁。

〔註8〕 《文化部黨委關於在文化大革命中被批判的圖書的處理問題的請示報告》（1966 年 6 月 30 日·(66) 文黨出字 15 號），《中華人民共和國出版史料（一九六六年五月至一九七六年十月）》，中國書籍出版社 2013 年版，第 12 頁。

〔註9〕 該請示還提出：「對黨內已經揭發出來的尚未公開批判的打著紅旗反紅旗的資產階級代表人物：彭眞、羅瑞卿、陸定一、楊尚昆的著作，以及明顯頌揚他們的圖書和印有他們照片或題詞的圖書（黨的會議文獻和人民代表大會文獻除外），書店應臨時加以封存，不再出售，聽候處理。各地公共圖書館（包括機關、團體、工廠、學校的圖書館）可將彭、羅、陸、楊的著作以及明顯頌揚他們的圖書，先行停止借閱。」

後，才稍有鬆動。〔註10〕

　　1966～1976 年期間，出現了數量繁多的「革命大批判」文章，主要見於以下傳播媒介。一類是公開報刊，如帶有政治風向標特質的「兩報一刊」（《人民日報》、《解放軍報》和《紅旗》雜誌），還有在 1960 年代常佔風氣之先的《文匯報》以及各省級日報，此外《解放軍文藝》、《朝霞》月刊及叢刊也都是匯聚批判力量的大本營。二類是各大出版社出版的圖書，比如 1966～1970 年期間，全國 49 家出版社一共出版圖書僅 2977 種，其中就包括「革命大批判」類 20 種、「政治學習文件（中央兩報一刊社會、重要文章）」類 274 種；具體如 1970 年代人民出版社出版的《革命大批判文選》（文學藝術部分）、上海人民出版社的《批判毒草電影集 1》、《批判毒草電影集 2》、《批判毒草小說集》等。第三類則是各種非公開出版物，主要包括各種紅衛兵組織和造反團體主辦的非公開文學批判刊物、小報以及民間自發編印的各類宣傳材料、批判文選。這些所謂群眾組織開展的革命大批判，其目的被歷史研究者認爲是「向中央文革邀寵，爲了在派性鬥爭中爭取主動」〔註11〕。代表如北京大學文化革命委員會、新北大公社編的《新北大》、《文藝批判》、中國青年出版社「紅岩戰鬥隊」編的《紅岩戰報》、紅代會北京電影學院編的《紅衛兵文藝》、四川大學「八・二六戰鬥團」編的《軍工井岡山》、北師大革委會、井岡山公社中文系大隊編印的《把顛倒了的歷史再顛倒過來——周揚之流顛倒歷史圍攻魯迅對抗毛主席革命路線罪行錄》等等。

　　諸多材料中，最能體現「文革」文藝對「十七年」文學實施全景式批判的，當屬各類非公開出版但極具專業背景的彙編書冊。如紅代會中國人民大學三紅文學兵團、人民文學出版社《文藝戰鼓》編輯部合編的《六十部小說毒在哪裏》（1967.10），它對人民文學出版社、作家出版社出版的小說進行了「初步的消毒工作」；如北京圖書館無產階級革命派《毒草圖書批判提要》編輯小組編的《毒草及有嚴重錯誤圖書批判提要（三百五十種）》（1968.1），將「全國各大報紙以及北京、上海等地紅衛兵和革命群眾組織小報發表的批判

---

〔註10〕 1971 年 2 月 27 日，國務院發佈《關於召開出版工作座談會的通知》，要求「各地推薦一些較好的新書和你們認爲可以重版或修改後重版的書目」。見《中華人民共和國出版史料（一九六六年五月至一九七六年十月）》，中國書籍出版社 2013 年版，第 40 頁。
〔註11〕 卜偉華：《砸爛舊世界——文化大革命的動亂和浩劫（1966～1968）》，香港中文大學 2008 年版，第 478 頁。

文章，連同出版界革命同志提供的革命批判大字報文章」進行摘錄，彙編了
350 種人文作品的批判材料〔註12〕；又如紅代會北京電影學院井岡山文藝兵團
編的《毒草及有嚴重錯誤影片四百部》（1968.1），以簡潔的文字彙編了「文革」
初對中外 400 部電影的批判材料，其中屬於「十七年」作品的包括國產故事
片 200 部，國產科教片 30 部。〔註13〕

以《六十部小說毒在哪裏》爲例，該書將《暴風驟雨》、《太陽照在桑乾
河上》、《青春之歌》、《保衛延安》、《紅旗譜》、《苦菜花》、《紅日》、《三里灣》、
《李雙雙小傳》、《山鄉巨變》等 60 餘部作品分爲 6 大部分，分別冠以不同罪
名：（一）「反黨、反毛主席，爲劉少奇等反革命修正主義頭目樹碑立傳」、（二）
「歌頌錯誤路線，共計毛主席的革命路線」、（三）「歪曲階級鬥爭，宣揚階級
調和論、人性論、和平主義」、（四）「歪曲和攻擊社會主義革命和社會主義建
設」、（五）「醜化工農兵形象，歌頌叛徒，美化階級敵人」、（六）「大寫所謂
『中間人物』，反對塑造工農兵英雄形象」等「罪名」。該書還對這 60 餘部「有
毒」作品進行了二次區別：一部分是純粹的「毒草」，一部分是「有毒素」。
兩者的處理方式也不同，前者是「徹底剷除」，後者是「加以消毒」。〔註 14〕
如李劼人《大波》、吳有恆《山鄉風雲錄》、徐懷中《我們播種愛情》、李滿天
《水向東流》、茹志鵑《高高的白楊樹》、《靜靜的產院》等作品就被認爲有嚴
重錯誤，但未冠以「大毒草」和「毒草」之名。當然，這些分類並不準確：
一方面，「罪名」之間的區分度並不明顯；另一方面，一個作品可以同時符合
不同的「罪名」。但這些「罪名」的重要性在於：首先這些「罪名」基本都不
能成立，這有助於我們肯定這類大批判的無價值；其二它們能夠幫助我們瞭

〔註12〕 該書編排的體例，主要按學科和體裁分爲「哲學、社會科學」、「歷史」、「小
說」、「電影」、「戲劇」、「音樂」、「詩歌」、「雜文」、「文藝論著」、「特寫回憶
錄」、「外國文學」等欄；此外還專門在文首設置了「中國赫魯曉夫劉少奇的
反動黑書和爲他樹碑立傳歌功頌德的毒草」一欄。

〔註13〕 該書採納了江青在 1966 年 5 月全軍創作會議上關於電影問題談話記錄稿，分
爲「國產故事片」、「國產美術片」、「國產三十年代與香港影片」、「外國翻譯
故事片」、「國產新聞紀錄片」等欄。類似的電影批判彙編還包括天津市工農
兵「砸三舊」批判毒草影片聯絡站編《毒草影片及有嚴重問題影片三百例》
（1967.9）、吉林省文藝革命聯絡站編《批判影片 510 部》、華南師範學院中文
系編《550 部批判電影》等。見啓之：《電影大批判：發動與運作》，《華東師
範大學學報》（哲學社會科學版）2012 年第 2 期。

〔註14〕 紅代會中國人民大學三紅文學兵團、人民文學出版社《文藝戰鼓》編輯部：《六
十部小說毒在哪裏・前言》，1967 年 10 月。

解「文革」期間的文藝批判，大體是從哪些角度施展的；其三，通過該書在「毒草」和「毒素」、已批判和未批判作品之間作區分，我們也可以體會激進文化力量進行思想再整合時存在的有限張力，其中潛藏了從極端主張適當後退的可能性。

不過本章無力全面歸納批判作品的數量、類型，也不打算詳細分析「革命大批判」的總體特徵〔註 15〕。本章主旨在梳理「文革」期間對「十七年」代表性作家作品展開批判的具體原因、所遇阻礙、最終結果等過程細節，辨析其與「十七年」之間的複雜關係，並著重分析激進文化力量在思想再整合進程其中所起到的作用及其內部可能包涵的複雜性。本文選擇《海瑞罷官》批判、趙樹理批判、柳青批判爲個案進行研究。之所以選擇《海瑞罷官》批判，主要因爲批判新編歷史劇《海瑞罷官》在官方歷史總結中被視爲「文革」的導火索，而那麼一部並非「十七年」文學代表作的作品，是如何捲入激烈的意識形態鬥爭，又爲何能調動如此廣泛的政治文化力量，產生如此深遠的歷史影響？這是一個極富挑戰也尚未說清的文學史問題。之所以選擇趙樹理批判和柳青批判，是因爲他們兩人被各類文學史敘述爲「十七年」文學主體部分——農村題材小說的最重要的代表人物。趙樹理曾是晉冀魯豫邊區推舉的方向作家，也是延安文藝「正統」在新中國延續的象徵性人物；柳青即使在今日亦被視爲「代表 20 世紀五六十年代文學創作最高水平的作品之一」〔註 16〕。梳理和探討「文革」期間對這兩人的批判的同異，有助於觀察「文革」文藝與「十七年」文學傳統的承繼和斷裂，有助於觀察激進文化力量的本質以及思想再整合的成敗。

當然，本章能否理清批判的線索和過程、抓住批判的核心特徵、呈現批判的複雜縱深，不僅需要通過研究本身來予以驗證，也等待更多研究者作更

〔註15〕可以參考王堯：《「文革」主流文藝思想的構成與運作》，《華僑大學學報》（哲社版）1999 年第 2 期；古遠清：《姚文元的「棍子」式批評及其特徵》，《天津師範大學學報》2003 年第 6 期；古遠清：《「文革」時期的文學評論》，《湖北教育學院學報》2005 年第 1 期；余學玉：《論「文革」「革命大枇杷」的主要特徵》，《滁州學院學報》2006 年第 2 期；黃擎：《1940～1970 年代中國主流批評家批評心態解析——以周揚、茅盾、姚文元爲個案》，《東南大學學報》2011 年第 6 期；洪子誠：《當代批評家的道德問題》，《中華讀書報》2011 年 5 月 11 日；陳曉明：《當代文學批評的政治激進化——試論姚文元的批評方法》，《中國現代文學研究叢刊》2014 年第 6 期等。

〔註16〕孟繁華、程光煒：《中國當代文學發展史》，中國人民大學出版社 2008 年版，第 124 頁。

為豐富的個案研究和更具概括力的整體把握。

## 2.1 《海瑞罷官》批判：激進與溫和兩種整合路徑的交鋒

《關於建國以來黨的若干歷史問題的決議》指出：「一九六五年十一月十日，上海《文匯報》發表了姚文元的文章。文章的發表及隨之而來的在文藝學術領域裏的批判運動，直接成為『文化大革命』的『序幕』。」〔註17〕這一定性公正有力，直接為當代文學史的諸多著作沿用。但這一事件如何發生、進展，又受何種力量推動等問題，有待進一步考察。

80年代以來，隨著諸多當事人和當時人的回憶錄先後發表或出版，我們對批判《海瑞罷官》的細節瞭解得更加全面深入，對毛澤東、江青、彭眞、周揚、吳晗、柯慶施、張春橋、姚文元等人在批判運動中的處境及所起的作用，理解得更加準確。但現有的研究比較關注這樣一些議題：或描繪《評新編歷史劇〈海瑞罷官〉》（下文，均簡稱「姚文」，筆者注）的出臺過程，如蘇雙碧《「文化大革命的導火索」——評新編歷史劇〈海瑞罷官〉出籠前後》，對歷史細節的梳理過程中也難掩對某些歷史人物的道德鄙棄〔註18〕；或追問姚文出臺的幕後力量，如逢先知、金沖及二人主編的《毛澤東傳》認為此文是江青策劃，寫好後經毛澤東閱示。〔註19〕但也有一些研究者根據一些文獻材料表明「『策劃組織』是毛澤東建議或允許的」〔註20〕；還有研究者試圖分析姚文和吳晗的自我批評出臺後，社會各方面所持的不同意見，如蘇雙碧的《關於「吳晗問題」性質的高層爭論》、《關於〈海瑞罷官〉的四種異見》關注政治高層的不同反應〔註21〕，張虹的碩士論文《從〈海瑞罷官〉的「討論」看知識分子心態——以上海學術界為例》則探討了上海學術界的各種心態〔註22〕。

〔註17〕 中共中央文獻研究室：《關於建國以來黨的若干歷史問題的決議（注釋本）》，人民出版社1983年版，第362～363頁。

〔註18〕 蘇雙碧：《「文化大革命的導火索」——評新編歷史劇〈海瑞罷官〉出籠前後》，《人民論壇》2005年第4期。

〔註19〕 逢先知、金沖及：《毛澤東傳（1949～1976）（三）》，中央文獻出版社2011年版，第1397頁。

〔註20〕 閻長貴、王廣宇：《問史求信集》，紅旗出版社2009年版，第25頁。

〔註21〕 蘇雙碧：《關於〈海瑞罷官〉的四種異見》，《百年潮》2003年第4期；蘇雙碧：《關於「吳晗問題」性質的高層爭論》，《炎黃春秋》1997年第5期。

〔註22〕 張虹：《從〈海瑞罷官〉的「討論」看知識分子心態——以上海學術界為例》，上海師範大學碩士論文，2003年。

遺憾的是，上述研究大多將對吳晗和《海瑞罷官》的批判，視爲一種政治決策上傳下達，各種社會力量被動應承、接受的過程。且這一過程，往往被敘述爲直接無曲折、高效無損耗的完美狀態。其實，姚文的出臺和對吳晗的批判，可以視爲對文藝界和學術界進行思想再整合的一次重大舉措。不僅如此，我們還注意到思想整合主體內部存在著多種結構性力量。這些結構性力量，首先包括持各種政治立場的重要政治人物，如毛澤東、江青、彭眞、周揚、鄧拓、張春橋、姚文元、吳晗等中央領導人、中央部門負責人和地方黨政要人；其二，這種結構性力量，還包括在文化領域具有重要領導職能的黨政部門和文化團體，如「文化革命五人小組」、中宣部、文化部、文聯、作協；還包括具有輿論引領和指示功能的宣傳陣地，如《人民日報》、《解放軍報》、《光明日報》、《文匯報》等。上述各種力量，都以政治標準作爲衡量文藝作品價值的最重要的尺度，以階級鬥爭作爲總結文化領域成績和問題的主導思維，並願意對文化領域進行更進一步的整合，使其符合理想「社會主義文化」的各項標準。但是我們也必須看到諸多力量在如何看待60年代以來文藝界的成績和弊病，以及採用何種方式處理這些弊病等問題上，存在著重要的甚至是全局性的差異。

前述周揚批判時，我們已經獲知在「文革」爆發前的幾年裏，廟堂之上對如何評價文藝界成績和如何開展文藝批判等問題上，出現了「激進」和「溫和」兩種不同的思想整合思路。在某種程度上，《評新編歷史劇〈海瑞罷官〉》的醞釀和出臺，本身即是強力整合思路對溫和整合思路不滿的結果。〔註23〕本節旨在通過梳理《評新編歷史劇〈海瑞罷官〉》的策劃、出臺、推廣的過程，展示這兩種思路之間的分歧如何呈現、擴大和消弭——思想整合主體內部的差異性被主導性因素剔除，最終成爲一個新的、統一的、更激進的思想整合主體。

---

〔註23〕 1967年2月3日，毛澤東在與卡博、巴盧庫談話時，提及《評新編歷史劇〈海瑞罷官〉》的由來：「這篇文章在北京寫不行，不能組織班子，只好到上海找姚文元他們搞了一個班子，寫出這篇文章。……文章寫好了交給我看，說這篇文章只給你一個人看，周恩來、康生這些人也不能看，因爲要給他們看，就得給劉少奇、鄧小平、彭眞、陸定一這些人看，而劉、鄧這些人是反對發表這篇文章的。」逄先知、馮蕙：《毛澤東年譜（1949～1976）》（第六卷），中央文獻出版社2013年版，第45頁。

## 2.1.1 組稿：北京的迴避與上海的促成

對吳晗《海瑞罷官》的批判，從起意到落實，是一個漫長的過程。1960年 11 月，七易其稿的《海瑞罷官》終於定稿。翌年 2 月，由北京京劇團正式公演。雖然毛澤東在家中接見了海瑞扮演者馬連良，並稱讚吳晗劇寫得好、馬連良戲演得好，但若論社會反響實則極其有限。1962 年 3 月上旬，江青在民族文化宮看了兩場《海瑞罷官》後極為不滿，由此斷了此劇的演出之路。此時《海瑞罷官》公演不到十場。〔註24〕

1962 年江青找了中宣部、文化部的四個正副部長，提出要批《海瑞罷官》，並指責：舞臺和銀幕上，大量都是資產階級、封建主義的東西。〔註 25〕但江青的要求卻被部長們婉拒。部長們的冷淡和迴避，並非首次。1954 年 9 月下旬，江青曾到《人民日報》編輯部找周揚、鄧拓等人，說毛主席很重視李希凡和藍翎合作的《關於〈紅樓夢〉簡論及其他》，並提出《人民日報》應該轉載。周揚等人沒讓江青遂願，且在《文藝報》轉載時還加了一段頗有保留的編者按。周揚等人無意也不敢觸犯領袖權威，問題是他們經常搞不清江青的話，哪些出自公意，哪些屬於私語。所以「文革」前，中宣部、文化部對江青的「發號施令」往往進行了冷處理。

8 月 5 日，正值北戴河會議期間，柯慶施提出：「《海瑞罷官》影射罷了彭德懷的官，彭德懷不服氣，要翻案。」提議並未被最高領導馬上接受。有黨史研究者猜測：也許還不到時候。〔註26〕實際上這一年的 9 月，中央已下發了 39個文藝材料到縣一級，作為批判對象，其中就包括《海瑞罷官》。只是彭真和中宣部或忙於文化部整風或出於保護吳晗目的，對批判活動並沒有傾力推進。為此，1964 年江青多次跟中宣部、文化部領導談話。據林默涵回憶，江青對其稱：《海瑞罷官》這個劇本很壞，主張分田，同單幹風有聯繫。又說：我把關於劇本的意見對主席說了，主席同意我的意見。江青也找過周揚，不過周揚同樣覺得很為難，畢竟吳晗不只是一名學者，也是北京市副市長。〔註27〕最終，因為

〔註24〕田耕：《〈海瑞罷官〉導演談〈海瑞罷官〉》，《炎黃春秋》2006 年第 5 期。但據首都「史學革命」編輯部編印的《毛主席的革命路線勝利萬歲——黨內兩條路線鬥爭大事記》（1969），則將江青要求立即停演《海瑞罷官》的時間定格在 7 月 6 日。

〔註25〕蘇雙碧、王宏志：《吳晗傳》，上海人民出版社 1998 年版，第 328 頁。

〔註26〕蕭冬連：《求索中國——文革前十年史》（下冊），中共黨史出版社 2011 年版，第 802 頁。

〔註27〕此外還有另一個可能的原因：與後來與《海瑞罷官》同被指為「毒草」的歷

沒有中央明確指示，中宣部終究沒有動作。〔註28〕

　　江青決定向青年學者李希凡尋求幫助。關於談話的內容，胡錫濤曾撰文引用李希凡的說法：江青建議李希凡多加關注京劇和戲曲改革，批評他跟吳晗辯論歷史劇是「史」還是「劇」是書呆子氣，並提醒他注意影射「三自一包」的《海瑞罷官》。〔註29〕但李希凡最終沒有接受這個任務。此事在戚本禹的回憶錄中也得到了確證，雖然原因另有他說。〔註30〕不過，無論哪種原因，其結果都造成江青的願望落空。歸根結底，這是因為她此時的政治影響力有限，尚不足以調動一個知名評論家向首都副市長發難。

　　在中宣部、文化部這類官僚機構和李希凡這類「學究氣」的知識分子面前，江青連番碰壁，這才將目光投向上海。江青的選擇，首先體現了最高領導對中央和地方關係、北京和上海關係的一貫理解：「凡中央機關做壞事，就要號召地方造反，向中央進攻。」〔註31〕另外，在既往事實上，60 年代的上海確曾幫助江青施展才華，促成了文藝界的多次批判運動。比如 1963 年，為了配合江青批判孟超的《李慧娘》，華東局宣傳部副部長俞銘璜化名「梁壁輝」作《「有鬼無害」論》〔註32〕，既駁斥了廖沫沙此前的同名文章《有鬼無害論》〔註33〕，也推動了文化部 1963 年 3 月 16 日出臺《關於停演「鬼戲」的請示報告》；又比如 1964 年底，江青約談中宣部 5 位副部長批判 10 部影片無果，上海報紙卻緊密配合陸續批判了這些影片，不但引來全國各地的仿傚，還迫使中宣部在巨大壓力下同意批判《不夜城》和《林家鋪子》等影片。〔註34〕

---

　　　　史劇《海瑞上疏》，其實是 1959 年春，周揚親自跟上海京劇院周信芳院長打招呼演海瑞戲的成果，而《海瑞罷官》和《海瑞上疏》極易牽連一起。見陳正卿：《周揚授意周信芳排演〈海瑞上疏〉》，《世紀》2006 年第 1 期。

〔註28〕林默涵：《「文革」前的幾場文藝風波》，《回首文革》（上），中共黨史出版社 1999 年版，第 264 頁。

〔註29〕胡錫濤：《「南姚北李」與〈海瑞罷官〉批判》，《今日名流》2000 年第 9 期。

〔註30〕在上世紀 90 年代，戚本禹從李希凡處親口問得：當時手頭確實還有別的人物，一下子抽不出時間來。而且他那時對吳晗的《海瑞罷官》根本不瞭解，他怕完不成這個任務。而江青也不能等到他完成手裏的工作再去熟悉材料，再來寫這個文章。所以就另外找人了。見戚本禹：《戚本禹回憶錄（下）》，中國文革歷史出版社 2016 年版，第 344 頁。

〔註31〕逄先知、馮蕙：《毛澤東年譜（1949～1976）》（第五卷），中央文獻出版社 2013 年版，第 572 頁。

〔註32〕梁壁輝：《「有鬼無害」論》，《文匯報》1963 年 5 月 6 日。

〔註33〕繁星：《有鬼無害論》，《北京晚報》1961 年 8 月 31 日。

〔註34〕吳冷西：《憶毛主席》，新華出版社 1995 年版，第 149 頁。

其時，與李希凡齊名的青年評論家姚文元，承擔了具體的寫作人物。〔註35〕經過漫長的準備和修改過程，這篇文章終於發表在 11 月 10 日的《文匯報》上。

文章分為四個部分：

第一部分：「《海瑞罷官》是怎樣塑造海瑞的」。它認為：吳晗筆下的海瑞過於高大，「不但是明代貧苦農民的『救星』，而且是社會主義時代中的人民及其幹部學習的榜樣。」

第二部分：「一個假海瑞」。它認為：「戲裏的海瑞是吳晗同志為了宣揚自己的觀點編造出來的」，對「退田」和「平冤獄」的描寫都是假的。

第三部分：「《海瑞罷官》宣揚了什麼」。它認為：劇作「大肆美化地主階級國家、宣傳不要革命的階級調和論的戲」。

第四部分：「《海瑞罷官》要人學習什麼東西」。它認為：劇中的「退出」、「平冤獄」，就是 1961 年所謂的「單幹風」、「翻案風」的反映。目的是「要拆掉人民公社的臺，恢復地主富農的罪惡統治」。

在這份篇幅巨大的批判檄文中：「《海瑞罷官》不是芬芳的香花，而是一株毒草。」

## 2.1.2 傳播：北京拒絕轉載與引導批判降溫

但這篇費盡周折、用心良苦、立意深遠的文章，卻遭到了北京方面的抵制。抵制的第一階段，體現為北京報刊拒絕轉載姚文。

姚文元的文章在《文匯報》發表以後，上海的《解放日報》反應最速，於 11 月 12 日轉載。此後在上級部門打招呼的情況下，華東地區如江蘇、福建、浙江、山東、安徽和江西於 11 月 24～26 日內先後轉載。〔註36〕但是北京方面沒有動靜。穆欣認為原因是：五人小組規定學術批判不要帶政治帽子、點名要經過中宣部同意、批判要以中央報刊為準；還特別規定包括吳晗在內有幾位學術界知名人士不在報刊上點名批判。〔註37〕此外，也與不清楚姚文出

---

〔註35〕 胡錫濤：《「南姚北李」與《海瑞罷官》批判》，《今日名流》2000 年第 9 期。該文指出姚文元曾將自己與李希凡進行比較：「李希凡是搞學問的，我是搞政治的。論舊學底子，我不如他，他畢竟是科班出身；論政治敏銳性，他不如我。我最大的興趣是寫雜文。李希凡是屬學者型，我只想做一個革命戰士。」

〔註36〕 紀希晨：《彭真抵制批判〈海瑞罷官〉紀實》，《湖南文史》2002 年第 5 期。

〔註37〕 穆欣：《述學譚往——追憶在〈光明日報〉十年》，東方出版社 2006 年，第 541

臺的背景有關。11 月 13 日鄧拓決定向《文匯報》瞭解姚文元文章的來路，卻一無所獲。所以直到 11 月 19 日，中宣部領導在回答北京報紙是否可以轉載姚文的問題時，仍舊如是說：「過去中央規定對吳晗不批判，現在中央報刊是否轉載，要請示中央。」〔註 38〕

除了上述原因外，彭真等人的抵制也許還在其他方面有所考慮〔註 39〕。據《劉少奇傳》，最根本的原因是，姚文對《海瑞罷官》「退田」、「平冤獄」、「單幹風」、「翻案風」的指責和攻擊，「實質上暗指國民經濟調整以來中共領導層在一些重要問題上的分歧」〔註 40〕。加之這場表面針對北京市副市長其實目標更深遠的「突然襲擊」，不僅中央一線的領導人劉少奇、周恩來、鄧小平等毫不知情，分管意識形態工作的彭真、直接相關的北京市委和中宣部更覺錯愕。〔註 41〕在彭真看來，這顯然是置「五人小組」和「學術批判」原則於不顧，必須予以堅決抵制。

抵制的第二階段，是在迫不得已轉載姚文的情況下，加寫強調學術批判性質的按語。

最高領導見北京各報不轉載姚文，於 11 月 23 日指示上海趕緊將姚文印成單行本，向全國徵訂。北京新華書店不明就裏，直到 29 日，才覆電同意。〔註 42〕而彭真直到 26 日，仍態度鮮明稱：「對吳晗肯定要批評，但是吳晗的問題不是反黨反社會主義的問題，不屬於敵我矛盾。要組織隊伍寫文章，對的要肯定，錯的要批評。對姚文元文章也是如此。」〔註 43〕

11 月 27 日，周恩來從上海回北京後，迅即致電彭真，要求開會研究北京報刊立即轉載姚文的事情。28 日，彭真才決定第二天《解放軍報》、《北京日報》轉發姚文，又擔心諸報同時轉載，影響過大，遂又延遲《人民日報》和

頁。薄一波也認為：「正因為如此，彭真、陸定一等同志對姚文元的文章進行了抵制。」薄一波：《若干重大決策與事件的回顧》，中共黨史出版社 1993 年版，第 1234 頁。

〔註 38〕穆欣：《述學譚往——追憶在〈光明日報〉十年》，東方出版社 2006 年，第 541 頁。

〔註 39〕紀希晨：《彭真抵制批判〈海瑞罷官〉紀實》，《湖南文史》2002 年第 5 期。

〔註 40〕金沖及、陳群：《劉少奇傳》，中央文獻出版社 1998 年版，第 1004 頁。

〔註 41〕羅平漢：《文革前夜的中國》，人民出版社，2007 年版，第 277 頁。另據朱永嘉回憶，張春橋念及和鄧拓曾在《晉察冀日報》共事，是上下級關係和老朋友，在姚文發表前向鄧拓打招呼。但鄧拓不在辦公室，沒有直接聯繫上。朱永嘉：《評新編歷史劇〈海瑞罷官〉發表前後》，《炎黃春秋》2011 年第 6 期。

〔註 42〕郝懷明：《文革初期的中宣部》，《炎黃春秋》2010 年第 12 期。

〔註 43〕《彭真傳》編寫組：《彭真年譜》，中央文獻出版社 2012 年版，第 449 頁。

《光明日報》到 30 日轉載。可臨到發文前夜，又再次通知《光明日報》到 12
月 1 日見報。〔註 44〕需要補充的是，彭眞雖自恃有組織原則可循，但並非沒
有預見到轉載姚文這一天的到來。在此之前，他找鄭天翔、鄧拓、萬里、李
琪和范瑾等人討論過三次，提出「如迫於形勢對姚文元的文章非轉載不可，
轉載時可加按語，表明我們主張對這個戲進行討論。」〔註 45〕

　　《北京日報》的按語由鄧拓、范瑾修改審定，並由彭眞親自定稿。它對
姚文未作任何評價，倒是首先肯定了「《海瑞罷官》是一齣影響較大的戲」。
按語取消了姚文的政治特殊性，視其爲知識界相互辯難的一個代表，並倡導
不同意見之間可以展開討論。按語最後將「雙百方針」樹爲「本報就《海瑞
罷官》及其他有關的問題展開討論」的基本原則。

　　《光明日報》的按語與《北京日報》同中有異：不提《海瑞罷官》的影
響，僅稱其「是吳晗同志編的一齣京戲」；將姚文納入更具體的對「有關歷史
人物的評價和封建道德的批判繼承」的探討中。此按語在末了，也重申了「雙
百方針」的相關論述。

　　《人民日報》的按語是根據周恩來和彭眞的意見寫成，其體量是《北京
日報》或《光明日報》的兩倍。它承認姚文對海瑞和《海瑞罷官》，「提出了
很重要的批評意見」，但迴避了姚文認爲劇作影射現實的觀點，而是將其視作
搞懂「如何對待歷史人物和歷史劇」等問題的重要契機。按語特別強調這場
批判的「辯論」性質，並提出辯論的總方針：首先要容許批評和反批評；其
次以說理的方式批評錯誤意見。〔註 46〕周恩來和彭眞如此愼重，以至於接連
引用了三段毛語錄，來證明辯論擺道理、講方法的重要性，盡力抑制正在泛
起的政治批判勢頭。

　　不過，《解放軍報》與上述三家報紙的按語並不一致，它基本認同姚文關
於《海瑞罷官》是毒草的觀點。〔註 47〕之所以出現如此巨大的差異，主要是

〔註 44〕 穆欣：《我所經歷的「文革十年」》，《同舟共進》1995 年第 1 期；穆欣：《述學
譚往——追憶在〈光明日報〉十年》，東方出版社 2006 年，第 542 頁。
〔註 45〕 翁開望：《親歷批判〈海瑞罷官〉》，《炎黃春秋》2003 年第 3 期。
〔註 46〕 《人民日報》編者按稱：「通過這次辯論，能夠進一步發展各種意見之間的相
互爭論和相互批評。我們的方針是：既容許批評的自由，也容許反批評的自
由；對於錯誤的意見，我們也採取說理的方法，實事求是，以理服人。」
〔註 47〕 《解放軍報》編者按稱：「這個戲，是一株大毒草。作者用歪曲歷史眞實和『借
古諷今』的手法，激勵美化封建統治階級，宣揚不要革命的階級調和論。作
者精心塑造了海瑞這個形象，要我們社會主義時代的人民去『學習』海瑞的

因爲在上海黨政領導透露信息和江青的直接要求下，羅瑞卿通過總政治部副主任兼宣傳部長劉志堅，下令《解放軍報》加寫了緊跟性的按語。〔註 48〕彭眞對《解放軍報》的按語頗有微詞，即使到了 1966 月 1 月 2 日，他還在一次會上批評：「《解放軍報》的按語說吳晗《海瑞罷官》是一株大毒草，就使人家不敢講話了。」〔註 49〕

抵制的第三階段，組織一批高級幹部，親自撰寫具有較高學術水準且帶有明顯政治引導意圖的文章，更廣泛地發動學術討論，減少激烈政治批判帶來的不良反應。

首先是鄧拓化名向陽生，在 1965 年 12 月 12 日的《北京日報》上，發表了與吳晗商榷的文章《從〈海瑞罷官〉談到道德繼承論》。鄧拓不同意吳晗關於「無論是封建道德，還是資產階級道德，無產階級都可以批判地吸取其中某些部分」的觀點，而認爲：封建統治階級的道德觀念，都是維護奴隸主和封建貴族的利益，因而只能批判，不能繼承。但該文就學術問題進行探討的意圖也十分明確，它將吳晗的錯誤限制在「道德繼承論」，並在文中強調「眞理面前人人平等」。〔註 50〕

12 月 29 日，《人民日報》發表了《〈海瑞罷官〉代表一種什麼社會思潮？》。文章將吳晗的《海瑞罷官》視作「宣揚封建毒素的復古主義思潮的一個代表作」，「借古非今的反社會主義思潮的一個代表作」。調門如此之高，說明組織本文的周揚等人還是支持姚文元對《海瑞罷官》的批評的。〔註 51〕不過，周

所謂『退田』，『平冤獄』以及所謂『剛直不阿』的『大丈夫』精神，等等。這究竟是爲了什麼，難道不是明明白白的嗎？」

〔註 48〕關於按語何以如此，當事人劉志堅稱：「1965 年 11 月下旬，羅瑞卿路過上海，江青問他，批《海瑞罷官》的文章北京沒有轉載，《解放軍報》爲什麼也不轉載？羅瑞卿即給我打電話說：批《海瑞罷官》的文章很重要，《解放軍報》應當盡快轉載。《解放軍報》這才於 11 月 29 日全文轉載了姚文元文章。」見劉志堅：《部隊文藝工作座談會紀要產生前後》，《回首「文革」》（上），中共黨史出版社 1999 年版，第 313 頁。宋維還有另一個說法：「軍報的老總當年主持起草這條編者按語。據我所知，並沒有接受什麼人的指令，只不過是從毛澤東對北京各報不轉載姚文元的文章十分生氣這一信息中，斷定毛澤東對姚文元的文章是肯定的。」見宋維：《軍報轉載評新編歷史劇〈海瑞罷官始末〉》，《百年潮》2003 年第 7 期。

〔註 49〕穆欣：《述學譚往——追憶在〈光明日報〉十年》，東方出版社 2006 年，第 543 頁。

〔註 50〕向陽生：《從〈海瑞罷官〉談到道德繼承論》，《北京日報》1965 年 12 月 12 日。

〔註 51〕龔育之：《龔育之回憶「閻王殿」舊事》，江西人民出版社 2007 年版，第 25 頁。

揚也並非無所顧忌的開火。其一，周揚一開始並不打算談論「罷官」問題。〔註52〕其二，此文引用列寧的「歷史喜歡捉弄人……本來要到這個房間，結果卻是走進另一個房間」，多少肯定了吳晗的主觀動機不壞，只是在客觀效果上走到了反面。

1966 年 1 月 8 日，《北京日報》發表了時任北京市委宣傳部長李琪化名李東石所寫的《評吳晗同志的歷史觀》。〔註53〕文章認爲吳晗的錯誤有三點，一是評價歷史人物的觀點，貫徹著一個反馬克思主義的歷史主義；二是誇大帝王將相在歷史上的作用；三是未用階級鬥爭理論無情批判文化歷史遺產。此文筆墨瑣碎，格局不大，但始終將批判筆觸控制在「歷史觀」，避免將吳晗的錯誤牽連到現實政治的影射上。

很顯然，在各種壓力下，彭真和北京市委的戰線開始收縮，不再全盤否定對吳晗的指控，而是在承認吳晗及《海瑞罷官》有錯誤的情況下，努力將錯誤確定在學術探討的範圍內。與此同時，彭真對戚本禹《海瑞罵皇帝和海瑞罷官的反動實質》、關鋒和林傑《海瑞罵皇帝和海瑞罷官是反黨反社會主義的兩株大毒草》進行了冷藏處理。

抵制的第四個階段，是在最高領導明確要求從「罷官」角度批判吳晗和《海瑞罷官》的情況下，起草《二月提綱》以對日益高漲的政治批判勢頭進行降溫。

《毛澤東傳》認爲：之所以從「罷官」入手批判吳晗和《海瑞罷官》，「同他看了《光明日報》的《情況簡編》後引起的思考有關」〔註54〕。11 月中旬，

---

〔註52〕 據龔育之回憶：「在談到《海瑞罷官》有否影射時，周揚說：『要講政治影射的話，最大的影射是罷官，那個時候罷了誰的官呢？這個影射，政治上就更嚴重了。』不過，他說，姚文元文章沒有提這個問題，我們的文章也不去提這個問題。」但周揚聽到毛澤東講到『罷官』的問題後，還是馬上打電話叫龔育之就「罷官」補上了一些內容。龔育之：《龔育之回憶「閻王殿」舊事》，江西人民出版社 2007 年版，第 25～26 頁。

〔註53〕 「文革」期間，此文被認爲「是企圖把人們追究吳晗寫作《海瑞罷官》的反動政治目的，揭露《海瑞罷官》反動實質的注意力，引向僅僅討論吳晗的所謂『歷史觀』的圈子裏去，只要人們真的一頭鑽到吳晗的『歷史觀』中，去『認識《海瑞罷官》錯誤思想的本質』，那就可以掩蓋吳晗的反黨反社會主義了。」周英：《評李琪的〈評吳晗同志的歷史觀〉》，《人民日報》1966 年 5 月 23 日。

〔註54〕 逄先知、金沖及：《毛澤東傳（1949～1976）（六）》，中央文獻出版社 2011 年版，第 2368 頁。

毛澤東在《光明日報情況簡編》（362 期）上看到吳晗關於《海瑞罷官》落筆在前，「單幹風」發生在後的說明。此時，他意識到姚文出現了一個巨大的漏洞，「一夜無眠」。〔註 55〕這使其重新想起了康生、柯慶施曾經的建議，並將其與打倒彭眞和「針插不進、水潑不進」北京市委聯繫起來。〔註 56〕12 月 21 日，毛澤東說出了那段關於《海瑞罷官》「要害問題是罷官」的論斷：「姚文元的文章也很好，點了名，對戲劇界、史學界、哲學界震動很大，但是沒有打中要害；要害問題是『罷官』；嘉靖皇帝罷了海瑞的官，1959 年我們罷了彭德懷的官；彭德懷也是『海瑞』」。〔註 57〕1966 年 1 月 13 日，《人民日報》發表《接受吳晗同志的挑戰》，公開提出《海瑞罷官》與廬山會議有聯繫，並稱：「我們說吳晗同志的自我批評沒有觸及到要害，從政治上說，就是沒有觸及到寫出這齣戲的動機這個要害，沒有觸及『罷官』這個要害。單就寫『罷官』影射現實這一點來說，其嚴重性超過了《謝瑤環》和《李慧娘》。」〔註 58〕就這樣，《海瑞罷官》的問題一步一步「升級爲在政治代表右傾機會主義向黨進攻的嚴重問題。」〔註 59〕

彭眞本就極不同意批判吳晗和《海瑞罷官》。他不僅在《解放日報》、《北京日報》轉載姚文前夕提倡「眞理面前人人平等」；12 月 14 日，在市委工作會議上還鼓勵吳晗：「你錯的就檢討，對的就堅持。」12 月 22 日，面對最高領導再次提出從「罷官」角度批判吳晗時，他仍然頂住了壓力，稱：「我們經過調查，沒有發現吳晗同彭德懷有什麼組織聯繫。」〔註 60〕爲了緩和政治批判升級，彭眞大力促成了《二月提綱》的出臺。〔註 61〕這個提綱雖然在某些研究者看來，「也有許多在當時情況下不可避免的『左』的提法和詞句，但主

〔註 55〕逄先知、馮蕙：《毛澤東年譜（1949～1976）》（第五卷），中央文獻出版社 2013 年版，第 541～542 頁。

〔註 56〕逄先知、金沖及：《毛澤東傳（1949～1976）（六）》，中央文獻出版社 2010 年版，第 2368 頁。

〔註 57〕逄先知、馮蕙：《毛澤東年譜（1949～1976）》（第五卷），中央文獻出版社 2013 年版，第 547～548 頁。

〔註 58〕思彤：《接受吳晗的挑戰》，《人民日報》1966 年 1 月 13 日。

〔註 59〕金沖及、陳群：《劉少奇傳》，中央文獻出版社 1998 年版，第 1004 頁。

〔註 60〕逄先知、金沖及：《毛澤東傳（1949～1976）（六）》，中央文獻出版社 2011 年版，第 2368 頁。

〔註 61〕1966 年 2 月 3 日，文化革命五人小組開會討論批判吳晗《海瑞罷官》以來學術批判的形勢、性質、方針、隊伍等問題，會後根據會議情況寫成《五人小組關於當前學術討論的彙報提綱（草案）》（即《二月提綱》）。

要是不贊成把學術討論變爲集中的嚴重的政治批判，試圖對已經展開的批判加以約束」〔註62〕。這十分明顯地體現在：《提綱》此時仍將批判運動稱爲「大辯論」，並在在強調其性質是「在學術領域中清除資產階級和其他反動或錯誤思想的鬥爭」；《二月提綱》也再次重申學術討論的方針：「要以理服人，不要像學閥一樣武斷和以勢壓人」，「要准許和歡迎犯錯誤的人和學術觀點反動的人自己改正錯誤；《二月提綱》還爲不同意見保留了最後一點空間，稱「容許保留，以後繼續討論」。

把彭眞塑造成自由學術討論的守護神或政治批判的抗爭者，都不是本文的目的。正如有些學者所言：「他的『學術範圍』，只是保護吳晗等一部分人的被動策略，無法面向全體知識分子。」〔註63〕但因其耿介個性和對「文革」前若干次思想整合的理解，他確實在極其艱難的情況下，對過火的批判進行了一定的抵抗和引導。

### 2.1.3 媒介實踐：《文匯報》的有限「辯護」與最終統合

姚文發表後的最初一段時間內，學術界有很多質疑之聲。1965 年 11 月下旬，《光明日報》總編室編印的第 367 期《情況簡報》，反映了學術界知名學者對姚文的一般態度：北京大學副校長、歷史學家翦伯贊認爲「姚文元亂來一通，是嚇人的，不利於百家爭鳴」；上海市文聯副主席、詩人、書法家沈尹默認爲「姚文元把問題看得太簡單了」；翻譯家羅稷南認爲「討論《評新編歷史劇〈海瑞罷官〉》沒有意思，只能引出一批拍馬屁和好出風頭的人。」〔註64〕，文匯報記者還在姚文發表後採訪北京大學歷史系的在校師生，採訪結果讓《文匯報》記者大吃一驚：僅一人基本肯定姚文，大多數人「都對姚文的最後一部分的表現出深惡痛絕的程度」。〔註65〕另據新華社《內部參考》（增刊），我們還可以聽到京、滬以外學院知識分子的聲音。如南開大學中文系講師張懷瑾認爲：「在我心目中的吳晗，一直是個左派」〔註66〕；中山大學中文

---

〔註62〕 朱寨：《中國當代文學思潮史》，人民文學出版社 1987 年版，第 490 頁。

〔註63〕 李遜：《革命造反年代——上海文革運動史稿1》，牛津大學出版社（香港）2015 年版，第 68 頁。

〔註64〕 《彭眞傳》編寫組：《彭眞年譜》，中央文獻出版社 2012 年版，第 451 頁。

〔註65〕 《「文革」初期〈文匯報〉的一份「內參」——北京大學歷史系在校師生對姚文的反應》，《百年潮》1999 年第 8 期。

〔註66〕 新華社：《內部參考》（增刊），第 932 期，1966 年 6 月 1 日，載郭文亮：《大

系教授容庚對文藝作品進行政治批判深爲不滿：「這也是政治問題，那也是政治問題，這樣誰敢說話……我看現在有點像文字獄」。〔註67〕

民間亦有不少有識之士甚至是青年學生，發出了不同意姚文的呼聲。在給《文匯報》的數千封來信中，有人表示：「姚文元同志的許多觀點是錯誤的。」〔註68〕有人認爲：「《海瑞罷官》是好戲，吳晗同志的態度和創作思想是無可非議的。」〔註69〕還有人給《人民日報》寫信，指出姚文顯露「否定一切歷史人物的傾向」〔註70〕。北京市人民機械廠的遇羅克更反姚文之道地提出：「海瑞可以大歌而特頌」，還應該「寫得更英雄些，更高大些；還拘於史料的限制，還沒有把海瑞更理想化」。〔註71〕

正因爲在這場批判運動前期，有不少人爲吳晗及《海瑞罷官》辯護，甚至直斥姚文元文章簡單粗暴，所以在有的研究者看來，這就是「文學批評非常薄弱」的情況下，「地下文學評論」展開的「對文化激進派的抵制和鬥爭」。〔註72〕問題在於，「地下文學評論」若要浮出地表，施展「反批評」並產生廣泛影響，那麼它就不得不借助公共媒介。如果沒有《人民日報》、《文匯報》等報刊的「寬懷納言」，當時的民眾和後來的研究者，難以跨越時空界限，發現口徑統一的宣傳文稿之外眾多的歧聲異見。

但是，公共報刊作爲主導意識形態實施社會整合的重要工具，又怎可使自己成爲眾聲喧嘩的討論之所？之於張春橋、姚文元、《文匯報》以及轉載姚文後的《人民日報》、《光明日報》，批判《海瑞罷官》是必須推進的政治任務；之於各大報刊的讀者，直指北京市委的姚文能夠發表，這已經足夠成爲輿論的風向標；而對於文藝界來說，從50年代開始，提倡自我批評和壓制反批評就一直並舉，成爲「確立社會主義『文化領導權』的必要措施」〔註73〕。

---

動亂年代的艱難抗爭》，中共中央黨校博士論文，1994年。

〔註67〕 新華社：《內部參考》（增刊），第944期，1966年6月13日，載郭文亮：《大動亂年代的艱難抗爭》，中共中央黨校博士論文，1994年。

〔註68〕 馬捷：《也談〈海瑞罷官〉》，《文匯報》1965年11月30日。

〔註69〕 張彬：《並沒有原則分歧》，《文匯報》1966年1月18日。

〔註70〕 樵子：《也談海瑞和〈海瑞罷官〉》，《人民日報》1965年12月15日。

〔註71〕 遇羅克：《和機械唯物論進行鬥爭的時候到了》，《文匯報》1966年2月13日。

〔註72〕 古遠清：《「文革」時期的文學評論》，《湖北教育學院學報》2005年第1期。

〔註73〕 張均發現「十七年」間：「批評者在報刊、公開會議上發出批評，將對方敘述成『舊的』、『小資產階級的』、『不正常的』之後，便希望對方能接受這一看法並主動反省自身」。見張均：《中國當代文學制度研究（1949～1976）》，北京大學出版社2011年版，第73頁。

　　那麼為什麼我們能從上至《人民日報》，下至《文匯報》看到如此眾多的爭鳴文章？這有兩個重要的原因。其一，從技術操作層面，是通過發表反對姚文的文章，隱藏姚文的政治屬性，發動日趨謹慎的知識界起來爭鳴，擴大姚文的社會影響力。比如姚文發表後，應者寥寥，張春橋就曾提議上海市委宣傳部長對外宣稱：姚文可能是正確的，也可能是不正確的，完全可以討論，認為「這樣一說，人家就敢講話了」。〔註74〕其二，從戰略設計層面，這是激進文化勢力著手思想整合的第一步——為其提供批判的材料，從中分辨出所謂的「資產階級與無產階級」之間的「根本分歧」，並成為「整個意識形態領域中階級鬥爭的一個極其重要的組成部分」〔註75〕。

　　接下來，我們將以《文匯報》及其專欄「關於《海瑞罷官》問題的討論」為例，展示其如何通過發動關於《海瑞罷官》問題的系列討論〔註76〕，逐步實現為《海瑞罷官》定性、為批判《海瑞罷官》定調、為探討「海瑞、清官、道德繼承、歷史主義、讓步政策、歷史劇、歷史人物」等一系列問題提供思想標尺的全過程。

　　第一階段，從發表姚文的 1965 年 11 月 10 日開始到 12 月 4 日，這一階段的任務是反覆營造自由辯論的氛圍，發動社會各界力量參與關於《海瑞罷官》的討論。

　　11 月 29 日，《文匯報》以《讀者來信要求討論〈海瑞罷官〉問題》為名，刊載了上海戲劇學院、中華書局上海編輯所、復旦大學歷史系、華東師範大學歷史系等單位所謂「讀者」的四封來信，提出「本著百家爭鳴的精神，進一步和文藝界、學術界的同志探討。我們也很想看到吳晗同志的意見和說明。」此後，《文匯報》連續 6 期發表同樣的編者按，希望通過辯論，開展百家爭鳴〔註77〕；同時還發表了多篇同情吳晗《海瑞罷官》、不認同姚文論斷和批判方

〔註74〕 高治：《震動全國的大冤案——姚文元〈評新編歷史劇海瑞罷官〉黑文出籠前前後後》，《文匯報》1978 年 12 月 29 日。

〔註75〕 鄭謙：《從〈評新編歷史劇海瑞罷官〉到〈二月提綱〉》，《黨史研究》1984 年第 6 期。

〔註76〕 《文匯報》從 1965 年 11 月 30 日始，至 1966 年 2 月 25 日，期間共開闢 34 期「關於《海瑞罷官》問題的討論」。

〔註77〕 原文是：「我們發表姚文元同志的文章，正是為了開展百家爭鳴，通過辯論，把《海瑞罷官》這齣戲和它提出的一系列原則問題弄清楚，促進社會主義文化繁榮昌盛」《讀者來信要求討論〈海瑞罷官〉問題》，《文匯報》1965 年 11 月 29 日。

式的文章。11 月 30 日，《文匯報》開闢第一期「關於《海瑞罷官》問題的討論」，發表了馬捷批評姚文元的文章《也談〈海瑞罷官〉》。此文原本經作者修改，去除了一些較爲尖銳的言辭。但這一平和的版本，被《文匯報》認爲缺少鋒芒難以引發討論而遭棄用。〔註 78〕12 月 1 日，《文匯報》發表一篇題爲《怎樣更好地評價歷史人物和歷史劇》的「奇文」，此文對姚文元「棍子式」的批評方式，做了酣暢淋漓的諷刺：

> 自己明明知道，卻又當做彷彿不知，假癡假呆自己打自己的嘴。在結尾部分的歪曲的反問尤其醜行畢露，姚文元這樣的大批評家故意賣弄自己的噱頭，顯示自己的嗅覺靈敏。企圖用他需要的歪曲的反問來說明他的問題，來全部否認海瑞這樣的歷史人物，來任意歪曲作者和讀者及廣大人民的觀點和立場。他滿以爲用只有他一個人才需要的反問就能達到他的目的。老實說，這些反問不能改變人民對海瑞等歷史人物已有的好印象，而絲毫無助於姚文元同志要說明的問題。相反倒是暴露了姚文元同志是挖空心思和廣大人民走相反的方向，有相反的認識。〔註 79〕

此後幾篇文章雖採取了更加謹慎的發言方式，但對《海瑞罷官》的不足尤其是姚文的粗暴文風，都做了較爲客觀的解讀。如燕人在《對歷史劇〈海瑞罷官〉的幾點看法》中，既認爲吳晗抓住「一個政治上較有遠見性、施行仁政的忠臣的精神實質」；也批評《海瑞罷官》「所描寫的人民的形象顯得蒼白無力」；同時還指出姚文「犯了因噎廢食的錯誤」。〔註 80〕上海虹口中學歷史教師林炳義應《文匯報》記者約稿，寫了《海瑞與海瑞罷官》〔註 81〕，他一方面承認「大體上同意姚文的評述」，但不同意把海瑞說成一無是處，尤其反對姚文把《海瑞罷官》中的『退田』、『平冤獄』與所謂的『單幹風』、『翻案風』作比擬。〔註 82〕張家駒的《論海瑞的評價不宜過高》，基本認同姚文，但它也提出既要看到「海瑞的地主階級本質」，也不能「一筆勾銷海瑞的歷史作用」。〔註 83〕

〔註 78〕 金大陸、馮筱才、金光耀：《戳天之禍——三位小人物反對〈評新編歷史劇海瑞罷官的遭遇》，《史林》2014 年第 B12 期（增刊）。

〔註 79〕 蔡成和：《怎樣更好地評價歷史人物和歷史劇》，《文匯報》1965 年 12 月 1 日。

〔註 80〕 燕人：《對歷史劇〈海瑞罷官〉的幾點看法》，《文匯報》1965 年 12 月 2 日。

〔註 81〕 林炳義、潘君祥：《我和姚文元關於〈海瑞罷官〉的爭論》，《世紀》2016 年第 2 期。

〔註 82〕 林炳義：《海瑞與海瑞罷官》，《文匯報》1965 年 12 月 3 日。

〔註 83〕 張家駒：《論海瑞的評價不宜過高》，《文匯報》1965 年 12 月 4 日。

12 月 6 日，《文匯報》集中發表《人民日報》等北京四大報紙轉載姚文時的編者按。前文已述，這些編者按雖大多強調開展學術討論，但基本上肯定了對吳晗的批判，只是在何種觀點、何種角度、何種程度上有所不同。於是，這場意識形態領域的整合和鬥爭，進入到了第二階段。這一階段的任務是，從《海瑞罷官》出發，廣泛聯繫吳晗的相關言論、著作以及思想文化領域對吳晗作品的評介，以點帶線到面，為姚文勾勒出一個勢力龐大的思想文化對立面，也為批判吳晗和《海瑞罷官》提供一個更寬廣的意識形態鬥爭背景。

12 月 7 日～12 月 13 日，《文匯報》「關於《海瑞罷官》問題的討論」連續 5 期，重新發表了 1959～1961 年期間吳晗及學術界、新聞界所作的與海瑞相關的創作、評論和報導。12 月 7 日，發表《海瑞罷官》的劇本、序言；12 月 8 日，發表吳晗《關於歷史劇的一些問題》、繁星《史和戲》、常談《從「兄弟」談到歷史劇的一些問題》、馬連良《從海瑞談到「清官」戲》、史憂《也談歷史劇》；12 月 9 日，發表曲六乙《羞為甘草劑，敢做南包公》、鄧允建《評〈海瑞罷官〉》、方三《看海瑞罷官所想到的》；12 月 10 日，發表吳晗《海瑞的故事》；12 月 11 日發表吳晗《論海瑞》；12 月 13 日發表閻亦步《包公與海瑞》、徐以禮《評京劇〈海瑞上疏〉》、蔣星煜《海瑞得到人民群眾擁護的主要原因》、《海瑞的故事後記》、《南包公——海瑞》，此外還重刊了《文匯報》此前關於海瑞的報導《學習海瑞堅持真理》（1959 年 6 月 11 日）、《〈海瑞罷官〉的本報報導》（1961 年 12 月 11 日）。其目的正如 12 月 7 日的編者按所說：把這些材料同姚文進行對照，「看究竟是不是原則分歧，究竟誰比較正確」。其實，無須「再讀再議」，「謙遜」的言辭早已將答案公之於眾，考驗讀者的只是如何在良知、正見和政治形勢之間拿捏分寸。

果然，12 月 15 日姚文元化名「勁松」發表《歡迎「破門而出」》，它反對「咬文嚼字地去研究什麼『主題思想』、『藝術虛構』」和「不能把歷史事件和現實生活強行類比」的觀點，並提出在文史領域存在「從繁星、吳晗到『厲鬼』、『清官』的『統一戰線』」。同期，劉元高在《海瑞罷官》必須批判》中聲稱：「姚文元同志的文章是一篇非常及時的好文章。」這兩篇文章也開啟了針對吳晗、《海瑞罷官》和海瑞的批判攻勢。

12 月 17 日，《文匯報》發表復旦大學學生孫悟空戰鬥隊負責人胡守鈞《〈海瑞罷官〉為封建王法唱頌歌》；12 月 20 日，發表張益《揭穿〈海瑞罷官〉的

錯誤實質》，兩篇文章立意何在從題目即可見一斑。12 月 23 日，知名文史學家劉大杰發文《〈海瑞罷官〉的本質》支持姚文，認為「這篇文章，階級觀點鮮明，材料也相當充實，有很大的說服力」。12 月 25 日，復旦大學歷史系教師徐連達、陳匡時、李春元在《「青天大老爺」眞能「爲民作主」嗎？》中，揭露吳晗「企圖麻痺人民的革命鬥志」，「向革命人民挑戰，向社會主義挑戰」的「錯誤、反動的本質」；12 月 28 日，戲劇研究專家戴不凡在《〈海瑞罷官〉的主題思想》中，認為《海瑞罷官》的主題思想就是「不走社會主義而走資本主義道路，去做被打倒的剝削階級的『萬家生佛』。」上述文章不少來自學術界，他們對姚文的支持與對吳晗《海瑞罷官》的批判，都用語鋒利、下筆乾脆。《文匯報》記者曾在《評新編歷史劇〈海瑞罷官〉》後採訪了北京大學歷史系，其時學界反映冷淡謹愼，被記者認為「（他們）那樣害怕談政治……就是要保住他們這個資產階級的學術陣地。」〔註 84〕兩相比較可見，這個所謂的「學術陣地」已呈垮塌之勢。

這一階段並非沒有爲吳晗《海瑞罷官》辯護的。有對姚文批判方式提出異議的。如 12 月 17 日《中國歷史小叢書》責任編輯張習孔，以「羽白」的筆名發表《〈海瑞罷官〉基本上應該肯定》，文章首先強調「爭鳴的態度」，反對粗暴的、官僚主義的或形而上學的批判。文章還從三個方面指出姚文的問題：第一，有意識地在文章中把學術問題和政治問題扯在一起，第二，故意將劇本和劇評以及吳晗不同時期的文章羅織在一起，以混淆視聽；第三自以爲是達到了何種程度。12 月 23 日，吳越石在《讀〈評新編歷史劇海瑞罷官〉》中，繼續批評姚文元缺少唯物辯證法的「強行對比，機械推理」。

此外還有王鴻德的《不要鋤掉〈海瑞罷官〉這朵花》（12 月 25 日）、王金祥的《幾個疑問》（12 月 28 日），從歷史人物的評價、歷史和歷史劇的差異、人物形象與作家立場的區別、創作動機和效果的不同等若干方面，提出了更具普遍性的疑問。比如王鴻德認為評價一部作品是否符合歷史眞實，「不一定就要求非在人物的階級立場、階級關係上來表現人，不一定非要暴露人的階級本質不可。」他建議由不同作家在不同作品中，實現對同一歷史事件、歷史人物的多面向思考，而不應苛求在一部作品的有限空間中展開所有的討論。〔註85〕

〔註84〕《「文革」初期〈文匯報〉的一份「內參」——北京大學歷史系在校師生對姚文的反應》，《百年潮》1999 年第 8 期。
〔註85〕洪子誠在總結五六十年代之交的歷史劇討論時說：「歷史與敘述的問題，再一

　　另，面對日趨緊張的政治態勢和日漸明朗的批判方向，一些學者又不願從政治角度批判《海瑞罷官》，於是選擇了從專業主義的角度，提出對《海瑞罷官》主題和藝術成就的不同看法。比如唐眞在《〈海瑞罷官〉的主題是什麼？》（12月15日）一文中就表示，不同意姚文元關於《海瑞罷官》的主題是「退田」的總結，而認爲核心是「除霸」；郝昺衡則在《論海瑞和〈海瑞罷官〉》（12月20日）中探討了《海瑞罷官》的藝術缺陷，「認爲毒草未必是，但也不是香草……成績不大，還沒能進入藝術之域」。大概連報紙編輯都認爲它們離意識形態鬥爭過於遙遠，此後便不再刊載這類就文學談文學的爭鳴文章。

　　第三階段開始於《文匯報》轉載《關於〈海瑞罷官〉的自我批評》〔註86〕。此後發表的文章對批判吳晗和《海瑞罷官》已形成共識，只是在如何評價海瑞及歷史人物功過時，各方還存在較大的差異。

　　12月27日，吳晗的《關於〈海瑞罷官〉的自我批評》就首先在《北京日報》登出了。〔註87〕吳晗在自我批評中承認了不少錯誤，比如在對海瑞形象的塑造上，認爲「宣揚了個人英雄主義，對讀者、觀眾起了有害的作用」；比如在對清官的認識上，他認同姚文提出的封建官僚的「剛直不阿」和無產階級有本質區別，無產階級的道德和「封建、資產階級的道德絕無共通之處」；比如在歷史人物的評價上，認爲不應當依據當時當地的標準，而必須「依據今時今地的標準」和「人民大眾的標準」。但吳晗也用了巨大的篇幅爲自己辯

次因擾著當代的寫作者。占上風的意見是，文學家雖然重視文學的『虛構性』，但這種重視應以不妨害表現『歷史本來面目』爲限度。不管討論者在這一問題上有怎樣的分歧，在拒絕將『歷史』與敘事等同，強調『歷史本質』的客觀性上，他們應該都是一致的。」但所謂的「歷史本質」，其實往往決定於主導意識形態的書寫。在批判《海瑞罷官》的這一時刻，「歷史本質」的書寫權顯然已經掌握在激進意識形態手中，因此文學敘述的正誤必將經歷新一輪的重新判定。見洪子誠：《中國當代文學史》，北京大學出版社2007年版，第153頁。

〔註86〕吳晗：《關於〈海瑞罷官〉的自我批評》，《文匯報》1965年12月31日。

〔註87〕吳晗本不打算回應姚文，更未想到進行自我檢討。在《光明日報情況簡編》第362期中，就述及吳晗不準備寫答辯文章，正在給市委寫報告直接送給彭眞的報導。12月13日他在給一位陌生讀者的來信中，亦聲明「現在有人提出種種責難，我不以爲然，是非自有公論。」但12月8日，鄧拓在彭眞指示下給吳晗寫信，指其「對於歷史唯物主義的根本問題沒有弄清楚」，並建議他寫一篇關於《海瑞罷官》的檢查。12月12日，在署名向陽生的《從〈海瑞罷官〉談到「道德繼承論」》中，鄧拓還在文末特別提出：「吳晗同志有什麼意見，我也希望他繼續寫出文章，把自己的思想眞正同大家見面」。此後，吳晗不準備答辯和不打算檢討的想法逐漸改變。

護，比如排列有關海瑞研究和創作〔註88〕的時間表，指出它們都作於 1960 年以前，與 1961 年以後的「退田風」、「翻案風」無關。吳晗還特別否認了對其「政治反動」的指控，強調自己只是「為古而古，為寫戲而寫戲，脫離了政治，脫離了現實」。

吳晗的自我檢討並沒有取得良好效果。《人民日報》在轉載此文時加了按語：「看看吳晗同志的自我批評在那些方面是不深入的，是否談到了問題的本質，是否觸及了要害。」〔註89〕而在此前一天，《人民日報》發表了下筆並不柔軟的《〈海瑞罷官〉代表一種什麼社會思潮》〔註90〕兩文透露的信息，被一些政治敏感性強的學者迅速捕獲。如華東師範大學歷史系教授束世澂將《人民日報》此時的編者按和此前轉載姚文的編者按進行了對比，認為「這次完全針對吳晗，意思要把《海瑞罷官》這個劇本討論透，別的問題慢慢來。」復旦大學歷史系主任譚其驤將這份自我批評給吳晗帶來困境說得更直白：「不管他檢討得夠不夠，深不深，有人再要擁護《海瑞罷官》，不大可能。」〔註91〕也就是說，學術界已經有意識地將批判海瑞與批判《海瑞罷官》區別開來，這在事實上代表著學術界正在放棄對這部劇作的學術討論。〔註92〕

吳晗的自我批評被質疑不夠誠懇，被認為不是「真正用毛澤東思想之矢射自己的思想之『的』」〔註93〕；而「十分之七的篇幅」用來證明自己正確，也讓一些批評者怒不可遏。〔註94〕激進的批判者再次提高了調門。1966 年 1 月 18

---

〔註88〕 具體指：《海瑞罵皇帝》、《論海瑞》、《海瑞的故事》、《海瑞罷官》。

〔註89〕 《關於〈海瑞罷官〉的自我批評》編者按：《人民日報》1965 年 12 月 30 日。《文匯報》1965 年 12 月 31 日轉載。

〔註90〕 《文匯報》1966 年 1 月 4 日轉載此文。

〔註91〕 《上海學術界部分人士座談吳晗的〈關於〈海瑞罷官〉的自我批評〉》，《文匯報》1966 年 1 月 7 日。此文被《人民日報》1966 年 1 月 13 日轉載。

〔註92〕 關於清官和海瑞的評價問題，《文匯報》也發表了不少文章，因不屬於批判吳晗和《海瑞罷官》的主體部分，此處從略。但不可否認，從批判文學海瑞到批判「清官」海瑞，也是激進文化勢力進行思想整合的應有之義和自然延伸。只不過這個問題其實更難解決，比如一位署名「岸波」的人在《不能苛求古人》一文中表現了這樣的「清醒與疑惑」：「《海瑞罷官》塑造了一個美化了的封建王朝裏的清官的形象，歪曲了歷史事實，醜化了勞動人民的形象，必須進行全面的批判，這是我們同學中意見是比較一致的。但是對於是不是對封建時代所有的貪官、清官都一視同仁，對於是不是對封建時代所有的政治家都採取全盤否定的態度，對於能不能批判地學習封建時代某些傑出人物的某些品質等等幾個問題，我們仍然大惑莫解。」(《文匯報》1966 年 2 月 8 日)

〔註93〕 孺子牛：《在絕對化的背後》，《文匯報》1966 年 1 月 11 日。

〔註94〕 蔡尚思：《這是什麼樣的「自我批評」》，《文匯報》1966 年 1 月 25 日。

日，關鋒在《此地無銀三百兩》中，將《海瑞罵皇帝》和《海瑞罷官》聯繫到盧山會議，指出前者「意圖就是向党進攻的右傾機會主義者擂鼓助威」，後者「是為被罷了官的右傾機會主義者打氣、鼓幹勁」，並認為這就是吳晗問題的要害所在。〔註95〕上海市委協作組以「羅思鼎」之名，判定「吳晗同歷史上剝削階級的代言人和右傾機會主義分子走在了同一條道上。」〔註96〕

第四階段的任務是大肆推廣對吳晗和《海瑞罷官》的政治批判。

2月13日《文匯報》轉載了前一天《解放日報》上署名「丁學雷」的《〈海瑞上疏〉為誰效勞？》，將吳晗的《海瑞罷官》、蔣星煜《南包公——海瑞》、上海京劇院集體創作的《海瑞上疏》，看成是「一股反社會主義的文藝逆流」。而更具有標誌性意義的現象是：就在這一天，工農兵開始成為批判吳晗《海瑞罷官》的主角。上鋼三廠平爐車間的韓忻亮號召《堅決剷掉這棵大毒草》，寶山縣盛橋人民公社沈維明勸誡世人《　定要辨明是非》。2月18日，遼寧省義縣頭道河子公社陳乃風從《海瑞罷官》中看到了「封建餘孽的反撲」，要求「必須堅決鋤掉這株毒卓」。實際上，建國以來歷次文藝批判運動，從來不是由工農兵發現、提出的。工農兵的身影之所以在文藝批判中出現，非常重要的一個原因是新中國的政體是以工人階級領導和以工農聯盟為基礎的，而工農兵的代表性必須在意識形態尤其是文學藝術層面有所體現。因此他們所起的作用，並不在於批判本身，而是意味著這場爭論已經得到了這個國家最廣大民眾的支持，也意味著廣大民眾接受了新一輪的思想的洗禮，意味著一次疾風暴雨般的意識形態戰役即將結束。

值得一提的是，「關於《海瑞罷官》問題的系列討論」從開始到基本結束的整個過程中，在「信稿摘編」和「來稿文摘」這兩個子欄目中，始終在批判和認同中尋找著平衡。比如在2月18日的「報刊文摘」中，既摘引了贊同者《海瑞罷官中的海瑞不是假海瑞》（《福建日報》1965.12.31）、《海瑞實行了讓步的改良》（《北京日報》1966.1.26）；也摘引了批判者《海瑞罷官的藝術表現錯在哪裏》（《人民日報》1966.2.3）；《究竟為什麼要歌頌海瑞》（《新華日報》1966.2.14）。2月22日的「信稿摘編」中甚至全部摘編了認同或不反對《海瑞罷官》的所謂「來信來稿」，如《戲劇形象和歷史人物不應等同》一文認為歷

---

〔註95〕關鋒：《此地無銀三百兩》，《文匯報》1966年1月18日。
〔註96〕羅思鼎：《拆穿「退田」的西洋鏡》，《文匯報》1966年2月8日。

史和文學有不同的判斷標準，海瑞在歷史上的好壞，不能用來判定《海瑞罷官》的好壞；《對殘酷統治者，有一善，也不應抹殺》一文提出不能用當代人的評價標準去衡量古人。這也說明關於《海瑞罷官》的性質雖已經欽定，但官方結論正式出臺以前，關於《海瑞罷官》的討論何時結束何時定論，還有待時局進一步發展。

其後的事實證明，在這場激進整合思路與溫和整合思路的交鋒中，前者終勝。4 月，被扣壓了兩個多月的戚本禹、關鋒兩篇文章，分別在 4 月 2 日的《人民日報》和 4 月 5 日出版的《紅旗》上發表。關於《海瑞罷官》這場文藝領域的批判運動可謂告一段落，《文匯報》自然不再刊載爭鳴的文章。4 月，中央書記處會議決定撤銷《二月提綱》，並成立以陳伯達為組長的文化革命文件起草小組取代「五人小組」。當然，我們都知道這不是終點，而只是為在社會政治領域展開更廣泛、更深入的意識形態鬥爭拉開了序幕而已。

## 2.2 趙樹理批判：從地方到中央的逐步升級

趙樹理其人其文的命運，與中國政治進程和文學進程息息相關。40 年代，這個只想「上文攤」的農民作家，被晉冀魯豫邊區推為方向作家；50 年代，這位新的人民文藝的代表，又被封為「當代語言藝術的大師」。然而，這些光環不僅沒有幫助趙樹理躋身 1966 年之後的文藝陣營，反而被冠以「文藝黑線代表」、「資產階級反動作家」成為各種激進力量攻擊的重要目標。批判過程如何？批判原因何在？激進力量又是如何參與到這一系列批判？此外，「十七年」期間，「新中國文學的時代要求和文學的『革命化』」〔註 97〕曾怎樣要求趙樹理，又如何影響著「文革」期間對趙樹理的再評價和再批判？一旦我們深入共和國的歷史情境，透過具體作家的人生和文運，可能會將「斷裂」和「連續」的問題看得更清楚一些。

### 2.2.1 第一階段：晉東南地委的批判

5 月 16 日，中央政治局會議通過了《五・一六通知》。通知要求「徹底揭露那批反黨反社會主義的所謂「學術權威」的資產階級反動立場，徹底批判

---

〔註97〕楊亞林：《趙樹理的當代命運及新中國文學的現代化問題》，《山西師大學報》（社會科學版）2011 年第 1 期。

學術界、教育界、新聞界、文藝界、出版界的資產階級反動思想」〔註 98〕。此後，全國各地都按照文件精神，紛紛開展起批判「反動學術權威」和「資產階級代表人物」的運動。

以中央華北局為例，5 月 21 日，中央政治局會議尚未結束，華北局就在北京前門飯店召開了工作會議。山西省委、省政府除省委書記處書記、副省長武光湯留守主持日常工作外，省委第一書記衛恒和書記處書記、省委常委以及地、市委書記、省直相關部門負責人乃至部分縣委書記都參加了這次會議。會議的主要目的是整華北局第二書記、中共內蒙古自治區委員會第一書記烏蘭夫；此外，華北局第三書記、河北省第一書記林鐵也在會上受到批判，並被取消了領導河北組會議的資格。〔註 99〕山西省當然也不可能完全置身事外。山西省委書記處書記、太原市委第一書記袁振因在會議上批評山西省委錯誤對待「文化大革命運動」，引發了省委其他領導的不滿，並招致李雪峰的批評，一時間成為眾矢之的。

但是，批判袁振不過是華北局會議的一個插曲，貫徹《五・一六通知》還須發動更廣泛、深入的批判運動。華北局第一書記李雪峰早在華北局會議前，就示意衛恒篩選一些人出來作為批判對象。〔註 100〕但選擇誰作為批判的對象，卻不是一件容易的事情。有研究者查閱了 1966～1976 年間的揭發交待材料，認為在華北局會議上，趙樹理已成『內定』的批判對象。〔註 101〕時任山西副省長並在「文革」初即受批判的王中青，多年後亦提到：「文化大革命一開始，趙樹理就被確定為重點批鬥對象了」。〔註 102〕

實際情況更加複雜。首先，從晉東南地區來說，趙樹理曾先後擔任沁水縣委、陽城縣委、晉城縣委重要職務，在日常工作中常以現實為據，力反激進措施，為農民說話。長此以往，「得罪了不少同志」，「但他不把這些放在眼裏」。〔註 103〕「文革」甫一開始，其同僚和上級就開始借機進行批評。〔註 104〕

〔註 98〕《中國共產黨中央委員會通知》（1966 年 5 月 16 日），《人民日報》1967 年 5 月 17 日。

〔註 99〕卜偉華：《砸爛舊世界——文化大革命的動亂和浩劫（1966～1968）》，香港中文大學 2008 年版，第 103～104 頁。

〔註 100〕師東兵：《動亂之初》，《黃河》1994 年第 1 期。

〔註 101〕劉金笙：《趙樹理在山西文聯》，《火花》1986 年第 5 期。

〔註 102〕王中青、李文儒：《記趙樹理的最後五年》，《新文學史料》1983 年第 3 期。

〔註 103〕王中青、李文儒：《記趙樹理的最後五年》，《新文學史料》1983 年第 3 期。

〔註 104〕比如在山西晉東南地委組織批判趙樹理的時候，就有人揭發他在地委會議時

其二，就山西省內來說，出於某些複雜原因〔註105〕，趙樹理與主管文教的副省長王中青、山西省文聯主席、黨組書記李束爲不幸成了較早的一批「犧牲品」。其三，此時的文藝界，周揚已經作爲「文藝黑線」的「祖師爺」、「大紅傘」、「總頭目」，被公開批判。作爲周揚發掘並推崇的趙樹理，難逃「黑線」人物的命運。趙樹理在 40 年代的崛起，離不開周揚的發現和推崇。周揚撰寫的《論趙樹理的創作》，是最早的一篇系統評價趙樹理小說成就的文章，這也促成趙樹理晉升爲晉冀魯豫邊區的文藝方向。1956 年周揚在中國作協第二次理事會擴大會議上，還將趙樹理樹爲若干「語言藝術大師」之一。〔註106〕新中國成立後，儘管周揚頗感於趙樹理的寫作趕不上突飛猛進的政治形勢，但在政治調整期間，再次給予趙樹理極高的讚譽：「中國作家中眞正熟悉農民、熟悉農村的，沒有一個能超過趙樹理。」〔註107〕如今，周揚一「倒」，作爲周揚「山頭」重鎮的趙樹理，自然會被目爲應該被揪鬥的「黑線」人物。

　　本來囿於趙樹理的全國知名度和巨大的社會影響力，地、縣兩級一直對批判趙樹理顧忌重重。如今，地方因素和北京因素並舉，趙樹理無論如何也難逃「文革」爲其織就的文網。

　　6 月 29 日，晉城縣已出現針對趙樹理貼出了大字報。〔註108〕根據苟有富的相關研究，我們還可得知：7 月 17 日，由地委文革辦公室主編的《文化革命簡報》第 1 期，引用地區電影公司黨支部書記王連生發言，點名批評了趙樹理，稱趙樹理是壓得晉東南戲劇翻不了身的三座大山之一。7 月 19 日，《文化革命簡報》第 2 期指出要初步揭發一批重點人物，其中又點了趙樹理的名。〔註109〕與此同時，晉東南地委領導親自領導、組織的對趙樹理貼大字報行動。7 月 20 日，地委書記王尙志、副書記全雲等 13 名地委幹部，在地專大樓樓道

---

插斷書記講話，在陽城縣委會議時堅持一個人意見弄得會議無結果而散。見苟有富：《趙樹理在文革中》，《長治學院學報》2006 年第 6 期。

〔註105〕有研究者認爲：華北局工作會議之前，康生曾向山西省示意將批判矛頭指向省委常委、省委秘書長史紀言、副省長王中青和作家趙樹理，最終史紀言在李雪峰、衛恒的斡旋下躲過一劫。師東兵：《動亂之初》，《黃河》1994 年第 1 期。

〔註106〕周揚：《建設社會主義文學的任務》，《文藝報》1956 年 5、6 期合刊。

〔註107〕戴光中·《趙樹理傳》，北京十月文藝出版社 1987 年版，第 383 頁。

〔註108〕晉城市黨史研究室：《中國共產黨晉城歷史（第七章）》，http://www.jconline.cn/2010yxjc/rdzt/2011zw/jd90zn/Channel_11434.htm。

〔註109〕上述關於晉東南地委《文化革命簡報》和下文對趙樹理的大字報的引述，均來自苟有富：《趙樹理在文革中》，《長治學院學報》2006 年第 6 期。

內，貼出了一張長達 13000 字的大字報〔註 110〕。文章稱：趙樹理是「周揚又粗又長又深又黑的反黨反社會主義反毛澤東思想黑線的忠實門徒」，是一個「鑽進黨內來的資產階級代表人物」。7 月 21 日，王尚志、仝雲等 17 人又貼出長達 3 萬多字、題爲《趙樹理反黨反社會主義反毛澤東思想言行面面觀》的大字報。〔註 111〕這兩份大字報不僅在地專大樓內公開展示，還上報山西省委，下發轄區各縣及地直機關。

從第一張大字報所述內容來看，主要還是從趙樹理的文藝層面入手，批判他的「錯誤」觀點和「反動」創作。但正如王中青所說：「運動一開始，並不只是把他作爲一個『黑』作家來批判的，主要的是把他作爲一個『走資派』來批判的。」〔註 112〕所以，在第二張大字報中，趙樹理的政治觀點及其在農業工作中所提的一系列問題、所作的一系列言論，馬上就成爲炮轟的主要對象。

趙樹理對待這場史無前例的「文化大革命」的態度，呈現了一個從擁護到不解的變化過程。起初，他對「文化大革命」是持擁護立場的，認爲「文革」能對官場上「貽誤工作的主觀主義」、「各級幹部說假話的官僚主義」、「文藝界的老爺作風」實現有力的衝擊。〔註 113〕因此，也可以說他是帶著一種「坦然自若，歡迎批評」的態度，面對涉及自己的這類大字報。他不僅把一些批評抄下來，還寫了幾首詩言志明心。如「塵埃由來久，未能及時除，歡迎諸同志，策我去陳污」〔註 114〕。有人貼出大字報《請看趙樹理的野心》，誣衊趙有「改朝換代，再造江山」的野心時，他也還能戲作小詩「革命四十載，真

---

〔註 110〕題爲《借下鄉體驗生活之名，行反黨反社會主義之實——從趙樹理在晉東南地區的所作所爲看他的本質》，它從四個方面批評趙樹理。一，大寫中間人物，反對歌頌英雄人物，打擊工農兵充當社會主義文藝主力軍。二，大演、大編壞戲、壞電影。三，以作家「權威」和縣委書記「職權」公開反對黨和毛主席。四，「資產階級的文藝家是狗不改吃屎，狼不改吃人。」

〔註 111〕大字報分爲六大部分。第一部分是「反對黨的領導，反對毛澤東思想」；第二部分是「攻擊三面紅旗，反對戰天鬥地，反對學習大寨」；第三部分是「反對黨的文藝路線和文藝方針」；第四部分是「以搞文藝創作爲幌子，借『講知識』、『談經驗』之名，到處散佈反動謬論」；第五部分是「在小說、戲劇中大肆放毒，攻擊社會主義制度」；第六部分是「和黑幫黑線上下呼應以及其他問題」。

〔註 112〕王中青、李文儒：《記趙樹理的最後五年》，《新文學史料》1983 年第 3 期。

〔註 113〕王中青、李文儒：《記趙樹理的最後五年》，《新文學史料》1983 年第 3 期。

〔註 114〕趙樹理：《題大字報》，《趙樹理全集》（第 4 卷），北嶽文藝出版社 2000 年版，第 135 頁。

理從未違；縱雖小人物，錯誤也當批」，表示從容抗議〔註115〕。

　　但地委領導參與署名的兩份大字報，激怒了趙樹理。他曾向晉東南地委書記王尚志「傾訴苦惱」、「尋求安慰和保護」，但地委書記表示「毫無辦法」。〔註116〕與同事爭辯、向上級尋求庇護均未如意，趙樹理遂決定在 7 月 21 日、22 日的晉城、陽城小組會議上對大字報進行反駁。兩次反駁一次比一次內容詳盡，除了指出大字報上的材料不是自己的外，還對「攻擊領導、向黨進攻、寫反詩、向黨伸手、寫中間人物、煽動退社、反對計劃經濟、反對戲劇匯演、反對統購、為吳晗辯護」等幾十個大小問題，一一進行了解釋和辯護。這表現了趙樹理性格中極其固執的一方面——他不願意接受一堆子虛烏有的指控和罪名。

　　面對強大的政治壓力，趙樹理最終還是承認了某些指控。8 月 1 日和 3 日，在晉東南地區召開的各縣常委擴大會議上，趙樹理做了兩次檢查。第一次檢查，趙樹理從戲劇改革、文學創作和政治態度反省了自己的「錯誤」，稱：「在戲改方面，我做了田漢黑幫的孫子；在創作方面我是失職者，同時做了邵荃麟黑理論的根據；對三面紅旗我成了資產階級老爺們的代理人。」但在檢查過程中，其所使用的表達策略，是較多地承認自己在文藝上的局限和弊病，並婉拒了一系列不實的罪名。這自然引起了與會者的不滿，於是 8 月 3 日，趙樹理被迫做了第二次「更全面、系統」的檢討。這一次，除了認為「創作使用的農村口語」沒有問題外，趙樹理基本放棄了此前對一些重大政治原則的堅持。末了，他將自己歸結為一個「狂妄自大、自以為是的臭文人」、「情同隔世的老古董」。〔註117〕

　　簡言之，晉東南地委對趙樹理貼大字報、開會揭發，可視為文革期間批判趙樹理的第一階段。這一階段，在上級黨委示意下，地委黨政率先拉開批判趙樹理的帷幕。在批判過程中，雖然牽涉到趙樹理的文藝作品和文藝思想，但總的思路是集中力量猛攻趙樹理的工作方式和政治言論，以確證其反黨反社會主義反毛澤東思想的罪名。而趙樹理一開始尚能以平靜態度從容處之，但在頻繁而激烈的批判攻勢下，他雖奮起自辯，卻最終經歷了從否認一切不

〔註115〕趙樹理：《題大字報（其二）》，《趙樹理全集》（第 5 卷），北嶽文藝出版社 2000 年版，第 414 頁。

〔註116〕陳為人：《插錯「搭子」的一張牌——重新解讀趙樹理陳為人》，廣東人民出版社 2011 年版，第 21 頁。

〔註117〕苟有富：《趙樹理在文革中》，《長治學院學報》2006 年第 6 期。

實指責，到主要承認文藝創作不足和文藝思想局限，再到較徹底自我否定的
激變過程。

## 2.2.2 第二階段：山西省委和《山西日報》的批判

7月晉東南地委對趙樹理的批判，尚能遵守「內外有別」的原則，只將大
字報貼在地委辦公樓內，未向社會民眾公開批判內容。待到八月初，趙樹理
就開始受到來自省委和省級日報的點名批評。8月8日，八屆十一中全會通過
《關於無產階級文化大革命的決定》。《決定》批評了許多單位的負責人對蓬
勃開展的「文化大革命」「很不理解，很不認眞，很不得力」，並明確要求組
織批判所謂「有代表性的混進黨內的資產階級代表人物和資產階級反動學術
權威」。〔註118〕。就在8日下午，山西省委宣傳部顯然是在經省委討論的情況
下，召開了批判趙樹理的座談會。〔註119〕

當然，對趙樹理的批判不過是山西省拋出文化領域「資產階級反動學術
權威」的大棋局中的一次重要落子。7月25日，中共山西省委決定在《山西
日報》上公開批判王中青，此後王中青被戴上了「反革命修正主義分子」、「反
黨反社會主義反毛澤東思想」、「漏網大右派」、「地主資產階級的走狗」等帽
子。8月7日《山西日報》發表署名「晉文山」的批判李束爲的文章《李束爲
是周揚黑幫的忠實走卒》。直至8月9日，《山西日報》終於發佈了省委宣傳
部座談會批判趙樹理的相關內容。〔註120〕若從批判的先後順序以及與中共八
屆十一中全會的緊密度來看，對趙樹理的批判似乎更加愼重和鄭重。

爲了體現「揭發」和「批判」的社會代表性，座談會特意組織了一個包括
工人、學毛著積極分子、工人業餘作者、專業作家、機關幹部、大學教師在內
的聲討隊伍。座談會的主要內容集中在以下幾個方面：一、批判趙樹理「反對

〔註118〕《中國共產黨中央委員會關於無產階級文化大革命的決定》，《紅旗》1966年
第10期。

〔註119〕會議主要內容發表在1966年8月9日的《山西日報》第4版上。在此之前，
8月2日的《山西日報》轉載了7月30日《人民日報》發表的《文藝報的兩
次假批判》，此文重提1962年8月在大連召開的「農村題材短篇小說創作座
談會」，認爲這是「一個有組織、有計劃的反革命黑會」，並以匿名的方式大
量引用趙樹理在會上的發言作爲「證據」。這可以理解爲是在爲山西省大規模
批判趙樹理進行預熱，但也暗示點名批判趙樹理的時機尚不成熟。

〔註120〕《徹底批判資產階級反動文學「權威」，打倒周揚黑幫樹立的「標兵」趙樹理》，
《山西日報》1966年8月9日。

黨對農業實行社會主義改造，反對合作化，反對人民公社化」。這部分主要發言者是即為工人代表。〔註121〕二、批判趙樹理的文藝思想，認為他「在文藝方面，是周揚黑幫的同夥，肆無忌憚地污蔑和抵制毛澤東文藝思想。」這部分發言者主要是業餘文藝作者和省城文藝工作者。三、批判趙樹理的文藝創作。《鍛錬鍛錬》、《老定額》、《套不住的手》、《實幹家潘永福》、《張來興》、《賣煙葉》等小說和劇本《十里店》等被認定為「有毒的壞作品」。座談會最終達成共識：認為趙樹理「長期以來堅持著一套系統的資產階級政治綱領」。〔註122〕

8 月 11 日，《山西日報》座談會的召開，掀起了一個省報批判趙樹理的小高潮。8 月 11 日，《山西日報》發表《從趙樹理的作品看他的反動本質》，文章將趙樹理的《賣煙葉》、《鍛錬鍛錬》、《老定額》、《套不住的手》、《實幹家潘永福》、《張來興》、《楊老太爺》、《互作鑒定》、《十里店》等作品，通通稱為「一條毒藤上的毒瓜」，最後判定趙樹理是「一個鑽進黨內的資產階級代表人物，是一個盤踞在文藝界的資產階級反動『權威』，是一個反革命修正主義分子，是一個用寫小說、編劇本進行反黨反社會主義反毛澤東思想的『黑筆桿』」。此後，8 月 13 日，《山西日報》發表了《從黑戲〈十里店〉看趙樹理的黑心》。8 月 18 日，《山西日報》又報導了 7 月下旬「晉東南地委集會聲討趙樹理反革命罪行」和 8 月 11 日「省文聯全體革命工作人員批判趙樹理反動的政治和文藝觀點」兩次集會的相關消息。

可以看出，對趙樹理的批判，沒有因趙樹理的檢查而止步。這一階段的批判呈現為三個重要特徵：一是批判範圍從地委升級到省委；二是批判方式從內部大字報升級到省報公開點名；三是集中批判 1958 年大躍進之後所寫的作品。

### 2.2.3 從「四十年代」到「文革」：批判的繼承與惡化

從本質上來說，對趙樹理的批判是一場政治鬥爭，但本文力圖祛除那些顯而易見的政治攻擊和政治誣陷，試圖從主題、人物、語言等文學要素出發，將批判趙樹理的汪洋大海劃出幾片穩固的大洲。而我們發現，對趙樹理其人

〔註121〕 請工人而非農民來批判趙樹理關於農業合作化和人民公社化的觀點，這種並不到位的安排，似乎暗示著批判本身的匆忙和尷尬。

〔註122〕 《徹底批判資產階級反動文學「權威」，打倒周揚黑幫樹立的「標兵」趙樹理》，《山西日報》1966 年 8 月 9 日。

其文的批判，留存著「十七年」文學批評的鮮明印記，儘管其在性質上是對「十七年」文學批評的惡化。

其一，在思想和內容層面上，趙樹理被批判爲反對黨的路線、方針、政策，具體體現爲反對農業社會主義改造、反對合作化，反對人民公社化。雖然上述罪名上綱上線得離譜，如若降低其「誇張」等級，則未嘗沒有擊中趙樹理某些執著的身份立場、寫作觀念和作品事實。錢理群曾提請研究者注意趙樹理「黨——農民——自我主體（知識分子）」的三重身份。〔註 123〕筆者認爲探究「黨員」和「農民」兩種身份，如何影響著知識分子趙樹理的身份調整和寫作設定，有著更爲重要的意義。

趙樹理的第一身份應該是「黨員」。有研究者稱：「就其本質而言，趙樹理不是一個藝術家，而是個熱心群眾事業的老楊式的幹部」。〔註 124〕正因如此，他才會在意識到寫作局限（不能寫所見之眞實）、陷入寫作困境（不能寫想像之眞實）的時候，發出寫小說不如做農村工作的感慨。〔註 125〕於是我們在趙樹理的「問題小說」寫作模式中，清晰感受到他作爲一個黨員作家對現實問題的敏感性，以及在面對和處理現實問題時所採取的文學功利主義，如其所言：「在作群眾工作的過程中，遇到了非解決不可而又不是輕易能解決的問題，往往就變成所要寫的主題。」〔註 126〕也是因爲這種直面現實問題的一貫立場，趙樹理其人其文也得到了毛澤東的認可。1951 年，毛澤東直接主持起草《關於農業生產互助合作的決議（草案）》時，曾派具體負責起草工作的陳伯達向趙樹理徵求意見，並在趙樹理的意見中受到啓發，照顧到了「個體農民單幹的積極性」。〔註 127〕

〔註 123〕 錢理群：《趙樹理身份的三重性與曖昧性——趙樹理建國後的處境、心境與命運（上）》，《黃河》2015 年第 1 期。

〔註 124〕 戴光中：《趙樹理傳》，北京十月文藝出版社 1993 年版，第 274 頁。

〔註 125〕 趙樹理曾表示：「寫一篇小說，還不一定受農民歡迎；做一天農村工作，就準有一天的效果，這不是更有意義麼！可惜我這個人沒有組織才能，不會做行政工作，組織上又非叫我搞創作；要不然，我還眞想搞一輩子農村工作呢！」康濯：《寫在〈趙樹理文集續編〉前面》，《趙樹理研究文集》（上卷），中國文聯出版公司 1996 年版，第 147 頁。

〔註 126〕 趙樹理：《也算經驗》，《趙樹理文集》（第 4 卷），工人出版社 1980 年版，第 1398 頁。

〔註 127〕 逄先知、金沖及：《毛澤東傳（1949～1976）（三）》，中央文獻出版社 2011 年版，第 1311 頁。文中寫到：「趙樹理看了以後說，現在農民沒有互助合作的積極性，只有個體生產的積極性。毛澤東從這個意見中受到啓發。他說：

　　但是趙樹理並非一般意義上的「馴服」的黨員作家，他同時也是「農民的兒子」。趙樹理選擇放棄五四知識分子批判落後農村的文學老路，與其視其為一種文學意義上的自覺反叛，不如說這是趙樹理為自己的農民出身、農民認同所作的自我堅守。而《在延安文藝座談會上的講話》的出臺則加固了他的農民認同。〔註128〕

　　強烈的農民身份認同，使得趙樹理拒絕從「理想」、「目標」、「理念」、「意義」等大詞出發，而更願意從農民自身立場、目光所及出發〔註129〕，來展開敘事。如此一來，在社會政治運動日趨頻繁、政治意識形態高歌猛進的時代裏，趙樹理的不合時宜就成為必然之勢。〔註130〕比如在大躍進的全民瘋狂中，趙樹理急迫地給長治地委、作協黨組書記邵荃麟、《紅旗》雜誌主編陳伯達寫信，直陳人民公社「主要的優越性還沒有發揮出來」〔註131〕；給長治地委領導寫信，提出「農業社發生的問題，嚴重得十分驚人」〔註132〕；公開發表「公社應該如何領導農業生產之我見」〔註133〕。在政治調整間隙召開的農村題材短篇小說創作座談會上，他大膽發言：「農村不生產社會主義」，「一個隊真正有一個人去搞社會主義，就很了不起了」〔註134〕。在全民學習毛澤東著作的

趙樹理的意見很好。……我們既要有農業生產合作社，也要有互助組和單個戶。既要保護互助合作的積極性，也要保護個體農民單幹的積極性。」

〔註128〕趙樹理曾說：「毛主席的《講話》傳到太行山區之後，我像翻了身的農民一樣感到高興……十幾年來，我和愛好文藝的熟人們爭論的、但始終沒有得到人們同意的問題，在《講話》中成了提倡的、合法的東西了。」戴光中：《趙樹理傳》，北京十月文藝出版社，1987 年版，第 383 頁。

〔註129〕趙樹理曾在中國作協作家編輯座談會上說：「我沒有膽量在創作中更多加一點理想，我還是相信自己的眼睛。」趙樹理：《在中國作協作家編輯座談會上的發言》，《趙樹理全集》（第 4 卷），北嶽文藝出版社 2000 年版，第 621 頁。

〔註130〕1951 年初，中宣部調趙樹理做文藝幹事，正是因為胡喬木也看到了趙樹理「寫的東西不大（沒有接觸重大問題）、不深，寫不出振奮人心的作品」的這個問題，希望通過減少應酬、增加閱讀等方式，提高他的思想認識，跟上社會主義日新月異的發展步伐。趙樹理：《回憶歷史，認識自己》，《趙樹理文集》（第 4 卷），工人出版社 1980 年版，第 1830 頁。

〔註131〕趙樹理：《給邵荃麟的信》，《趙樹理文集》（第 4 卷），工人出版社 1980 年版，第 1633 頁。

〔註132〕趙樹理：《給長治地委××的信》，《趙樹理文集》（第 4 卷），工人出版社 1980 年版，第 1513 頁。

〔註133〕趙樹理：《公社應該如何領導農業生產之我見》，《趙樹理文集》（第 4 卷），工人出版社 1980 年版，第 1663 頁。

〔註134〕趙樹理：《在大連「農村題材短篇小說創作座談會」上的發言》，《趙樹理文集》（第 4 卷），工人出版社 1980 年版，第 1713，1719 頁。

熱潮中，他並不認可某作者對最高領導人詩詞的無條件讚美，批評這是「以毛主席作擋箭牌」的思想束縛和懶惰；〔註135〕在階級鬥爭形勢愈演愈烈，高大全式的英雄人物在紅色著作中一個個脫穎而出的時候，趙樹理依然在奮力表彰潘永福、陳秉正、張來興這類腳踏實地的「老派」生產者和勞動幹部，推崇「實利主義」的行動綱領。可作如是說，趙樹理並不具備穿透歷史表象的深刻思想，但正是他的直接、樸實，才使其在一個狂熱時代裏發出了振聾發聵的絕響。以至於原山西省委書記王謙曾這樣評價趙樹理和馬烽：「馬烽和趙樹理不一樣。馬烽是為黨而寫農民；趙樹理是為農民而寫農民。」〔註136〕

其二，另一批判焦點是指責他在人物形象塑造上，大寫特寫中間人物，反對塑造工農兵英雄形象。

前文已述，這是趙樹理更願意相信自己的眼睛，相信自己紮根農村的生活工作經驗的結果。他是實事求是的楷模，但與其說他信奉的是革命的現實主義〔註137〕，倒不如說他秉承了保守的實在主義和經驗主義。〔註138〕因此，在他的作品中我們看不到用流行政治術語包裝的農民形象，更看不到高大全式的英雄人物。他筆下的優秀人物均採自晉東南農村，從未喪失那份「來自『生活底層』的那種淳樸、誠實的特色」。〔註139〕正如趙樹理大連會議上所說：「農村的人物如果落實點，給他加上共產主義思想，總覺得不合適。什麼『光榮是黨給我的』這種話，我是不寫的」。〔註140〕

在「努力塑造工農兵的英雄人物」激進文化力量看來，趙樹理筆下的人物的確難當大任。其實，自趙樹理其人其文被發現伊始，「人物塑造」就已為

---

〔註135〕趙樹理：《起碼與高深》，《趙樹理文集》（第4卷），工人出版社1980年版，第1798頁。

〔註136〕陳為人：《趙樹理與「山藥蛋派」的若即若離》，《人物》2010年第8期。

〔註137〕董大中：《堅持革命現實主義的道路——試談趙樹理建國後的創作》，《文學評論叢刊》第6輯，中國社會科學出版社1980年8月版。

〔註138〕趙樹理曾說：1955年以後，就「不寫模範了，因為模範都是布置叫我們看的。咱們下去生活最好不要看模範、寫模範村」。趙樹理：《在大連「農村題材短篇小說創作座談會」上的發言》，《趙樹理文集》（第4卷），工人出版社1980年版，第508頁。

〔註139〕洪子誠：《中國當代文學史》，北京大學出版社2007年版，第87頁。

〔註140〕趙樹理舉例說：「《套不住的手》這個老頭要寫社會主義的鼓舞，或寫或講，總覺得不自然」；「《三里灣》的支書，也很少寫他的共產主義的理論」。趙樹理：《在大連「農村題材短篇小說創作座談會」上的發言》，《趙樹理文集》（第4卷），工人出版社1980年版，第1718～1719頁。

文化界高度關注的問題。在《論趙樹理的創作》中，周揚巡視了趙樹理的《小二黑結婚》、《李有才板話》等作品後，指出了兩處「特別值得研究，值得學習」的「獨創的地方」，其中首要一點就是「人物的創造」。〔註 141〕可是，如果瀏覽同時期的其他評論文章，除了馮牧認爲《李有才板話》有著「生動的形象」外〔註 142〕，其他人實則很少觸及趙樹理的人物形象。甚至一些盛讚趙樹理小說的文章，根本就未提及他的人物塑造特色。比如李大章的《介紹〈李有才板話〉》，不僅不認爲人物塑造是《李有才板話》的優點，而且就此提出批評，認爲作者「對於新的制度，新的生活，新的人物，還不夠熟悉」，而對「新型的青年農民」，也只不過讓他們「跑龍套」，缺乏深刻突出的描寫。〔註 143〕郭沫若在《〈板話〉及其他》中，曾提及趙樹理的《李有才板話》和《解放區短篇創作選》第一輯，使他「完全被陶醉了」，但在具體評價趙樹理小說時，只是空洞地稱其爲「傑出的短篇」；相較之下，郭沫若對《解放區短篇創作選》中康濯、邵子南、孔厥的作品更感興趣。此後郭沫若又作了《讀了〈李家莊的變遷〉》，認爲小說「最成功的是語言」，涉及小說人物處，僅提及他們「連名字也不雅馴」，「是老老實實的人民英雄」。茅盾在《關於〈李有才板話〉》中，一方面稱道「他筆下的農民是道地的農民」，另一方面又遺憾地認爲其「沒有多費筆墨刻畫人物的個性，只從鬥爭中表現了人物的個性」。〔註 144〕即使在《向趙樹理方向邁進》中，陳荒煤也不過是在「政治性很強」的觀點統攝下，強調趙樹理的人物「愛憎分明」，〔註 145〕至於人物特點何處、塑造人物方法何種，均語出不詳。

　　或許是因爲急迫地要爲《在延安文藝座談會上的講話》尋找實踐樣板，周揚在《論趙樹理的創作》中「只說了他的好處而缺點幾乎一點也沒有講」。時至

---

〔註 141〕周揚認爲：趙樹理「總是將他的人物安置在一定鬥爭的環境中，放在這鬥爭中的一定地位上，這樣來展開人物的性格和發展」；「總是通過人物自己的行動和語言來顯示他們的性格，表現他們的思想情緒」；「明確地表示了作者自己和他的人物的一定的關係」。周揚：《論趙樹理的創作》，《解放日報》1946年 8 月 26 日。

〔註 142〕馮牧：《人民文藝的傑出成果——推薦〈李有才板話〉》，《解放日報》1946 年 6 月 23 日。

〔註 143〕李大章：《介紹〈李有才板話〉》，《華北文化》革新 2 卷 6 期，1943 年 12 月出版。

〔註 144〕茅盾：《關於〈李有才板話〉》，《群眾》第 12 卷第 10 期，1946 年 9 月。

〔註 145〕陳荒煤：《向趙樹理方向邁進》，《人民日報》1947 年 8 月 10 日。

1949 年 7 月第一次文代會上，周揚雖然稱讚了趙樹理在語言大眾化上的成績，但對其筆下人物不予置評。這種處理，顯然透露出新中國文藝管理者對趙樹理筆下新英雄人物的期待。〔註146〕其實，周揚或出於文藝官員的謹慎，或出於方向作家不應輕易否定等原因，尚未徹底言明的涵義，已由批評家們直白地道出了。他們肩負著克服「新與舊的矛盾和衝突」，「幫助文學藝術的進步與發展」〔註147〕的使命，對趙樹理的寫作尤其是人物塑造，提出了頗帶火藥味的意見和建議。其中，黨自強在《〈邪不壓正〉讀後感》中，批評小說沒有表現「黨在農村各方面變革中所起的決定作用」，因此筆下的農村女青年和地主缺乏現實感。這位評論者甚至還越俎代庖地建議：「小寶應該是優秀的共產黨員，應該是有骨氣的。軟英應是由希望、鬥爭、動搖、猶豫以致堅定」。〔註148〕

但趙樹理似乎對文學批評即將在共和國文藝中擔負的指導者身份和作用後知後覺。他固守著解放區時期的寫作經驗，只將農民讀者視為批評意見的唯一合法來源，並認為作者可以根據自己的理解對論者所提意見進行選擇性的接受。〔註149〕這種對文藝批評的輕視，顯然大大激怒了一些評論者。他們不僅要為自身的評論權力辯護，還要以新的評價標準重估「趙樹理方向」的價值和意義。其中，以 1950 年竹可羽的《再談關於〈邪不壓正〉》一文兼具理論性和殺傷力。他可謂在全國率先提出：要在並不反對「趙樹理方向」的情況下對其進行反思。

> 「籠統地說『學習趙樹理』固然不很好，僅僅條目式地列出趙樹理的創作特色，也不見得會有很大效果。……全面地把趙樹理的創作提高到理論上來，根據社會主義現實主義的創作原則來進行分析研究說明，確定趙樹理創作各種特色的應有的意義和前進的道路。……為了加強學習某一作者的效果，具體地指出缺點和缺點的意義來，和具體地指出優點和優點的意義來，該是文藝批評應有的任務。」〔註150〕

〔註146〕周揚：《新的人民的文藝》，《人民文學》1949 年第 1 期。
〔註147〕《加強文學工作的批評與自我批評》，《文藝報》1950 年第 5 期。
〔註148〕黨自強：《〈邪不壓正〉讀後感》，《人民日報》1948 年 12 月 21 日。
〔註149〕趙樹理寫到：「一篇文章發表出去，有人願意提出意見，也是重視這部作品；其所提的意見，作者認為對的，就接受下來，認為不對的不用接受算了」趙樹理：《關於〈邪不壓正〉》，《趙樹理文集》(第 4 卷)，工人出版社 1980 年版，第 1436 頁。
〔註150〕竹可羽：《再談關於〈邪不壓正〉》，《人民日報》1950 年 2 月 25 日。

竹可羽提出的問題是——作品要寫人，還要考慮寫什麼樣的人，怎樣寫人。不過這個問題，與趙樹理《邪不壓正》的主題之間的確有著巨大的距離，因爲小說的目的是發現和解決「土改中最不易防範」的弊病——「流氓鑽空子」。〔註151〕但評論家的發言也並非無的放矢，至少從文學與政治的關係角度來看，他們有著要求作家自我完善的充分正當性。竹可羽首先重申了社會主義現實主義文學的一般原則：「因爲人，永遠是生活或鬥爭的核心，永遠是一個故事、事件，或問題的主題。所以說，社會主義現實主義，首先在善於描寫人」；繼而推論出「創造新人物的英雄形象」，「實際是當前中國文藝界的中心問題，也是社會主義現實主義創作原則的中心問題」。然而他遺憾地發現：人物創造，在趙樹理的「創作思想上還僅僅是一種自在狀態」。這顯然是評論家所無法忍受的事情。竹可羽以文藝界代表的身份，對趙樹理提出「忠告」：既然是一個「專門寫作的人」，就應該以創造新人物爲本職，如果做不到、甚至意識不到這一點，則不是墮落，便是自欺，甚至不配稱之爲專業作家。可見，趙樹理一直以普及爲己任，並始終對提高不感興趣；但顯然時代已經向他提出了新的任務——若無法提高自己，不僅沒有資格提高別人，就連普及也將失去資格。

1956 年，周揚終於在中國作家協會第二次理事會議（擴大）上，對《三里灣》提出了批評意見，認爲：「作者對於農民的力量這一方面似乎看得比較少，至少沒有能夠把這個方面充分地眞實地表現出來。就是在他所描寫的農民中的先進人物的形象上也顯然染上了一些作者主觀的理想的色彩，而並沒有完全表現出人物的實在的力量。」〔註152〕1959 年，趙樹理的好友王中青在《談趙樹理的〈三里灣〉》一書中，也認爲：趙樹理最受認可的地方是他的藝術技巧，其次是人物塑造，尤其「對於反面人物的刻畫是更深刻、細緻的，眞實如見其人，如聞其聲。」〔註153〕而針對趙樹理 1958 年創作的《鍛鍊鍛鍊》，武養怒斥其爲一部歪曲現實的小說，指其以「小腿疼」、「吃不飽」等形象歪曲農村婦女；歪曲了農村幹部和民眾的關係，將之寫成了「民警和勞改犯的關係」；不是「通過群眾性的辯論、鬥爭，把資本主義思想搞爛搞臭，唯一看

---

〔註151〕趙樹理：《關於〈邪不壓正〉》，《趙樹理文集》（第 4 卷），工人出版社 1980年版，第 1438 頁。

〔註152〕周揚：《建設社會主義文學的任務——在中國作家協會第二次理事會議（擴大）上的報告》，《文藝報》1956 第 5～6 期合刊。

〔註153〕山東師範學院中文系：《趙樹理研究資料彙編》1960 年版，第 99 頁。

到的是社幹部的單人匹馬作戰」。〔註154〕對趙樹理創作的不滿，也體現在五六十年代之交由周揚組織編寫、唐弢主編的《中國現代文學史》上。「魯迅、郭沫若、茅盾、巴金、曹禺、老舍」等人皆有專章介紹，而趙樹理卻未獲此待遇。這也意味著曾在 1956 年作協理事擴大會上與「茅、巴、曹、老」同被稱爲中國現代「語言大師」的趙樹理，在 60 年代初的文學再經典化過程中，失去了核心地位。

　　1962 年也許是十七年期間對趙樹理評價最高的一個時期。但如果細究本年度召開大連會議對趙樹理的各類褒獎，主要原因乃是「趙樹理同志對農村的情況很熟悉，他寫的文章對農村問題講的一些意見，都是正確的」，「寫了長期性、艱苦性」。〔註155〕也就是說，「三年困難時期」的現實，印證了大躍進帶來的巨大破壞，也印證了趙樹理政治判斷的清醒和「問題小說」的深刻。但自始至終，人物及人物的塑造，並不佔據各類褒獎的重要位置。即便如此，隨著政治形勢劇變，對趙樹理的讚譽也迅即成爲過眼雲煙。1964 年，文藝界展開對「寫中間人物」、「現實主義深化論」的批判，趙樹理便因爲「沒有能夠用飽滿的革命熱情描畫出農民的精神面貌」〔註156〕，成爲「錯誤理論」的代表人物。

　　上述批評在文革期間得到繼承和強化。當時有一本流傳甚廣的批判毒草文集《六十部小說毒在哪裏》，將趙樹理的三部代表作《下鄉集》、《三里灣》、《靈泉洞》，置於「大寫所謂中間人物，反對塑造工農兵英雄形象」的欄目之中。〔註157〕另一部《毒草及有嚴重錯誤的圖書批判提要（三百五十種）》，亦將上述《下鄉集》、《三里灣》視爲「中間人物論的藝術標本」、「醜化貧下中農的大毒草」。〔註158〕

---

〔註154〕武養：《一篇歪曲現實的小說——〈鍛鍊鍛鍊〉讀後感》，《文藝報》1959 年第 7 期。

〔註155〕《文藝報》編輯部：《關於「寫中間人物材料》，《文藝報》1964 年第 8～9 期合刊。

〔註156〕《文藝報》編輯部：《關於「寫中間人物材料》，《文藝報》1964 年第 8～9 期合刊。

〔註157〕紅代會中國人民大學三紅文學兵團，人民文學出版社《文藝戰鼓》編輯部：《六十部小說毒在哪裏》，1967 年 10 月版，第 70～73 頁。

〔註158〕北京圖書館無產階級革命派《毒草圖書批判提要》編輯小組，揭發中國赫魯曉夫破壞毛主席著作出版發行罪行展覽會辦公室：《毒草及有嚴重錯誤的圖書批判提要（三百五十種）》，1968 年 1 月版，第 49，72 頁。

　　由此可見，從 20 世紀 40 年代到 60 年代中期，趙樹理對「問題小說」寫作模式和人物形象的理解並無本質變更，而文藝界對趙樹理人物形象的不滿也一脈相承。無論秉承五四新文學的批判現實主義一路，還是左翼文學的社會主義現實主義，都對之抱有微詞。只是說，在十七年期間，對趙樹理其人其文的學術「不滿」和政治「遺憾」，尚在可控範圍。而進入「文革」後，因政治鬥爭的陰冷殘酷和激進文化力量的盲目自大，不僅趙樹理「農民的代言人」的資格被剝奪，其在藝術創作上的偏執或「不足」，也上升爲「深惡痛絕」、「不可饒恕」的罪行。

　　其三，是對「通俗化、大眾化」形式的否定。在 8 月 11 日省文聯的批判大會上，終於有人向趙樹理作品的「形式」發難。相關報導稱：「趙樹理一向以他的作品通俗化、大眾化自居。周揚黑幫又吹捧趙樹理作品的通俗化、大眾化，是執行工農兵方向的『標本』。省文聯機關的革命工作人員指出：趙樹理用這個通俗化、大眾化的美麗形式，就是企圖更廣泛的販賣他的反黨反社會主義反毛澤東思想的毒品，企圖用他的反動作品來改造我們的社會主義社會。」〔註 159〕

　　其實，早在 1940 年代初，趙樹理的大眾化、通俗化寫作，就受到晉冀魯豫主流文化圈的排斥。據楊獻珍回憶：「新派」文化人「看不起民間的通俗文藝，或者都在叫著『大眾化』，而寫起文章來，卻多是大家所看不慣、聽不懂的東西，或者認爲大眾所看得慣、聽得懂的，會減損他們的作品的藝術性，或者使他們的作品『庸俗化』了」；廣受群眾熱烈歡迎的《小二黑結婚》，也被批評爲「海派文藝」，若無彭德懷的主動介入，甚至難有出版之日。〔註 160〕所謂「新派」和「舊派」之爭，實質上是五四新文學傳統和民間傳統的一次碰撞。如無政治強力介入，很難做到殊途同歸。而毛澤東恰恰通過召開延安文藝座談會及一系列講話，以政治實用主義爲根本，爲邊區和各根據地貫徹文藝大眾化、通俗化，指出了一條唯一正確的道路。《在延安文藝座談會上的講話》將「通俗」和「大眾」解釋得清楚易懂，即「熟人」、「懂語言」，也即內容上熟悉農民的生活、語言上懂得農民的口語。〔註 161〕但它顯然認爲「語

〔註 159〕《晉東南地委集會聲討趙樹理反革命罪行，省文聯全體革命工作人員批判趙樹理反動的政治和文藝觀點》，《山西日報》1966 年 8 月 18 日。
〔註 160〕楊獻珍：《從太行文化人座談會到趙樹理的〈小二黑結婚〉出版》，《新文學史料》1982 年第 3 期。
〔註 161〕毛澤東在《講話》中說：「什麼是不熟？人不熟。文藝工作者同自己的描寫對

言」才是「通俗化」和「大眾化」的基礎，所以又說：「我們的文藝工作者的
思想情緒應與工農兵大眾的思想情緒打成一片。而要打成一片，應從學習群
眾的言語開始。」〔註162〕

　　因此，對趙樹理作品「大眾、通俗」特點的批判，如若觸及形式層面，
其批判的核心必然在語言問題。從趙樹理作品的主題、內容和人物，進而劍
指毛澤東所說的「文藝創造」的基石——語言，批判形勢顯然已日益深入。
但弔軌的是，省文聯的批判者們雖然在在強調趙樹理運用農民口語所造成的
「惡果」，卻無法道出趙樹理語言形式本身的問題究竟何在。〔註163〕於是，我
們不得不面臨這樣一種尷尬的局面：在豪言壯語的世界裏，趙樹理小說的聲
音明顯是蹩腳的、格澀的；當姚文元式的豪邁、兇狠、單調的政治話語，肆
意橫行於公開刊物的時候，趙樹理的語言更顯落伍。可是，趙樹理的中間人
物形象可以被否定，白描的敘述可以被否定，梗概式的故事結構可以被否定，
其最基本的語言形式，卻成了唯一不能被撼動的豐碑。這真是社會主義文學
著實讓人難解的一道謎題。

　　表面上這意味著，文學形式尤其是語言形式，因為作為工具的中立性，
更易逃脫激進意識形態的苛察。但不如說，這是毛澤東文藝思想或者說社會
主義文藝內在的一個無法解決的矛盾。儘管毛澤東在《新民主主義論》中提
出：「大眾文化，實質上就是提高農民文化」；在《論人民民主專政》中指出：
「嚴重的問題是教育農民」。但所謂提高農民，是在提高文化知識水平或是在
理解社會主義的「內容層面」的「提高」；而不是包括語言在內的文學形式的
創新、文學技巧的錘鍊。如此一來，瞿白音醉心追求的「創新」、茅盾所批評

---

　　　象和作品接受對象不熟，或者簡直生疏得很。我們的文藝工作者不熟悉工人，
　　　不熟悉農民，不熟悉士兵，也不熟悉他們的幹部。什麼是不懂？言語不懂，
　　　你們是知識分子的言語，他們是人民大眾的言語。就是說，對於人民群眾的
　　　豐富的生動的語言，缺乏充分的知識。許多文藝工作者由於自己脫離群眾、
　　　生活空虛，當然也就不熟悉人民的語言，因此他們的作品不但顯得語言無味，
　　　而且裏面常常夾著一些生造出來的和人民的語言相對立的不三不四的詞句。」
〔註162〕毛澤東：《在延安文藝座談會上的講話》，《解放日報》1943年10月19日。
〔註163〕丁玲與趙樹理的趣味不投，在50年代初已經公開化。但是在向青年讀者推薦
　　　工農兵文藝時候，丁玲仍然從形式角度高度評價趙樹理的作品：「這些形式都
　　　是從中國就有形式裏蛻化出來，而又加以提高了的形式」，「當我第一次讀《李
　　　有才板話》的時候，它的形式的新穎，是如何的使我喜悅而對趙樹理的才智
　　　寄予了很大的佩服。」丁玲：《跨到新的時代來——談知識分子的舊興趣與工
　　　農兵文藝》，《丁玲全集》（第7卷），河北人民出版社2001年版，第203頁。

的「文藝上的形式主義的追求」〔註164〕，勢必要被驅逐於社會主義文學的「正義」家庭之外；而趙樹理的語言風格反而能經久不變，立於不敗之地。事實上，趙樹理對此頗有自信：「我尚未完全絕望者仍在語言」。〔註165〕

## 2.2.4 第三階段：北京媒體的全盤否定

進入 1967 年，批判趙樹理的浪潮開始繼續加溫。王中青曾說：「只要能熬過或抵得住開始時候的猛烈衝擊，以後的衝擊就相對的小一些。」〔註166〕然而，趙樹理的命運顯然不屬於王中青所說的「一般情況」。不僅如此，對於趙樹理的批判，出現了「批判作品範圍擴大」和「同路人資格喪失」的新變化。

在前述山西省內的批判文章中，矛頭所向皆為趙樹理在 1958 年大躍進開始以後所寫。經公開報刊點名的有：《老定額》（1959 年）、《鍛鍊鍛鍊》（1958 年）、《套不住的手》（1960 年）、《楊老太爺》（1962 年）、《實幹家潘永福》（1961 年）、《張來興》（1962 年）、《互作鑒定》（1962 年）、《十里店》（1964 年）等。〔註167〕這也是被孫犁認為屬於「失去了當年青春潑辣的力量」〔註168〕的作品。

1966 年的批判文章中，趙樹理在 1940～50 年代中期的創作基本受到認可。比如前述《從趙樹理作品看他的反動本質》一文就指出：40 年代的趙樹理「也寫了一些反映農民反對豪紳惡霸和封建宗法制度的鬥爭、表現根據地新生活的作品：如《李有才板話》、《李家莊的變遷》等」；50 年代所寫的《三里灣》「較早地反映了農業合作化這一題材，作者對於不取消土地私有制的互

---

〔註164〕茅盾：《在反動派壓迫下鬥爭和發展的革命文藝》，《中國當代文學史料選（1948～1975）》，北京大學出版社，1995 年版，第 44 頁，
〔註165〕趙樹理：《回憶歷史，認識自己》，《趙樹理文集》（第 4 卷），工人出版社 1980 年版，第 1841 頁。他接著說：「學生們作起文來，講起有稿子的話來儘管洋化一點，但他們無論自己互相談話，無論與老一代談話，基本上用的還是傳統語法，有朝一日他們覺著那種書本話的調調不得勁，而想改得自然一點，這種大眾語法的基礎還存在，採用起來還很現成。」
〔註166〕王中青、李文儒：《記趙樹理的最後五年》，《新文學史料》1983 年第 3 期。
〔註167〕此前在晉東南地委貼出的大字報中，還點了一些改編戲劇、曲藝的名，如現代戲《萬象樓》（1950.3）、澤州秧歌《開渠》（1963.6）、「哭長城」小調《王家坡》（1953.3）等。苟有富：《趙樹理在文革中》，《長治學院學報》2006 年第 6 期。
〔註168〕孫犁：《談趙樹理》，《天津日報》1979 年 1 月 4 日。

助組、初級社，似乎也表示同情和贊成」。〔註169〕這種對前、後期作品進行差異化處理的方式表明：時至 1966 年 8 月，地方激進力量仍然承認趙樹理前期創作的正面意義。

這種情況在 1967 年 1 月《紅旗》發表姚文元《評反革命兩面派周揚》後出現了變化。此文不僅徹底否定了周揚，還以不點名的方式將包括趙樹理在內的幾位「當代語言藝術的大師」稱爲「資產階級『權威』」。此文也吹響了中央媒體批判趙樹理的集結號。此後 1 月 8 日的《光明日報》同時發表《趙樹理是反革命修正主義文藝路線「標兵」》和《徹底肅清〈鍛鍊鍛鍊〉的流毒》兩篇文章。這兩篇文章最大的新意在於，將趙樹理 1955 年完成的《三里灣》納入批判範圍。不過它的「編者按」還是勉強承認「民主革命時期，趙樹理只是黨的同路人」。

以趙樹理之根紅苗正享譽南北，尚且只被目爲「同路人」，那麼眞止的「革命者」還能有幾個呢？這只能說明，政治文化的病症已經深入腠理，它對自身傳統的否定必然會導致自身的顛覆和垮塌。而在此過程中，我們看到趙樹理的「同路人」身份也最終被褫奪了。1 月 9 日，《解放軍報》第 4 版整版又刊載了三篇批判文章：五好戰士劉殿寶、張選農《趙樹理是反革命復辟的吹鼓手》直指「一九五八年以來寫的小說」，指其「就全是毒草」；劉葉《揭開周揚和趙樹理之間的黑幕》專攻 1946 年以來周揚對趙樹理的「吹捧、庇護和支持」；金紅《反革命修正主義文學「標兵」》則主打趙樹理的「反動思想」。其中《揭開周揚和趙樹理之間的黑幕》一文，首次批判了趙樹理的成名作《小二黑結婚》，認爲「在這篇作品中，根本看不見黨在農村基層組織的力量；看到的只是人民如何愚昧，惡霸如何橫行」。而《解放軍報》所作的編者按更是全盤否定趙樹理包括《小二黑結婚》、《李有才板話》在內的全部創作，還取消了他作爲黨的「同路人」的資格，認爲「趙樹理二十幾年創作的歷史，就是他揮舞黑筆反黨反人民的歷史」。

雪上加霜的情況接踵而至。江青批評了由《三里灣》改編的電影《花好月圓》：「沒有階級鬥爭」，「沒有一個好人」，「太低級」。〔註170〕加之，1967

〔註169〕 韶寶，宏光華：《從趙樹理的作品看他的反動本質》，《山西日報》1966 年 8 月 11 日。

〔註170〕 原文爲：「名字就沒有階級鬥爭，對合作化是全面否定、攻擊。農村沒有一個好人，沒有一個進步的，全是落後分子，一團漆黑，三八式的村長是老落後，其他黨員不是怕老婆，就是搞投機，新黨員李梅只知搞戀愛。只有一個貧農

年山西「一・一二」奪權後，造反派組織已經進入地方文革權力核心，一度放鬆了的對趙的批判，也趁機再次升級。表面上看，公開刊物的「文攻」並不多見，但是地方造反派「文攻武衛」從未懈怠。1967 年之後的批鬥較之 1966 年下半年更加兇猛——他的兩根肋骨被打斷，還必須參加勞動。

## 2.2.5 第四階段：1970 年地方的再批判

就在趙樹理呻吟於肋骨之痛的時候，1970 年的山西又開啓了新的一輪批判大潮。6 月 23 日，山西成立「趙樹理專案組」。6 月 25 日，山西省革命委員會發出《關於批判反動作家趙樹理的通知》。7 月 24 日《山西日報》頭版頭條發表批趙長文，稱「趙樹理的創作歷史，就是一部反黨反社會主義，鼓吹資本主義的罪惡史」〔註171〕。7 月 25 日《山西日報》發表陳永貴文章《趙樹理是貧下中農的死敵》。此後直到 1971 年 4 月，《山西日報》持續以整版的方式，在「把反動作家趙樹理徹底批倒批臭」和「高舉毛澤東思想偉大紅旗深入開展革命大批判」兩個通欄標題下，發表批趙文章 100 多篇。山西省內各市、縣、大中學革委會組織的文章，佔據了重要版面；貧下中農、工人、解放軍、插隊知青的文章，則填滿了其他空隙；偶爾出現的圖片，上面也塗滿了農村地區「批倒批臭反動作家趙樹理」的標語和漫畫。據當年參與批判趙樹理的當事人稱：《山西日報》這場持久浩大的批判運動「直到第二年 7 月 19 日發表署名晉正平的《趙樹理鼓吹實利主義就是陰謀復辟資本主義》，才算拉上了帷幕」。〔註172〕

其實，1970 年 7 月爆發的這場批判，雖然耗時長、文章多，但並不比此前的批判更豐富、更有力。從它集中攻擊《三里灣》可知，其所要呼應和服從的，乃是地方進入「文革」新階段後的新任務。正如爲配合 1970 年 9 月 17 日在太原召開的「批判反動作家趙樹理大會」而發表的評論員文章所說：批判趙樹理，應當同「一打三反」運動、整黨建黨、全省農業學大寨緊密結合

---

還寫成小丑。對上中農的資本主義傾向不鬥爭，只搞物質刺激。把合作社寫成只是爲了提動了，太低級。」紅代會北京電影學院井岡山文藝兵團、江蘇省無產階級革命派電影批判聯絡站、江蘇省電影發行放映公司：《毒草及有嚴重錯誤影片四百部》，1968 年 1 月版。

〔註171〕省革委會大批判寫作小組：《把一貫鼓吹資本主義反黨反社會主義的反動作家趙樹理徹底批倒批臭》，《山西日報》1970 年 7 月 24 日。

〔註172〕梁志宏：《「文革」時期兩次奉命批判趙樹理紀實》，《長治趙樹研究》，2015 年第 3 期。

起來。﹝註173﹞也就是說，如果此前批判趙樹理，僅僅是若干批判運動中的一個，那麼此時的地方激進政治勢力則將批判趙樹理打造成了「開展上層建築其他領域裏的革命大批判」的一個集成平臺。

在追問 1970 年的「趙樹理再批判」根源時，王中青曾作了這樣的分析。他認爲根源還是「趙樹理自己的思想，言論，作品，實踐活動的特殊性所引起的」，並指出可以從以下三個方面進行深入考量：首先是趙樹理反對越來越嚴重的左傾錯誤，使得「批判趙樹理，也就是爲批判所謂劉少奇的反革命修正主義路線服務」；其二，文藝上，趙樹理曾經受到周揚等文藝界領導的高度評價，所以「批臭趙樹理是爲全盤否定黨的社會主義文藝事業服務的」；其三，從當時和山西的形勢，特別是農業戰線上「全國學大寨」的形勢看，批判「一貫鼓吹走資本主義道路」的趙樹理，「足以成爲推行極左路線的推動力」。﹝註174﹞

從某種意義上說，趙樹理在 60 年代思想再整合過程中被拋棄，與其在 50 年代思想整合中的不自覺息息相關。進入新中國，趙樹理依然堅守延安時代的「普及」文學觀和經驗主義文學觀，這已經造成其在 1958 年後的低產狀況。但他並未與時俱進地調整文學觀念，塑造符合時代要求的英雄人物形象，反而爲自己的「保守」和「低產」多番解釋。如其在 1957 年 3 月召開的全國宣傳工作會議小組討論上所作發言：「寫前三十年還可以，參加工作以後就不好寫了」。﹝註175﹞又說：「因爲眞話不能說，假話我不說，只好不寫。」﹝註176﹞在 1965 年 10 月的一次地區戲劇觀摩匯演上，他還批評那種「燈光一照，毛選一翻，念上幾句後，思想通了，矛盾就解決了」的寫作和演出。﹝註177﹞到了 1966 年夏天，他聽著「學毛選的青年們的報告」、「讀了一本《歐陽海之歌》」，感受到的竟然是全然的隔膜和徹底的失落──「這些新人新書給我的啓發是我已經瞭解不了新人，再沒有從事寫作的資格了。」﹝註178﹞趙樹理的固執，

﹝註173﹞《高舉革命大批判旗幟，繼續深入批判反動作家趙樹理》，《山西日報》1970 年 9 月 18 日。

﹝註174﹞王中青、李文儒：《記趙樹理的最後五年》，《新文學史料》1983 年第 3 期。

﹝註175﹞陳徒手：《人有病，天知否》，人民文學出版社 2010 年版，第 418 頁。

﹝註176﹞趙德新：《趙樹理怎麼成了「貧下中農的死敵」》，《炎黃春秋》2007 年第 1 期。

﹝註177﹞趙樹理：《戲以「好」爲貴，不以「生」爲貴》，《趙樹理全集》（第 5 卷），北嶽文藝出版社 2000 年版，第 370 頁。

﹝註178﹞趙樹理：《回憶歷史，認識自己》，《趙樹理文集》（第 4 卷），工人出版社 1980 年版，第 1841，1843～1844 頁。

成全了他在寫作道路上的從一而終；但就算他此時有意回轉，也沒有擁抱時代的機會和時間了。

趙樹理曾在《回憶歷史，認識自己》的文末，將自己被批判比喻成「打撲克」插錯了牌。他說：「在起牌的時候，搭子上插錯了牌也是常有的事，但是打過幾圈也就都倒正了。我願意等到最後洗牌時候，再被檢點。」〔註 179〕然而他沒有活著等到那一天。

## 2.3 柳青批判：持續整合中的「常」與「變」

在當代文學史的一般敘事中，趙樹理是領銜解放區文學的「方向性作家」，柳青則被視為「十七年」文學的重要代表，而反映陝西農業合作化運動的《創業史》，則被認為是最能展現柳青文學造詣的經典之作。

然而我們發現 1980 年代以來幾乎所有的文學研究著述都抹除了 1966～1976 年間對柳青和《創業史》評價。這一階段對柳青和《創業史》的評價，與此前的關係、對此後的影響，都沒有列入普遍的學術研究議程。甚至一部專門考查柳青《創業史》接受史的專著，在章節設置上也將 80 年代直接連接在 60 年代之後，彷彿 70 年代並未出現過。〔註 180〕即使在涉及柳青「文革」遭遇的歷史表述中，我們看到的更多的也只是柳青所受的傷害和柳青以病軀完成多卷本《創業史》。〔註 181〕

那麼關於「文革」期間對柳青評價的集體失語或集體遺忘，究竟暴露了何種權力話語和意識形態呢？造成這一現象的原因，究竟是因為學者們雖廣泛搜集，卻仍未發現有價值的史料，還是因為「文革」期間（甚至是在批判「中間人物論」的 1964 年之後）一切有關作家作品的事實都逃不過「作家受迫害、作品成毒草」的定論呢？本節試圖重新進入 1950～70 年代的文學史和政治文化場域，尤其挖掘激進文化力量持續整合柳青和《創業史》的史料，並力圖發現這一整合與此前整合的常與變。

---

〔註 179〕趙樹理：《回憶歷史，認識自己》，《趙樹理文集》（第 4 卷），工人出版社，1980 年版，第 1844 頁。

〔註 180〕張軍：《流動的經典——對柳青及〈創業史〉接受史的考察》，山東人民出版社，2012 年版。

〔註 181〕華中師範學院《中國當代文學》編寫組：《中國當代文學 2》，上海文藝出版社 1983 年版，第 213 頁。

## 2.3.1 1950～60 年代：典範的最初確認

「新人」形象的塑造是社會主義文藝的核心問題。在 1949 年第一次文代會上，周揚曾從功利主義的角度，對爲何要塑造「新人」給出了異常直白的答案：「我們是處在這樣一個充滿了鬥爭和行動的時代，我們親眼看見了人民中的各種英雄模範人物，他們是如此平凡，而又如此偉大，他們正憑著自己的血和汗英勇地勤懇地創造著歷史的奇蹟。對於他們，這些世界歷史的眞正主人，我們除了以全幅的熱情去歌頌去表揚之外，還能有什麼別的表示呢？」〔註182〕也就是說，無論從人民群眾在戰爭和生產中的實際作用，還是從中國建立現代民族國家的目標出發，「新的人民文藝」必須強調對「人民中的各種英雄模範人物」的塑造。

但是社會主義「新人」並沒有一個供人模仿的參照。首先，現實中的優秀人物難免攜帶的弱點、缺陷，使其難於承擔新人之名。而更內在的文學困境在於大家對「新人」究竟是什麼、應該具有什麼特點並未達成共識。因此，在探索新人的第一階段，評論界只能採取「以破爲立」的方法——即以質疑現有人物形象的不足，來回答新人究竟是什麼的問題。比如對於趙樹理的《三里灣》，周揚就認爲它沒有表現接受了社會主義思想的農民應該顯示出來的驚人力量，人物蒼白淡薄。〔註183〕

當文藝界正在苦惱「如何創造農村中的社會主義新人和描繪新事物的萌芽成長，仍然是一個亟待解決的重要課題」〔註184〕，毛澤東則在其農業合作化運動中發現了大量的新人新氣象。1955 年 9 月、12 月，他在編輯《中國農村的社會主義高潮》一書時，曾作了大量按語。他認爲「群眾中湧出了大批的聰明、能幹、公道、積極的領袖人物」，然而文學家沒有趕上現實的步伐，沒有看到這類先進人物對於文學創作的重要意義。如此看來，隨著城市和農村社會主義改造的完成，文學實踐與革命實踐的距離越拉越大。文藝界的表現，似乎正像那個「小腳女人」，「東搖西擺地在那裡走路」〔註185〕。

---

〔註182〕周揚：《新的人民的文藝》，《周揚文集》（第一卷），人民文學出版社 1984 年版，第 516 頁。

〔註183〕周揚，《建設社會主義文學的任務——在中國作家協會第二次理事會議（擴大）上的報告》，《文藝報》1956 年第 5～6 期合刊。

〔註184〕馮牧：《初讀〈創業史〉》，《文藝報》1960 年第 1 期。

〔註185〕毛澤東：《關於農業合作化問題》，《毛澤東選集》第五卷，人民出版社 1977 年版，第 168 頁。

　　我們唯有充分理解文藝界一次又一次的否定性期待，充分理解政治領袖對當時文藝創作的「可惜」，才能眞正把握柳青《創業史》對當時文學界的意義和其在社會主義文學史上的地位。

　　1959 年《創業史》以《稻地風波》首先連載於《延河》，此後爲《收穫》全文刊載，並於 1960 年由中國青年出版社出版。作品一經發表，迅速獲得文藝界一致好評。馮牧極爲敏銳地意識到《創業史》對新中國文學所作的歷史性突破。他認爲：梁生寶這一人物形象，不僅具備了社會主義文學人物應有的全新思想品質，而且意味著新中國文學善寫舊人物、不善寫新人物的弊病終於得到了初步解決。如其所言：「從這個人物的思想和行動當中，使我們看到一個血肉飽滿的、眞實而豐富的新人的藝術形象。」〔註 186〕連一向以批判見長的姚文元，也將梁生寶置於魯迅的阿 Q、梁斌的朱老忠這兩位文學典型之後，視其爲從舊民主主義革命到新民主主義革命再到社會主義革命發展的歷程中，最新收穫的「新人」形象。〔註 187〕

　　幾乎未經時間沉澱和學術界更多探討，文藝界就將柳青的《創業史》整合進社會主義文學的光榮榜，將《創業史》看作是「作家對於人民群眾改造世界的革命精神和宏偉氣魄，描寫得越來越鮮明和深刻，對人物性格的刻畫也更加細緻和豐滿了」〔註 188〕的特出性成就。1960 年 7 月，周揚在第三次文代會上，以《創業史》爲例，證明「工農群眾中的先進人物已經成爲我們文藝作品中主要的主人公」，並稱讚其「深刻地描寫了農村合作化過程中激烈的階級鬥爭和農村各個階層人物的不同面貌，塑造了一個堅決走社會主義道路的青年革命農民梁生寶的眞實形象」。〔註 189〕茅盾也在隨後召開的中國作協理事會（擴大）會議上，讚揚小說人物體現了雙結合的精神。此外，茅盾特別指出《創業史》對新中國文學處理「歌頌與暴露」問題作了重要的示範。〔註 190〕

　　王本朝認爲：文學會議的報告和講話是文藝的政策性表達，是代表國家

---

〔註 186〕馮牧：《初讀〈創業史〉》，《文藝報》1960 年第 1 期。

〔註 187〕姚文元：《從阿 Q 到梁生寶——從文學作品中的人物看中國農民的歷史道路》，《上海文學》1961 年第 1 期。

〔註 188〕周揚，《我國社會主義文學藝術的道路》，《文藝報》1960 年第 13～14 期合刊。

〔註 189〕周揚，《我國社會主義文學藝術的道路》，《文藝報》1960 年第 13～14 期合刊。

〔註 190〕茅盾：《反映社會主義躍進的時代，推動社會主義時代的躍進！》，《人民文學》1960 年第 8 期。

實施對文學的規範和控制的重要措施和方法。〔註 191〕因此，文藝界對作品的熱忱反應，往往伴隨著作者本人社會政治地位的擢升。這一點在柳青身上表現得比較明顯。1949 年以前，柳青代表作是《種穀記》（1947 年 7 月山東光華出版社出版），這篇「以勞動生產爲主題的作品」，雖被周揚羅列入解放區文藝的成果表，但此一時期最被周揚稱頌的是趙樹理的《李有才板話》。在趙樹理之後的，還有「王力的《晴天》，王希堅的《地覆天翻記》，丁玲的《太陽照在桑乾河上》，周立波的《暴風驟雨》」等等。與《種穀記》的文學地位相對應的，是柳青作爲第一次文代會普通代表的資格。進入 50 年代，柳青創作了以沙家店糧站工作爲中心的長篇小說《銅牆鐵壁》（1951 年 9 月人民文學出版社出版）。《文藝報》雖發文稱其爲「一部正確描寫在人民革命戰爭中，人民群眾的偉大力量的作品」，但同時也嚴厲批評小說某些情節塑造「帶有原則性的錯誤」。〔註 192〕此時的柳青在第二次文代會期間是全國文協西北代表。但是到了在 1960 年的第三次文代會上，柳青則入選大會主席團，並作書面發言。作家在文藝界地位的變化，顯然源自《創業史》得到了廣泛認可。有研究者甚至將第三次文代會，視爲《創業史》成爲經典的一個宣告儀式。〔註 193〕

　　從現有材料看，在主流意見之外，並非沒有對《創業史》的反省甚至不滿。有的來自從「五四」走過來的老作家，比如鄭伯奇肯定了《創業史》的人物「栩栩如生」，但並未將重點放在梁生寶身上；也有來自於文藝界領導者內部，比如作協黨組書記邵荃麟就認爲「梁三老漢比梁生寶寫得好」，「梁生寶不是最成功的」〔註 194〕。當然，最知名的來自北京大學年輕學者嚴家炎的質疑。1961 年他接連發文提出梁生寶形象「還有某些可商榷之處」，認爲「《創業史》最成功的不是別個，而是梁三老漢。」〔註 195〕類似意見，在政治空氣

〔註 191〕王本朝：《文學會議與當代文學制度的建立》，《中國現代文學研究叢刊》2007 年第 1 期。

〔註 192〕李楓：《評柳青的〈銅牆鐵壁〉》，《文藝報》1951 年第 5 卷 3 期。轉引自山東大學中文系：《中國當代文學研究資料——柳青專集》，1979 年版，第 92，97 頁。

〔註 193〕張軍：《流動的經典——對柳青及《創業史》接受史的考察》，山東人民出版社 2012 年版，第 23 頁。

〔註 194〕《關於「寫中間人物」的材料》，《文藝報》1964 年第 8～9 期合刊。

〔註 195〕嚴家炎：《《創業史》第一步的突出成就》，《北京大學學報》1961 年第 3 期；《談〈創業史〉中梁三老漢的形象》，《文學評論》1961 年第 6 期。

較爲自由的 1962 年前後有所抬頭。〔註 196〕但在 1964 年文化部整風並著手批判「現實主義深化」和「寫中間人物」後，這類多樣性的研究嘗試，很快便偃旗息鼓了。邵荃麟作爲上述「兩論」的提倡者被打倒，嚴家炎也在 1964 年「正確」地提出：「離開了梁生寶形象，當然是不能估計《創業史》成就的。」〔註 197〕饒有意味的是，「梁三老漢」曾在一些評論中被當作中間狀態人物〔註 198〕，但自 1964 年 9 月批判「中間人物論」後，文藝界則將梁三老漢抽離出「中間人物」的陣營，視之爲社會主義時代的貧農英雄。〔註 199〕

可以說：邵荃麟、沐陽、嚴家炎與《創業史》主流意見的爭鳴，其實從未否定塑造社會主義「新人」的重要性，因此也很難用「異端」之類的詞語來形容。但即使是這樣有限的不同聲音也被反覆批判，這在在顯示了「百家爭鳴」付諸實踐的難度。但我們也看到，文藝界雖然動盪飄搖，但它仍然將柳青和《創業史》視爲自身的重要部分併竭力予以保護。這是柳青和《創業史》在接下來的歲月中不至於過早倒下的重要原因。

## 2.3.2 1966～1967：有限「批判」與第一次「解放」

在 90 年代「再解讀」潮流中，柳青《創業史》被視爲「文革」文學的先導。比如李楊特別強調《創業史》的「新人」塑造和「父子關係」模式，對

〔註 196〕1963 年第 3 期《文學評論》還發表了嚴家炎的《關於梁生寶形象》。根據嚴家炎事後回憶，1961 年他寫了三篇文章，因考慮到社會影響，沒有同時發表。如果其回憶準確，那麼《關於梁生寶形象》便是三篇文章之一。不過從內容看，文章顯然經過修改，包含了 1962 年後學術界的各種聲音。可堪玩味的是，當「千萬不要忘記階級鬥爭」的呼籲在文藝界響起的 1963 年，《文學評論》仍發表了嚴家炎帶有自辯性質的學術論文，也暗自透露著意識形態覆蓋政治領域和文藝領域的程度有差異。嚴家炎：《回憶我和柳青的幾次見面》，《新文學史料》2012 年第 2 期。

〔註 197〕嚴家炎：《梁生寶形象與新英雄人物創作問題》，《文學評論》1964 年第 4 期。

〔註 198〕沐陽：《從邵順寶、梁三老漢所想到的……》，《文藝報》1962 年第 9 期。其實柳青在創造梁三老漢形象時，呈現了這一形象的兩面性：「既有要走社會主義道路的積極性，又有個人發家富裕中農的道路一面」。中國青年出版社編輯王維玲甚至認爲柳青「在作品中更強調私有觀念沉重負擔的一面」。以此觀之，無論柳青對梁三老漢的設計其實接近「中間人物」的一般理解。參見《大寫的人》，中國青年出版社 1982 年版，第 58～59 頁。

〔註 199〕參見朱寨：《從對梁三老漢的評價看「寫中間人物」主張的實質》，《文學評論》1964 年第 6 期；范子保、趙錦良、王先霈：《怎樣評論梁三老漢、亭麵糊、嚴志和》，《文藝報》1965 年第 3 期。

「文革」文學的示範意義。他認爲「無論社會主義現實主義如何發展，都不可能眞正超越梁生寶的這種現代本質」。在他看來，哪怕是《豔陽天》的蕭長春、《金光大道》的高大泉都不過是《創業史》已經標舉的「現代本質」的多元表達。他還預言：如果柳青能將《創業史》全部寫完，那麼「蕭長春」與「高大泉」也必然是梁生寶的未來〔註200〕；他甚至在小說和「文革」文學生產方式中看到了某種相似性：「梁生寶形象寫作中這種由『無父』、『代父』到『尋父』、『認父』的寫作方式，在『十七年』文學中顯然是個創舉，它深刻地影響了『文革』文學的寫作方式。」〔註201〕

以上論述顯然增加了我們對柳青及《創業史》「文革」命運的好奇心。

然而或許苦於資料散佚、史料匱乏，研究者難以勾畫柳青和《創業史》在此一時期命運的具體展開。比如中國青年出版社1980年代初編印了一本懷念文集《大寫的人》，有不少感人的回憶，但具有史料價值的敘述較爲零散，且因時代局限未能呈現更多元的視角。而兩部著作——柳青長女劉可風撰寫的《柳青傳》和邢小利、邢之美合著的《柳青年譜》在2016年的出版，可謂柳青研究史上的兩件大事。從1970到1978年，劉可風陪伴柳青度過了人生最後的歲月，其後「走訪歷史當事人，做了大量的文字記錄」，「爲我們呈現一個不同於文學史經典敘述的豐富的柳青」。〔註202〕《柳青年譜》則彙集多種材料和當時人採訪，更清晰地呈現了柳青生平和創作歷程。兩書也爲我們瞭解柳青在1966～1976年期間的言說行止，以及《創業史》受到的各種歧見，提供了重要材料。

如果對比知名作家老舍、趙樹理、杜鵬程、柯仲平等人在1966年的遭遇，那麼我們的確有理由認爲柳青是幸運的。《「五·一六」通知》發出後，柳青也不得不參加所屬西安作協開展的批判運動。「運動一開始，針對柳青的大字報不多，零零星星幾張，讀後，他覺得有些內容不是事實，便要認眞解釋，給予訂正。」〔註203〕這顯然和前述趙樹理批判存在著較大差異。其一，趙樹理批判從所在縣開始，逐級上升，迅速就被當做山西省的「三家村」成員拋

〔註200〕李楊：《抗爭宿命之路——「社會主義現實主義」（1942～1976）研究》，時代文藝出版社1993年，第129頁。

〔註201〕李楊：《50～70年代中國文學經典再解讀》，山東教育出版社2002年版，154頁。

〔註202〕劉可風：《柳青傳·內容簡介》，人民文學出版社2016年版。

〔註203〕劉可風：《柳青傳》，人民文學出版社2016年版，第266頁。

出；而對柳青的批判主要發生在西安作協，這可能是因其較早擺脫了長安縣委副書記的行政職務，所以地方黨政批判柳青的力量並不強大。其二表現在，西安作協對柳青的批判一開始並不激烈，沒有萬字長文，也允許解釋糾正。

此時的柳青對運動並不熱情，也未匯入寫大字報揭發他人的潮流。他多次向友人表明「我的創業史還沒寫完，哪有心思去幹別的事！」〔註 204〕但隨著批判運動向縱深發展，如韋昕所說：「形勢就愈來愈不利於柳青了。他先是靠邊站，帶上黑作家、走資派、資產階級反動路線的後臺等帽子」。〔註 205〕根據《柳青年譜》，1966 年 5 月，西安作協文革領導小組成立。12 月 24 日，柳青就「靠邊站」了；12 月 28 日在作協機關示眾；到 1967 年 1 月，就被造反派強行從長安縣皇甫村拉到西安參與運動，並被安排在作協傳達室，做分發報紙，拉電鈴的工作；此後多次經歷批判和遊街示眾的懲罰。

1967 年 4 月西安作協造反派編的《文學戰地》發表長文點名批判柳青，總結了柳青在文革中的破壞活動：「一、假檢討，假老實，假規矩」；「二、四處活動，爭取同情，轉移鬥爭鋒芒」；「三、維護和執行資產階級反動路線」。同期《文學戰地》還發表了一篇《柳青的「哲學」》，斥責「柳青的人生哲學，是資產階級的市儈哲學，是修正主義的活命哲學。一切以『我』為主，以『私』字為核心。」〔註 206〕

上述兩篇文章並未否定柳青的創作，但這種情況並不能持久。西安作協造反派邀請各種力量介入批判運動，以擴大社會影響，西北大學中文系學生是其中重要的一支。在這些批判中，柳青的《創業史》和《狠透鐵》是焦點，如《創業史》因描寫貧下中農的另類——白占魁混進互助組，破壞農業社，而被指責為醜化貧下中農。〔註 207〕就在這一時期，《創業史》被稱之為「大毒草」，而柳青則被戴上了「黑作家」、「周揚反革命修正主義在文藝界樹立的黑樣板」的帽子：

> 「劉鄧司令部安插在各個角落裏的代理人被揪出來了，受到群眾的批判，可是劉鄧司令部在文藝界的大紅人，舊作協裝多菲俱樂

---

〔註 204〕賀抒玉：《柳青和〈延河〉》，《大寫的人》，中國青年出版社 1982 年版，第 162 頁。

〔註 205〕韋昕：《鐵的性格和務實的人》，《大寫的人》，中國青年出版社 1982 年版，第 179 頁。

〔註 206〕邢小利、邢之美：《柳青年譜》，人民文學出版社 2016 年版，第 85～93 頁。

〔註 207〕劉可風：《柳青傳》，人民文學出版社 2016 年版，第 417 頁。

部的黑司令柳青，卻安然無恙，還是一個連一點缺點也沒有的『革
命幹部』。柳青的歷史沒有問題嗎？柳青和劉鄧司令部上下閻王沒有
關係嗎？柳青的作品、生活沒有問題嗎？……柳青這個老虎屁股，
今天我們就是要摸，馬蜂窩，我們就是要捅，非捅不可，他的獨立
王國非砸爛不可！」〔註208〕

此後，西安作協造反派又請來了「工農兵文藝總部」的造反派、「長安兵
團」的造反派，聯合控訴「劉鄧在西北文藝界的代理人，裴多菲俱樂部的黑
班主——柳青」的罪行：

「這個劉記黑店的黑老闆，西安作協裴多菲俱樂部的祖師爺就
是反革命修正主義分子柳青；這個裴多菲俱樂部的開張，就是柳青
一手導演的一場反革命醜劇。柳青這個埋藏最深、最陰險、最狡猾
的敵人，這個劉少奇在西北文藝界的代理人，彭、高、習在作協的
死黨，幾十年來，活躍在反革命修正主義集團中，為他們效忠賣命，
成績卓著。」〔註209〕

但柳青此時的生存狀況還遠算不上低落谷底，因為柳青在學生尤其是大
學中文系學生心目中地位極高。如韋昕所說：「《創業史》第一部不出版了，
但小說卻仍在流傳」，「人民群眾，包括許多紅衛兵小將是堅決保護柳青的」〔註
210〕其時身為西北大學學生的王宗義也說：「像他這樣紮紮實實和農民在一起
的作家，也許世界上少見，所以，我們西大一直保他。」〔註211〕

具體表現在以下幾個方面。其一，「批判」之外也有保護。西北大學中文
系將柳青從作協拉到西北大學接受批判，雖為「批判」，但學生們比較「友善」。
柳青可以看報紙，可以看參考消息，只是不允許出校門。〔註212〕劉可風也憶
及在批鬥作協作家和當權派時，「學生們嚴肅中有尊重，每天主動把報紙送
來，雖然不拉近乎，但也不說一句重話，偶而還開一兩句玩笑。」學生們還
從專業角度詢問柳青「有關小說的問題」，比如「創業史的創作方法」、《創業

〔註208〕劉可風：《柳青傳》，人民文學出版社 2016 年版，第 267 頁。
〔註209〕劉可風：《柳青傳》，人民文學出版社 2016 年版，第 272 頁。
〔註210〕韋昕：《鐵的性格和務實的人》，《大寫的人》，中國青年出版社 1982 年版，第 179 頁。
〔註211〕劉可風：《柳青傳》，人民文學出版社 2016 年版，第 283 頁。
〔註212〕張長倉：《〈創業史〉手稿劫還記》，《大寫的人》，中國青年出版社 1982 年版，第 207 頁。

史》第一部的寫作過程、徐改霞在書中的地位等。〔註213〕其二，保護《創業史》手稿。1966 年冬，由高幹子弟組成的「紅恐隊」要抄柳青家的消息，被西北大學中文系學生知道了，「怕這些手稿受到損失」，便通知陝西師大學生以「提前抄家」的方式，保護了《創業史》第一部手稿。〔註214〕此外，《創業史》第二部手稿在更早前的一次抄家中遺失，張長倉等西北大學學生還主動幫助尋找，並在陝西師範大學化學樓上找到。〔註215〕其三，寫出公正的調查報告，促成柳青的第一次「解放」。當時，西北大學、西安交通大學、西安作家協會紅色造反隊聯合寫了一個調查報告《柳青在長安的十四年》。報告雖認為柳青對文藝黑線有抵制而鬥爭不力，但總體上報告還是承認「柳青同志的基本方面、主流是比較好的，是應當予以肯定的」。不僅如此，報告繼續肯定了柳青在長安的十四年：「深入農村，與貧下中農相結合，沿著毛主席指出的『文藝為工農兵服務』的方向做出了不少努力和探索」，並仍然認為《種穀記》、《銅牆鐵壁》、《創業史》是「比較成功的作品」。〔註216〕

除了大學生的支持，江青所代表的激進政治文化力量所釋放的「善意」，也為解放柳青提供了有利條件。50 年代江青曾經審查並肯定過柳青的《銅牆鐵壁》，還希望柳青參與電影改編。此後，江青還建議他去上海參加一次「五反」運動。〔註217〕由此可見，江青對柳青早有好感，而《創業史》的成功也極大地增加了柳青被徵用的可能性。據《柳青傳》，1967 年中，一個文革小報上還刊登了江青的講話，提及讓柳青參加《銅牆鐵壁》電影改編一事。這可被視為一個「善意」的信號。〔註218〕作為連帶反應，西安作協造反派也希望將柳青以革命幹部的身份，拉入「三結合」的領導班子。

綜上表明，此一時期對柳青和《創業史》的批判時間不長、力度有限，

〔註213〕劉可風：《柳青傳》，人民文學出版社 2016 年版，第 277～278 頁。

〔註214〕劉可風：《柳青傳》，人民文學出版社 2016 年版，第 273 頁。

〔註215〕張長倉：《〈創業史〉手稿劫還記》，《大寫的人》，中國青年出版社 1982 年版，第 207 頁。

〔註216〕邢小利、邢之美：《柳青年譜》，人民文學出版社 2016 年版，第 101～104 頁。調查組成員包括中國作協西安分會工作人員、西北大學、西安交通大學師生。另參見劉可風：《柳青傳》，人民文學出版社 2016 年版，第 278 頁。韋昕《鐵的性格和務實的人》也指出：「他們到皇甫村調查，寫出了報告，肯定了柳青深入生活、進行創作的道路，認為這是真正執行黨的革命文藝路線。」

〔註217〕劉可風：《柳青傳》，人民文學出版社 2016 年版，第 110～111 頁。

〔註218〕劉可風：《柳青傳》，人民文學出版社 2016 年版，第 285 頁。

這主要還是因為《創業史》在 60 年代前期確立的典範地位，在 60 年代中期繼續發揮著正向的影響力，使其成為激進勢力爭取而非排斥的文化資源。

### 2.3.3 1968～1976：有限「接納」與第二次「解放」

柳青被「解放」一年後，隨著 1968 年工宣隊進駐陝西文藝口並著手「清理階級隊伍」，他又被當作階級敵人揪了出來。1968 年 7 月 8 日，《陝西日報》發表社論《徹底摧毀反革命修正主義文藝黑線》指出「我省的文藝界，既有中國赫魯曉夫通過他的黨羽反革命修正主義分子周揚、劉瀾濤、趙守一、李啟明之流直接安插的黑手，又有彭、高、習反黨集團的死黨餘孽，還有三十年代的反動文人。……舊省、市委宣傳部和舊省、市文化局內，就有那麼一小撮死不悔改的走資派，而由他們直接操縱的作協、劇協、美協、音協，已經淪為裴多菲俱樂部那樣的團體。」社論還批評「文藝界一些單位的對敵鬥爭至今還冷冷清清」，號召「文藝界的無產階級革命派應該立即動員起來……徹底粉碎右傾翻案妖風，徹底揭開陝西和西安地區文藝界階級鬥爭的蓋子，把文藝界的無產階級文化大革命進行到底！」〔註 219〕據賀抒玉回憶：1968 年以後，柳青「由革命對象升了級，被定為『死不改悔的走資派』，搬到牛棚去住了。」〔註 220〕此後，遭打挨罵、妻子墜井自殺等人間悲劇一一與柳青相遇。

這一時期，劉長風為給柳青正名，還給江青和中央文革小組寫過信。據《柳青傳》，至少有一封信被轉到當地工宣隊，但這沒有改變柳青的艱難局面。〔註 221〕柳青在「文革」期間的二度解放，根本上有賴於宏觀政治形勢的鬆動。1972 年 4 月，《人民日報》發表社論，強調經過長期革命鬥爭鍛鍊的老幹部是黨的寶貴財富，要嚴格區分敵我矛盾和人民內部矛盾這兩類不同性質的矛盾，要按照「團結——批評——團結」的公式和教育為主的方針，對待新老幹部和黨內外同志。〔註 222〕中央指示在全國引起廣泛影響。如果將解放老幹部看作政治力量的重新整合，那麼對柳青的第二次「解放」，則可視為文

---

〔註 219〕《徹底摧毀反革命修正主義文藝黑線》，《陝西日報》1968 年 7 月 8 日。
〔註 220〕賀抒玉：《柳青和〈延河〉》，《大寫的人》，中國青年出版社 1982 年版，第 162 頁。
〔註 221〕劉可風：《柳青傳》，人民文學出版社 2016 年版，第 321 頁。
〔註 222〕《懲前毖後，治病救人》，《人民日報》1972 年 4 月 24 日。

藝界的再整合。1972 年 5 月 4 日，接受了兩年審查的柳青，終於收到陝西省革委會原省級機關鬥批改領導小組和陝西省革委會楊梧五・七幹校領導小組聯合署名的《對柳青問題的審查結論》（下文簡稱《結論》）。在審查清楚了柳青的「入黨問題」、「關於懷疑 1935 年集體加入國民黨問題」、「關於柳青 1947年 12 月到 1948 年 10 月由大連到延安一段歷史問題」、「關於檢舉特嫌問題」、「關於懷疑柳青曾參與爲衛立煌起草『反共演講稿』問題」和「關於執行修正主義文藝路線和與文藝黑線頭目周揚等人的關係問題」之後，柳青終於獲得第二次「解放」。

　　此一結論使用了接納和敲打並舉的整合政策，這體現了地方政治文化力量面對柳青時的矛盾心態。《結論》固然一方面認爲應對柳青予以解放；但另一方面，又不否定柳青確實存在著嚴重「錯誤」。比如《結論》在「關於執行修正主義文藝路線和與文藝黑線頭目周揚等人的關係問題」一節中，如下表述：

　　　　「經查，柳青在西安作協任副主席期間執行了劉少奇的反革命修正主義文藝路線，曾讚賞和傳達過劉少奇 1956 年 4 月在全國作協第二次理事會期間所提出的『要做有學問的作家，不要做土作家』的黑指示，推行過舊中宣部和全國作協關於作家實行自給，推行高稿酬的修正主義黑貨；積極支持和參與籌辦《延河》推行修正主義辦刊路線，在對反黨分子柯仲平的反黨問題批判中態度曖昧，鬥爭不力；1957 年在回答英國資產階級記者格林關於『胡風有罪無罪』的提問時說『可能有罪，也可能無罪』，爲格林所利用，造成極壞影響，是嚴重政治錯誤；柳青與文藝黑線頭目林默涵、劉白羽和反黨分子柯仲平來往較多，關係密切，但未發現柳青參與他們的反黨陰謀活動。」〔註223〕

　　雖然如此，但「解放」也是事實。在政治意識形態整合文化領域的時代，作家政治地位的起落，直接關聯著其人其文在公眾場合的沉浮。柳青重回社會正軌，得以參加 1973 年陝西省出版局召開業餘作者創作座談會並作了發言；《紅旗》雜誌編輯部，約柳青撰寫關於學習毛澤東同志《在延安文藝座談會上的講話》的文章。〔註224〕借 1971 年出版工作座談會「可以重版或修改後

〔註223〕劉可風：《柳青傳》，人民文學出版社 2016 年版，第 380～381 頁。
〔註224〕蒙萬夫：《柳青傳略》，陝西人民教育出版社 1988 年版，第 155 頁。

重版」舊書〔註225〕的東風，柳青的作品也獲得了再版的機會。比如王維玲就曾於 1973 年致信柳青「只要我社一恢復出書業務，第一批就再版《創業史》」〔註226〕；人民文學出版社也以「目前文藝作品太少，先出版一些，解解讀者的精神饑渴」爲由，致信柳青希望其修改《銅牆鐵壁》，以便再出版。劉可風認爲：這再次顯示了激進政治文化勢力對柳青作品的認可，如其所言：「十七年的文藝作品，能允許出版極其個別。必須是中央文革小組成員點頭說話，估計《銅牆鐵壁》能夠出版與江青對這本書的態度有關。」〔註227〕

　　經過爬梳相關材料，本文認爲 60 年代前期對《創業史》經典地位的維護，並未隨 1966 年「文革」爆發戛然而止，而是構成了動盪年代中對其進行重新評價和持續整合的重要遺產。但眞正的問題，或許不在於坐實 70 年代前期文化政治對柳青的收編和整合，而在於探究這種收編和整合在多大程度上得以實踐，而柳青又以何種方式進行了何種程度的配合或拒絕。

　　與《結論》不完全還柳青以政治清白類似，70 年代前期的文化政治，也不可能徹底給予柳青修改作品的自由。「文革」後期，李瑛、草明、茹志鵑、臧克家、姚雪垠等所謂「十七年」已經獲得重新發表新作品的資格，賀敬之的《放歌集》、魏巍的《誰是最可愛的人》等著作也有機會重新出版，但這些再版的文學創作或理論著作，必須「經過審查」且「大多做了響應當時的政治形勢的修改」。〔註228〕柳青的《銅牆鐵壁》也屬於一部「修改後可再版」的作品，但這首先需要由出版社提出具體的修改意見。據相關材料可知，對於《銅牆鐵壁》的修改意見，竟然可以細緻到要求刪去有關劉少奇的三處談話、愼重描寫毛主席的革命實踐、修改描寫英雄人物石得富的字詞等方方面面。〔註229〕而且，此書直到 1976 年 2 月才得以出版。

　　柳青在回應二次釋放的「善意」上，也表現出極其矛盾的地方。比如他一邊積極參加文學會議，但又拒談「樣板戲」和「三突出」原則，這顯然和

〔註225〕《國務院關於召開出版工作座談會的通知（電報稿）1971 年 2 月 27 日・(71) 國發電 3 號》，《中華人民共和國出版史料（一九六六年五月至一九七六年十月）》，中國書籍出版社 2013 年版，第 40 頁。

〔註226〕王維玲：《追憶往事》，《大寫的人》，中國青年出版社 1982 年版，第 94 頁。

〔註227〕劉可風：《柳青傳》，人民文學出版社 2016 年版，第 340 頁。

〔註228〕洪子誠：《中國當代文學史》，北京大學出版社 2007 年版，第 163 頁。

〔註229〕啓治：《〈銅牆鐵壁〉的再版和柳青的談話》，轉引自杜國景：《合作化小說中的鄉村故事與國家歷史》，中國社會科學出版社 2011 年版，第 302 頁。

浩然在介紹創作經驗時大談學習「樣板戲」極爲不同〔註230〕。比如他一方面認爲《銅牆鐵壁》「寫出來的細節不生動，人物不豐滿，有公式化、概念化的毛病」〔註231〕，但又接受諸多修改意見以再版此書。比如他一方面強調文藝作品首先要經得起現實的考驗，但又在 1977 年修改再版《創業史》時「緊趕慢趕搭上了批判劉少奇的『末班車』。」〔註232〕或許正是在這種曲折的整合與回應機制中，柳青一方面堅守了一位傑出作家的操守，向完成鴻篇巨著《創業史》這一偉大目標忘我前行，但另一方面又對《創業史》及農業合作化運動的未來命運懷抱深深隱憂──「不要給《創業史》估價，它還要經受考驗；就是合作化運動，也還要受歷史的考驗」。〔註233〕

　　上述種種看似矛盾的論述，既繼承了 60 年代柳青和《創業史》評價的重要遺產，也透露了「文革」時期重評柳青和《創業史》的複雜面向。更爲重要的是，它們共同構成了我們展開柳青和《創業史》接受史研究不應遺忘的新起點。

---

〔註230〕柳青在個人筆記中這樣分辨樣板和典範的差別「樣板是一種實體，如書記的『樣板田』，商店櫥窗的樣品。而典範則是一種精神，是創作方法」；「人們要學習的是如何達到這樣高的水平的那種創作精神或者說創作方法，而不是重複它的主題，模仿它的結構、形象和語言。」劉可風：《柳青傳》，人民文學出版社 2016 年版，第 343 頁。

〔註231〕劉可風：《柳青傳》，人民文學出版社 2016 年版，第 340 頁。

〔註232〕宋炳輝：《「柳青現象的啓示」──重評長篇小說〈創業史〉》，《上海文論》1988 年第 4 期。

〔註233〕閻綱：《四訪柳青》，《大寫的人》，中國青年出版社 1982 年版，第 148 頁。

# 3. 被徵用的「十七年」文學


　　前文已述《紀要》對古今中外的文化遺產採取了「決裂」的姿態。這種「決裂」，在二十世紀中國並不少見。二十世紀常被稱爲革命的世紀，革命出於對社會現實的不滿，也會對現實所以如此的歷史提出否定，這種情況同樣頻繁發生在二十世紀中國文學史。洪子誠亦認爲《紀要》所表達的依然是二十世紀的激進文化思潮。〔註1〕但「文革」期間對所有文學傳統的「決裂」，與其理解爲一種「斷裂」的歷史事實，不如視爲激進文化力量對無產階級文藝未來所作的某種空想性設計，卻不得不在現實世界有所妥協。比如《紀要》也承認「眞正歌頌工農兵的英雄人物，爲工農兵服務的好的或者基本上好的作品也有」〔註2〕；在 1967 年 4 月 12 日軍委擴大會議上，江青還再次肯定：「這十七年來，文藝方面，也有好的或者比較好的反映工農兵的作品。」〔註3〕

　　「決裂」姿態無法產生徹底斷裂的事實。首先是因爲歷史存在著不可人爲切斷的連續性。陳伯達爲《紀要》初稿提意見，建議對建國後十幾年，「要講一段文藝方面的成績」〔註4〕。毛澤東在審閱《紀要》修訂稿時，在「要破除對所謂三十年代文藝的迷信」後，加寫「三十年代也有好的」。〔註5〕這些

〔註1〕　洪子誠：《中國當代文學史》，北京大學出版社 2007 年版，第 161 頁。

〔註2〕　《林彪同志委託江青同志召開的部隊文藝工作座談會紀要》，《人民日報》1967 年 5 月 29 日。

〔註3〕　江青：《爲人民立新功》：《江青同志講話選編》，人民出版社 1968 年版，第 36 頁。

〔註4〕　劉志堅：《部隊文藝工作座談會紀要產生前後》，《回首「文革」》（上），中共黨史出版社 1999 年版，第 324 頁。

〔註5〕　毛澤東：《對〈林彪同志委託江青同志召開的部隊文藝工作座談會紀要〉的批語和修改》，《建國以來毛澤東文稿》第 12 冊，中央文獻出版社 1998 年版，第 26 頁。

材料有意無意地都從事實和邏輯的角度，肯定了歷史延續性。其二，從文藝觀念來說，「文革」文藝和「十七年」文學之間依然共享著「文藝源於生活高於生活」、「文藝爲工農兵服務」、「革命現實主義和革命浪漫主義相結合」、「創造先進人物形象」等重要原則。其三從創作實踐來說，作爲「文革」文學代表性成就的革命樣板戲幾乎都改編或移植於「十七年」期間的文學作品、地方劇種，因此要對兩個時代進行完全切割的確困難重重。

不過，「決裂」姿態背後的延續或糾纏，還有一個常被忽略的原因——社會主義文藝自誕生之日起，就持續滋生的文化焦慮感。

1949年7月，周揚在第一次文代會上作了題爲《新的人民的文藝》的發言。他以毋庸置疑的口吻宣佈：毛澤東《講話》規定了新中國文藝的方向，並以解放區文藝作爲實踐這一方向的榜樣。〔註6〕但我們也不應忽略他的發言中，也存在對解放區文藝的憂慮。比如，面對「解放區的作品還遠沒有達到形式上完成的程度」的現狀，他提出「必須學習技術」〔註7〕；對於解放區文藝對「寫眞人眞事」的過分依賴，他直言其不足：「僅僅描畫了他們的輪廓，甚至不完全的輪廓」。〔註8〕1958年，周揚雖然一面從性質上強調「社會主義文學是歷史上前所未有的一種新型的文學，過去任何時代的文學都不能和它相比」，但同時又從藝術水準上指出社會主義文學的不足，「許多作家還缺乏對於社會和時代進行高度的藝術概括的能力」，因此「還是比較年青的文學」。〔註9〕1961年6月22日，當日本作家訪華代表團代表稱讚中國作家將「政治和藝術的結合問題已經解決了」時，周揚實事求是地答覆：「文學運動最重要的是要有好的作品，我們目前的好作品還不夠。」〔註10〕

社會主義文學的這種局限，在與此前階段文藝成就進行對比後，變得更

〔註6〕 周揚：《新的人民的文藝》，《周揚文集》（第一卷），人民文學出版社1984年版，第513頁。報告稱：「毛主席的《在延安文藝座談會上的講話》規定了新中國的文藝的方向，解放區文藝工作者自覺地堅決地實踐了這個方向，並以自己的全部經驗證明了這個方向的完全正確，深信除此之外再沒有第二個方向了，如果有，那就是錯誤的方向。」

〔註7〕 周揚：《新的人民的文藝》，《周揚文集》（第一卷），人民文學出版社1984年版，第532頁。

〔註8〕 周揚：《新的人民的文藝》，《周揚文集》（第一卷），人民文學出版社1984年版，第516頁。

〔註9〕 周揚：《文藝戰線上的一場大辯論》，《人民日報》1958年2月28日。

〔註10〕 周揚：《與日本作家的談話》，《周揚文集》（第三卷），人民文學出版社1990年版，第367頁。

加突出。周揚就曾多次感歎：「今天的作家中還很少有人能夠趕上並且超過我們的一些偉大的先輩」〔註11〕；「像郭沫若、茅盾這樣的作家現在還沒有產生」〔註12〕。而之所以如此，周揚認爲是這些文藝界「新的一代準備還不夠」，「他們有鬥爭經驗方面的準備，可是知識準備不夠，所以要補課讀書。這點具有戰略的意義。」〔註13〕因此「中國作家還有一個問題，即學習問題」，而文藝主管部門的責任就是「幫助他們提高技巧，提高修養，也就是要幫助他們學習」〔註14〕。

由上可見，儘管周揚對社會主義文藝總體上持積極評價，且囿於特殊的歷史語境，他往往將社會主義文藝的不足，用「技術」、「技巧」、「藝術概括能力」等帶有形式意味的詞語進行概括。但他顯然已經意識到了社會主義文藝的弊病：新的一代作家在知識儲備、文學修養、寫作訓練等多方面，缺乏積累甚至尚未自覺其作爲問題的存在。饒有意味的是，在更激進的年代裏，周揚的這種文化焦慮不但未因「文革」與歷史「決裂」的姿態而消弭，反而在《紀要》中、在江青的公開講話中被反覆提及。

《紀要》和江青的講話，多次提到「自卑感」一詞。比如《紀要》在強調「文化革命要有破有立」時，爲自己的行爲打氣：「不要有自卑感，而應當有自豪感」；江青在《爲人民立新功》中號召與會者「對前一段文化大革命，不要有什麼自卑感」。〔註15〕問題的頻繁提出，本身就意味著問題的嚴重性。「自卑感」的產生，來自於所反叛的文化傳統和文學資源如此之強大，也來自於創造「新」文藝如此之艱難。江青反覆重申「搞出好的樣板決不是一件輕而易舉的事」〔註16〕；「短時間內，京劇要想直接創作出劇本來還很難」〔註17〕；「搞一個樣板戲是不容易的，千錘百鍊，總要改二、三年才成」〔註18〕。

---

〔註11〕 周揚：《文藝戰線上的一場大辯論》，《人民日報》1958 年 2 月 28 日。
〔註12〕 周揚：《對編寫〈文學概論〉的意見》，《周揚文集》（第三卷），人民文學出版社 1990 年版，第 237 頁。
〔註13〕 同上。
〔註14〕 周揚：《與日本作家的談話》，《周揚文集》（第三卷），人民文學出版社 1990 年版，第 369 頁。
〔註15〕 江青：《爲人民立新功》，《江青同志講話選編》，人民出版社 1968 年版，第 34 頁。
〔註16〕 《林彪同志委託江青同志召開的部隊文藝工作座談會紀要》，《人民日報》，1967 年 5 月 29 日。
〔註17〕 江青：《談京劇革命》，《紅旗》1967 年第 6 期。
〔註18〕 江青：《江青同志在北京文藝座談會上的講話》，《江青同志講話選編》，人民出版社 1968 年版，第 75 頁。

　　而和周揚找到的病源相似，江青也認爲問題的根子在於缺乏人材：首先是「我們自己培養的眞正過硬的創作人材還比較少」〔註 19〕，其次是文教戰線的組織管理者能力有限，「那些有問題的、能力不怎麼強的幹部，都被放到了文教戰線上去」〔註 20〕。所以，激進文化力量雖矢志創造史無前例的無產階級新文化，但所展開的策略只能是一方面大力「培養新生力量」，另一方面愼重選擇「移植」。激進文化力量不僅無法徹底否定「十七年」文學，還要主動從中甄選出某些文本，進行革命現代戲的「樣板」改造。由於大家普遍對「八個樣板戲」的改編情況比較熟悉，因此本章選擇考察激進文化力量對《紅岩》及衍生文本的徵用。

　　「文革」文藝對「十七年」文學的徵用也不限於京劇改編，在更具「個人性」因而也更難確立「樣板」的小說領域，激進文化力量也通過重點推介金敬邁、浩然和胡萬春等「十七年」期間已出道甚至成名的作家，來豐富極度匱乏的「文革」文藝市場。三者是「十七年」文學在工、農、兵三大題材中的重要參與者，其在「十七年」期間的作品也一度符合「文革文學」對自身未來的某種想像，被賦予崇高的榮譽。

　　需要補充的是，作家作品之所以被「徵用」，並非其固有某種屬性因而必然被徵用。基於「文革」文藝的「純淨化」邏輯：在革命終極目標實現之前，任何時段都應當被視作革命歷史的中間物，而起初被徵用的作品，也可能在日新月異的階級鬥爭形勢下淪爲革命的對象，因而這種「徵用」又帶有極大的偶然性和變動性。

# 3.1 夭折的「樣板」：1966 年前後的《紅岩》及衍生文本評判

　　1967 年，圍於樣板戲的創作、編排難度重重，加之江青的抱負並不限於文藝界而忙碌於「文革」其他事務〔註 21〕，以至於江青在面對加快搞出樣板

---

〔註 19〕《林彪同志委託江青同志召開的部隊文藝工作座談會紀要》，《人民日報》，1967 年 5 月 29 日。

〔註 20〕 江青：《爲人民立新功》，《江青同志講話選編》，人民出版社 1968 年版，第 36 頁。

〔註 21〕 江青曾在 1967 年 11 月 9 日和 12 日召開的中直文藝系統部分單位的軍代表和革命群眾代表座談會上說：「自從進入無產階級文化大革命以來，由於工作情

戲的企盼時不得不說：與其「很粗糙地搞出來」被打倒，「寧願我們這八個樣板戲暫時佔領舞臺。」〔註22〕話雖如此，尋找樣板素材、進行樣板改編的工作並未停止。根據《京劇革命十年》這一帶有總結「文革」文藝成就性質的長文，我們可知「無產階級培育的革命樣板戲，現在已有十六、七個了」，除了最爲人熟知的「第一批八個樣板戲」外，還有現代京劇《龍江頌》、《平原作戰》、《杜鵑山》，現代舞劇《草原兒女》、《沂蒙頌》，「鋼琴伴唱」《紅燈記》等。〔註23〕

然而樣板戲的出臺乃是廣泛淘洗、反覆打磨的系統工程。也就是說，能有資格進入革命樣板戲名錄的，只是少數「成功」創作或改編的作品，而那些未經「成功」改編的作品數量更眾。1970 年代末，文藝界「撥亂反正」的一個重要任務，就是控訴江青「竊取樣板戲」、「破壞文藝革命」的罪狀。許多劇團紛紛譴責江青對自身作品的「剽竊」式改編〔註24〕，或者控訴江青在樣板戲改編過程中的恣意妄爲〔註25〕，以便在「樣板戲」或「樣板戲」前身與江青之間作出切割。在眾聲喧嘩中就有《紅岩》作者楊益言的追問。〔註26〕《紅岩》曾被改編成革命現代京劇的往事也因此被再次提起。

1961 年 12 月初，經過反覆修改的小說《紅岩》終於出版，不僅趕上了向中國共產黨建黨 40 週年獻禮的末班車，也爲國民經濟陷入更大困境〔註27〕的中國塗抹了一層亮色。這部「共產主義教科書」在出版不到兩年的時間裏，

況變了，我的精力就又全幅用在別的方面。所以，你們搞的戲、音樂、電影，我就顧不上看，不能像過去那幾年那樣，和同志們一起專門鬧文藝革命。」江青：《江青同志在北京文藝座談會上的講話》，《江青同志講話選編》，人民出版社 1968 年版，第 71 頁。

〔註22〕江青：《江青同志在北京文藝座談會上的講話》，《江青同志講話選編》，人民出版社 1968 年版，第 74 頁。

〔註23〕初瀾：《京劇革命十年》，《紅旗》1974 年第 4 期。

〔註24〕如內蒙古京劇團：《江青剽竊、扼殺〈草原小姐妹〉的卑鄙伎倆》，《人民戲劇》1976 年第 7 期；中國京劇團批判組：《揭露江青剽竊〈紅燈記〉的罪行》，《人民戲劇》1976 年第 8 期；貴陽市京劇團《苗嶺風雷》創作組：《清算「四人幫」剽竊〈苗嶺風雷〉的罪行》，《人民戲劇》1976 年第 8 期。

〔註25〕如聞柯：《江青是破壞文藝革命的罪魁禍首》《安徽大學學報（哲學社會科學版）》，1976 年第 3 期；北京京劇團大批判組：《不許「四人幫」利用革命現代戲篡黨奪權》，《中國戲劇》1976 年第 6 期等。

〔註26〕楊益言：《叛徒江青爲什麼扼殺〈紅岩〉》，《人民日報》1977 年 10 月 29 日。

〔註27〕《黨的文獻》編輯部：《共和國重大決策和事件述實》，人民出版社 2005 年版，第 219 頁。

累計印數已經達到 400 萬冊。這樣的出版成績，也為激進文化勢力改編《紅岩》提供了巨大的動力。但為何《紅岩》的京劇衍生文本在即將公演的前夕無疾而終？楊益言當年的控訴未能提供《紅岩》改編的真實過程；更未能看到《紅岩》先被徵用後被否定的政治文化根源。本文認為：作者歷史背景之複雜、作品內容與地方政治歷史本事關係之糾葛、尤其是作者作品捲入地方激進勢力之曲深等原因，使得《紅岩》在走向革命樣板戲的道路上坎坷多舛。本節試圖通過梳理小說《紅岩》及樣板戲改編文本的跌宕命運，力求呈現地方性因素如何影響了特殊時期對《紅岩》的徵用和整合，並最終使它與「革命樣板戲」失之交臂的過程。

### 3.1.1 京劇《紅岩》：爭勝各類衍生文本的文化實驗

京劇《紅岩》的改編工作，始自 1964 年冬。

促成此一改編的諸多原因中，首推小說風行。它不僅讓江姐、許雲峰等英雄形象深入人心，而且掀起了一波將小說改編成戲劇、電影、評書、連環畫等其他文類的熱潮。這也大大提升了《紅岩》被激進文化力量徵用和佔有的價值。其二，《紅岩》十年成書，其充分政治化的創作動機和嚴格的組織生產方式，與江青樹立的革命京劇樣板比較吻合；其純潔性的創作追求及對個人思想縱深的極力壓縮，也大大降低了被評論界質疑和否定的概率。其三，也是最直接原因，則是高層對各類改編文本的認可。1964 年，東京都市中心劇院公演話劇《紅岩》，反響強烈。而空軍政治部文工團創作的歌劇《江姐》，自當年 9 月 4 日首次公演後，更創造了萬人空巷的效應。不僅《人民日報》發文稱讚革命英雄形象搬上了新歌劇的舞臺〔註28〕，毛澤東、周恩來、朱德、董必武、彭真、薄一波、羅瑞卿、楊尚昆、江青等人，還於 10 月 13 日晚觀看了這部歌劇。據一些當事人說：毛澤東被演出所打動〔註 29〕，還在接見歌劇《江姐》編劇閻肅和空政文工團工作人員時，建議讓江姐活下來〔註 30〕。自稱「文藝流動哨兵」的江青，馬上將最高領導的重要指示付諸實踐。她一

---

〔註28〕 葉林：《革命英雄形象搬上新歌劇的舞臺——看空政文工團演出歌劇〈江姐〉》，《人民日報》1964 年 9 月 2 日。

〔註29〕 耿耿：《歌劇〈江姐〉首次公演內幕》，《黨史縱橫》2009 年第 1 期。

〔註30〕 這一建議在 1977 年歌劇《江姐》恢復演出時得以實現，直到 1984 年《江姐》首演 20 年之際方才改回最初面目。王建柱：《歌劇〈江姐〉問世前後》，《黨史縱覽》2010 年第 9 期。

方面對《紅岩》及衍生文本的情節、人物設置進行批評；另一方面則親自著手對這些文本進行重塑、重排。比如在審查電影《紅岩》的時候，她曾建議：「不改上映，也是個辦法。將來再拍部彩色的，得另外編劇。」在看完歌劇《江姐》後，她又聯繫空政文工團副團長牛暢「另搞一個《江姐》」。只是在歌劇和電影領域，江青的努力沒有取得成果。電影《紅岩》改名《在烈火中永生》於 1965 年夏全國公映，還於 1966 年初在日本放映；歌劇《江姐》作爲空軍部隊文藝精品，在上海、廣州、深圳連番上演，一時風頭無兩。處處介入，卻每每碰壁，江青便在自己頗有把握的革命現代京劇領域，邁開了改編《紅岩》的步伐。

據楊益言回憶，1965 年 1 月，他們就收到由閻肅和汪曾祺聯合擔綱京劇改編本《紅岩》。〔註31〕不久，江青就在人民大會堂召見這兩位已經客居北京數月的小說作者，並親切向他們徵求改編意見。這次會上，江青基於對電影《烈火中永生》的不滿，爲改編京劇《紅岩》提出了大量意見。文革期間，新北大公社《文藝批判》編輯部編輯過一本《江青關於文藝工作的指示彙編》的小冊子，對此作了詳細記錄。江青的意見分爲四大部分，第一部分是「總的原則」（共 6 條），要求「敢於革命，打破框框，敢於標新立異」；「要氣勢磅礴，鬥爭尖銳複雜，一定要比生活高」；「以我爲主，但敵人不能弱了」；「反對寫小資產階級的思想感情，個人命運，骨肉之情，小零碎，小玩意等低級庸俗的東西」；「深入生活，廣泛收集材料」。第二部分是「關於結構和情節的處理」（共 14 條），其中要求舞臺要看見屠殺，「《國際歌》上殺場，口號、槍聲，要有犧牲」；「尾聲，上大軍、游擊隊，把敵人活捉、打死，會師」。第三部分是「關於許雲峰形象的塑造」（共 6 條），重拾被歌劇《紅岩》捨棄的許雲峰形象，並指出了電影《紅岩》在表現許雲峰形象時的錯誤，如「大名士」範、挖洞情節設計「草率」等。第四部分是「關於江姐形象的塑造」（共 21 條），要求減少「江姐的骨肉之情，兒女之情」，塑造更「複雜、鮮明」、「文一點」、「英氣」、「有原則性」、「熱情」、「周密」、「關心同志」等。〔註32〕

〔註31〕楊益言：《江青插手〈紅岩〉製造陰謀始末》，《文史春秋》1995 年第 6 期。不過，據閻肅回憶當時沒有劇本只有提綱。文革期間成都地區革命小報《軍工井岡山》（1968 年第 2 期），曾引用江青於 1965 年 3 月寫給京劇演員錢浩梁的信件內容「因爲我抓《紅岩》的創作四、五個月了，目前初稿可能已經完成」，這也說明 1965 年 1 月眾人討論的只能是提綱。

〔註32〕《對改編京劇〈紅岩〉的指示（一九六五年一月）》，載《江青同志關於文藝

　　會後，羅、楊二人和京劇《紅岩》編劇組住進了六國飯店。春節之後，又搬到了頤和園。為了表示看重，江青還贈送了羅楊二人兩套親筆簽名的精裝本的《毛選》（此書也曾贈與汪曾祺）。如果說江青對汪曾祺的態度是「控制使用」，即「用他，賞識他，但又不放心」〔註33〕的話，那麼她對《紅岩》作者羅、楊二人的態度則是有保留的提攜：一開始借助小說的名望資本，推動出臺由自己主導的京劇改編本，然後憑藉政治力量翻轉小說和京劇的主次關係，以京劇為「本」重塑小說的情節和人物。〔註34〕

### 3.1.2 備受質疑的地方歷史本事與小說敘事

　　然而江青的青睞和《紅岩》的火熱，均無法保證小說通向京劇的樣板之路暢行無阻。正如有論者指出：「思想上階級劃分的尺度的拿捏極其困難……這就為權力真理論者任意使用話語霸權營造了可能性的空間，也為文學批評意識形態化的流行提供了動力機制。」〔註35〕在階級鬥爭的重災區——文藝領域，人們已經習慣了求全責備和上綱上線的大批判。既然最高領導的意見尚未明朗，「旗手」的權勢和名望也有待提升，那麼《紅岩》也難以逃脫挑剔的目光。

　　《紅岩》第一次受到質疑發生在 1965 年底，江青意識到小說敘述和地方歷史本事之間的裂痕。

　　江青在錦江飯店接見李琪、薛恩厚、閻肅、汪曾祺時，曾說：「我萬萬沒有想到那個時候，四川黨還有王明路線！」〔註36〕1940 年代末，王明路線早

---

　　　　工作的指示彙編》，1967 年 10 月版，第 28～30 頁。
〔註33〕陳徒手：《人有病，天知否》，人民文學出版社 2011 年版，第 339 頁。
〔註34〕1965 年 11 月 29 日，羅、楊、劉三人向重慶市文聯黨組並市委宣傳部提交的創作計劃中，提出「把城市鬥爭和農村鬥爭適當改為正面描寫，刪除雙槍老太婆；把《挺進報》的地位擺在恰當處；改造江姐的形象；結尾加強勝利氣氛。」見何蜀：《樣板戲〈紅岩〉夭折記》，《文史精華》2003 年第 10 期。
〔註35〕林寧：《批評的支點：「繼續革命」理論——文革時期文學批評的語境反思》，《江蘇社會科學》2013 年第 6 期。
〔註36〕汪曾祺：《江青與我的解放》，《明報月刊》1989 年 1 月號。曾參與其事的京劇導演張艾丁對此有更細節的描述：（1965 年）10 月初，江青由上海返京，要看《紅岩》。於是，在首都劇場一連演了三場。江青看了首末兩場。看完首場後，她什麼意見也沒提，就走了。演末一場時，她同周揚、林默涵同志來看了。市委宣傳部長李琪同志是每場必到。看完後，江青在休息室裏召集劇團的負責人開會，我也參加了。她獨自發表了對《紅岩》一劇的意見，並沒有

成歷史，重提舊事，「顯然是亂扣帽子」。但問題的關鍵還是在於作爲小說背景的 1948 年川東地下黨組織的大破壞。由於川東臨委委員、重慶地下市委書記劉國定、副書記冉益智等 12 人叛變，造成全川地下黨組織乃至中共中央上海局受到巨大破壞，先後被捕的地下黨員、幹部和進步群眾達 133 人，其中125 人被關押於重慶歌樂山，許多人被殺害，還有一部分變節投敵。〔註37〕受此影響，華鎣山周圍數縣提前發動聯合大起義，卻慘遭失敗。

作爲革命幸存者的羅廣斌在關於獄中情形的報告中，曾以總結經驗教訓爲目的，詳述了事件始末。在從報告到回憶錄《在烈火中得到永生》到紀實文學《禁錮的世界》再到小說《紅岩》初稿的運作軌跡中，我們也可以發現這些文本對歷史本事和獄中慘狀實況的「偏愛」。然而，革命文學的眞理，不是羅列歷史細節，而是洞悉歷史本質。或者說，如果沒有爲追求「本質」所作的革命浪漫主義虛構，那麼再多的歷史細節也不過是一堆缺乏方向的歷史碎片。正因如此，《紅岩》在長久的修改過程中，逐漸抹平了那些曲折複雜的歷史縱深和「低沉壓抑‧滿紙血腥」〔註38〕的敘述基調，將那些因「經濟問題、戀愛問題、私生活」而「脫黨腐化」、叛變投敵、出賣同志的「叛徒群像」，壓縮成一個「叛徒典型」甫志高；將地方黨組織的錯誤改寫爲一個狡猾叛徒的出賣；並著力展現革命英雄們「生能捨己，死不還家」的壯志豪情。其思路亦如 1961 年 7 月 12 日，中國青年出版社文學編輯室對「甫志高「人物設計的建議：「把他的罪惡加重，把許雲峰、江姐、成崗、小余、劉思揚等人的被捕的責任，全部歸咎於他，而不使讀者對黨產生任何誤解。」〔註39〕

不過，歷史翻轉之速著實讓人尷尬和恐懼：將罪惡集中由個別人承擔的寫作行爲，才過數年就可能被目爲對其他叛徒的美化和對「眞實歷史」的歪曲。此時，京劇《紅岩》劇本已經完稿，北京京劇團編、導、演一干人等，

微求周揚等同志的意見，更不必說劇團中人的意見了。她說：「這個戲，不能上演！因爲重慶渣滓洞的事件，完全是由於當時重慶的共產黨奉行了『王明路線』的結果。重慶的黨全部被破壞了。重慶已經沒有黨的組織了。現在，戲中還寫了什麼省委書記李敬原，這完全是替奉行了『王明路線』的人塗脂抹粉！所以，這個戲，就收起來吧，不能公演！」張艾丁：《紅岩》——〈山城旭日〉》，《戲劇生活六十年‧六十一》（未刊稿），見「張艾丁的博客」http://blog.sina.com.cn/s/blog_69096a8f0100o06i.html。

〔註37〕 黨妍：《不屈的川東地下黨》，《紅岩春秋》2009 年第 6 期。

〔註38〕 羅廣斌、楊益言：《創作的過程，學習的過程——略談〈紅岩〉的寫作》，《中國青年報》1963 年 5 月 13 日。

〔註39〕 王維玲：《話說〈紅岩〉》，花山文藝出版社 2000 年版，第 96 頁。

還於1965年上半年到重慶各地及渣滓洞體驗了爲期一月的生活。雖然江青決定繼續排演京劇《紅岩》。但爲了避免受到歷史本事牽連，便力圖在小說、電影、京劇之間立起防火牆，使其成爲互不干擾的獨立文本。

首先是將小說和電影切割，即在批判電影《烈火中永生》的同時，爲小說《紅岩》辯護。據楊益言回憶，江青曾說：「（電影：筆者注）嚴重的問題是爲叛徒翻案，但小說是根本不同的。」〔註40〕這一點有江青在1965年全軍創作會議上的發言爲證據。這次會上，江青一口子批判了幾十部電影。針對電影《烈火中永生》，她指出：「嚴重的問題是爲重慶市委書記（叛徒）翻案。小說裏許雲峰是工委書記，而在影片裏成了市委書記，這是根本不同的。歪曲白去工作，市委書記在飯館談工作，江姐一被捕就承認自己是黨員。地下辦《挺進報》是盲動主義。把華鎣山游擊隊寫成由重慶市委領導的，而重慶市委又受上海局領導，是城市領導農村鬥爭。既違背主席思想，又不符合歷史事實。當時不是上海局，而是黨中央直接領導的。許雲峰、江姐兩個形象不好，許像舊知識分子、江有些嬌氣，華子良爲瘋子。有句臺詞不好，如特務頭子嚴醉對江姐說：『我可以把你全身扒光』。一面寫生死鬥爭，一面寫天安門聯歡，把天安門聯歡寫在這個場合不好。」〔註41〕

其二是將京劇和小說切割。批判了電影，暫時保住小說，但這依然無法制止人們從歷史本事出發，對小說再次進行衝擊。而1966年初，江青已經在爲《紀要》出臺做準備。既然《紀要》指出建國後文藝界被所謂的「黑線」專了政，那麼怎能讓自己親手打造的「樣板」授人以柄呢。汪曾祺、閻肅奉命迅速趕寫出提綱，並商定了新劇名：《山城旭日》。得到江青許可後，劇本也只花了不到一個月的時間，便「無中生有」地編出來了。閻肅在一封致研究者何蜀的信中說：劇情基本未動，但江姐的身份改爲二野部隊派到四川領導遊擊隊，此外包括江姐在內的所有劇中人全改了名字。〔註42〕

---

〔註40〕 楊益言：《江青插手〈紅岩〉製造陰謀始末》，《文史春秋》1995年第6期。
〔註41〕 《關於電影問題的談話（一九六六年五月）》，《江青同志關於文藝工作的指示彙編》，1967年10月版，第43頁。
〔註42〕 何蜀：《樣板戲〈紅岩〉夭折記》，《文史精華》2003年第10期。另，作爲《山城旭日》的導演，張艾丁這樣回憶：（江青）要以重慶工廠爲背景，仍寫重慶「中美合作所」事件。更重要的，是要「突出」寫一位工人出身的、解放軍中的女英雄：在解放重慶時，她正帶領隊伍向重慶進軍；最後，她打進「中美合作所」，解救了即將被處死的全部政治犯。張艾丁：《〈紅岩〉——〈山城旭日〉》，《戲劇生活六十年·六十一》（未刊稿）。

### 3.1.3 地方造反派派性鬥爭格局中的《紅岩》

《紅岩》受到的更大的衝擊發生在「文革」爆發至 1968 年 3 月期間。因受重慶地區造反派派性鬥爭和羅廣斌自殺事件影響,《山城旭日》最終棄演,小說也被造反派冠以「修正主義大毒草」的罪名。

據何蜀研究表明,1967 年 4 月,《山城旭日》已排練多次,並作為「江青親自修改的革命現代京劇」,於 4 月 27 日晚在北京工人俱樂部正式彩排,中央文革小組重要成員到場觀看。〔註 43〕據汪曾祺回憶,自己被「解放」後,受江青邀請觀看了此次彩排。他還記起江青曾這樣評價《山城旭日》:「不好吧?但是總比帝王將相戲好!」〔註 44〕然而,到了 5、6 月份,《山城旭日》卻在通往樣板戲的道路上奇怪地消失了。茲事體大,卻未見公開報刊有所置喙,倒是一些民間小報分析了背後的原因。6 月 24 日,重慶市文藝界革命造反司令部卞編的《魯迅戰報》第 5 期發表了一則「京劇《山城旭日》中央已決定棄稿不演」的簡訊,指出兩條原因:一是小說沒有反映歷史真實;二是沒有反映以武裝的革命反對武裝的反革命。〔註 45〕

如果我們細察這兩條原因,即可發現其矛頭全都指向了小說原著的人物和情節設計。也就是說,江青費盡心力要在小說、電影、京劇之間進行脫鉤,並期冀以京劇為本剔除小說種種「問題」和「錯誤」。可是小說《紅岩》不僅來不及修改,反而成為一枚不定時炸彈,最終爆炸在京劇《山城旭日》正式誕生的前夜。小說為何會被批判,又為何具有如此巨大的能量竟干擾了江青的樣板戲部署?

我們必須將目光挪移到四川、重慶地區造反派派性鬥爭和小說主要作者羅廣斌在 1966～1968 年期間的命運遭際。

羅廣斌向來以革命烈士遺志繼承者自居且因小說大獲文名,不意卻在建國後一次又一次的政治審查中,從一名「在獄中幫助鼓勵難友堅定鬥爭意志,領導難友突圍脫險」的英雄,淪為一個「未叛黨」的普通幸存者,並接連喪失了全國青聯訪日代表資格、團中央委員候選人資格和受邀赴日訪問的機會。〔註 46〕1966 年 4～5 月間,羅廣斌在一次重慶文聯機關大會上表示憤怒:

---

〔註 43〕 《新北大》第 69 期,1967 年 5 月 1 日。轉引自何蜀:《樣板戲〈紅岩〉夭折記》。

〔註 44〕 陳徒手:《人有病,天知否》,人民文學出版社 2011 年版,第 340 頁。

〔註 45〕 何蜀:《樣板戲〈紅岩〉夭折記》,《文史精華》2003 年第 10 期。

〔註 46〕 石化:《說不盡的羅廣斌》,《紅岩春秋》2000 年第 1 期。

「重慶文聯爛了，是資產階級專政」，「還有一條反黨反社會主義的黑線專了《奔騰》」〔註47〕。

羅廣斌矛頭直指重慶文聯、重慶市委，自然也受到了後者的迅猛反擊。據楊益言的未署名文章《評山城羅廣斌事件》透露：7 月，《紅岩》關於地下黨書寫的政治正確性被質疑，且與周揚文藝黑線批判建立起了聯繫。〔註48〕8 月 3 日，重慶市委發出《對羅廣斌被捕的幾個問題開展調查的報告》。報告將羅廣斌視作與馬識途一夥的修正主義分子、黑線黑幫人物；還認為羅廣斌在被捕入獄期間，嚴重喪失立場，在敵特面前低三下四；報告最後還建議：交群眾揭批並再調查其被捕歷史。〔註49〕

此時，馬識途、李亞群、沙汀已經被當作四川的「三家村」給拋出來，重慶市委組織部長肖澤寬也早在「文革」之前就被打倒。為了斬斷《紅岩》與所謂「黑線、黑幫」的瓜葛，羅、楊、劉等人主動貼出大字報，揭發這些「文藝黑線」人物的反動言論。10 月 23 日，羅、楊等人又成立「重慶市文聯紅衛兵戰鬥組」，並迅速行駛了領導文聯機關搞「文革」的權力。12 月 9 日，羅廣斌還參加了由北京、重慶、哈爾濱等多地造反派組成的「一二四慘案赴京控告團」，並參加了首都三司發起的全國造反派大會，且作為唯一的外地造反派代表發言。上述事實說明，羅廣斌的「革命」地位，暫時得到了地方和北京造反派的一致認可，這得益於他作為《紅岩》作者的特殊身份，反過來也使《紅岩》暫時遠離了「毒草」污名。

但是造反派內部矛盾重重，羅廣斌剛剛經歷所謂的「當權派」的打擊，馬上又成了敵對造反組織的眼中釘。1967 年 1 月的奪權風暴中，以重慶大學「八一五戰鬥團」為首的造反派宣佈奪權成功，並成立「重慶市革命造反聯合委員會」（簡稱「革聯」）。但是如「工人造反軍」、西南師範學院「八三一戰鬥縱隊」等造反組織不滿被排擠在權力分配格局邊緣，於是聯合成立了反「革聯」組織（又稱「反到底」、「砸派」）。因個人歷史問題而遭到重慶大學「八一五戰鬥團」冷落的羅廣斌，決定支持反「革聯」一方，從此深陷激烈的派性鬥爭。

其後，羅廣斌被「革聯」人馬綁架、身死「敵營」，小說《紅岩》備受批

---

〔註47〕 《揭穿謀殺羅廣斌同志的陰謀》，《紅岩戰報》第 1 期，1967 年 4 月 15 日。

〔註48〕 《四評山城羅廣斌事件》，《軍工井岡山》1968 年第 2 期。

〔註49〕 石化：《說不盡的羅廣斌》，《紅岩春秋》2000 年第 1 期。

判。1967 年 2 月 4 日,「革聯」所屬造反派組織就貼出了題爲《撕開羅廣斌的畫皮》的大字報,認定《紅岩》是馬識途、任白戈、肖澤寬、沙汀等人的共同產物,羅廣斌是「周揚——馬識途——沙汀——任白戈——文藝黑線在重慶文聯的粗尾巴」。〔註50〕2 月 10 日,羅廣斌墜樓身亡。很快,《紅岩》就被指爲:「與馬識途、肖澤寬等牛鬼蛇神合謀,是反黨黑幫集團炮製的產品」。〔註51〕

3～5 月,隨著中央解決四川、重慶地區派性鬥爭和武鬥問題政策的先後出臺,爲羅廣斌和《紅岩》恢復名譽似乎漸露眉目。5 月 7 日,中共中央發佈《關於處理四川問題的決定》,5 月 16 日發佈《關於重慶問題的意見》。後一文件特別強調:「中央同意立即建立重慶市革命委員會籌備小組……革命委員會籌備小組成員應當吸收有代表性的持有不同意見的各主要革命群眾組織的負責人及其他適當的負責人參加。」《意見》還要求對被錯誤宣佈爲非法組織或反動組織的革命群眾組織及其負責人恢復名譽。〔註 52〕兩個中央文件都沒有肯定「革聯」即合法的奪權組織,並申明要將權力更均衡地分配給各個造反派,以達成除派性、消武鬥、大聯合的局面。這爲反「革聯」組織爭取到了較大的生存空間,也爲解決羅廣斌問題帶來機會。但中央文件並未提出羅廣斌問題的具體解決辦法,這就爲「革聯」控制的各種小報繼續攻擊羅廣斌提供了口實。〔註 53〕

羅廣斌與《紅岩》,本是一榮俱榮,一辱俱辱。7 月 27 日「革聯」組織重慶建築工程學院八一八戰鬥團、重慶大學八一五戰鬥團、重慶師範專科學校八一五戰鬥團、西南師範學院《春雷》造反兵團「聯合文藝批判組」發表了長篇批判文章《評大毒草〈紅岩〉》,將小說徹底打倒。現節選部分抄錄如下:

「大毒草《紅岩》就在一小撮牛鬼蛇神的密謀下,配合國內外的反動政治逆流於六一年十二月正式出籠了。

〔註50〕 《撕開羅廣斌的畫皮》,載錢振文:《〈紅岩〉是怎樣煉成的》,北京大學出版社 2011 年版,第 202 頁。

〔註51〕 《羅廣斌是周揚反黨黑線的走狗》,《山城紅衛兵》第 16 期,1967 年 3 月 1 日。

〔註52〕 《中共中央關於重慶問題的意見》,《中共中央文件彙編 1966.5-1968.5(内部參考)》,1968 年 5 月版,第 166～167 頁。亦可參見宋永毅:《中國文化大革命文庫》,香港中文大學中國研究服務中心 2002 年版。

〔註53〕 檢閱網絡舊報資料,即發現有 5 月 10 日,重慶大學「8.15《專打叛徒》戰鬥隊」發出布告,標題即爲《羅廣斌是個徹頭徹尾的大叛徒》。5 月 18 日,《八一八戰報》批判羅廣斌爲「叛徒」,指責其「畏罪自殺」,並高調反對爲其翻案。6 月 18 日,《工農兵文藝》第四期出版了「打倒叛徒羅廣斌專刊」等。

　　《紅岩》歪曲歷史，掩護美蔣特務，爲叛徒集團翻案，爲解放前地下黨川東特委和重慶市所執行的錯誤路線翻案。

　　《紅岩》攻擊毛主席著作指導革命失敗，攻擊活學活用毛主席著作的偉大群眾運動，對抗毛澤東思想育英雄這一光輝燦爛的眞理，瘋狂地反對毛澤東思想。

　　《紅岩》大寫肉體痛苦，大寫走向死亡，大寫獄中鬥爭失敗，白區工作失敗，把解放前夕的大好形勢寫成淒淒慘慘的生與死的大悲劇，宣揚革命鬥爭的殘酷。

　　《紅岩》以不寫黨內兩條路線的激烈鬥爭，不寫群眾運動，不寫各階層的動向，而是孤立地寫黨的鬥爭來顛倒歷史，突出神秘化的白區工作，鼓吹反動的脫離群眾，不相信群眾的白區工作路線，爲劉少奇樹碑，爲叛徒集團翻案，爲反革命修正主義集團復辟作輿論準備。

　　《紅岩》把農村包圍城市寫成城市領導農村。

　　《紅岩》大肆宣揚不學毛著，不和工農群眾相結合，大搞階級調和的反動論調，拼命出賣《修養》黑貨。

　　一句話，小說《紅岩》是用烈士們的鮮血僞裝起來的大毒草。」

〔註 54〕

### 3.1.4 爲《紅岩》和羅廣斌辯護的力量

　　這一期間，並非沒有爲《紅岩》和羅廣斌辯護的力量出現。一手促成《紅岩》出版的中國青年出版社，成立了一個「《紅岩》戰鬥隊」，印製了《紅岩戰報》，連續多期發文試圖爲羅廣斌和《紅岩》正名。

　　《紅岩戰報》第一期首先發佈簡訊：「首都各大院校和團中央機關及其直屬單位革命造反派紛紛集會聲討重慶的黨內走資本主義道路當權派殺害羅廣斌同志的滔天罪行」。然後借首都大專院校赴渝戰鬥兵團代表發言，指出重慶「搞假聯合，假奪權，製造白色恐怖，鎮壓革命群眾」，「羅廣斌同志的犧牲，是山城資本主義復辟的一個信號」。之後，又通過楊益言和胡蜀興兩人的文章，聲明羅廣斌不是自殺而是死於一場精心策劃的謀殺。其中楊益言的筆墨，

〔註 54〕《評大毒草〈紅岩〉》，《八一八戰報》第 32 期（批判大毒草《紅岩》專輯），1967 年 10 月 15 日。

重在回憶羅廣斌的光輝歷史和重慶各造反派彼此間的現實亂鬥；胡蜀興則描繪了羅廣斌生前死後的具體細節。〔註55〕

《紅岩戰報》第二期，借中央處理四川問題和重慶問題契機，發佈了《羅廣斌問題調查報告（歷史部分）》，詳述羅廣斌的入黨、被捕入獄、出獄的良好表現，並用1960年以前重慶市對其的三次正面審查結果，證明「羅廣斌同志的歷史是鮮紅的」。之後，又通過發表羅、楊二人向電影《紅岩》提意見的《分歧何在》，作爲60年以後的羅廣斌與「反革命修正主義文藝黑線作鬥爭的鐵證」。〔註56〕

《紅岩》的責任編輯張羽寫了《不許污蔑〈紅岩〉》，爲小說、小說作者、小說編輯和出版社辯護。首先是以自己親身經歷爲依據，將小說《紅岩》與沙汀、馬識途、任白戈、肖澤寬等昔日的組織者、指導者、幫助者脫鉤，並近乎「詭辯」地指出：小說的「組織者是廣大革命群眾」。他甚至抹除了自己爲《紅岩》增補了2萬多字的辛勞〔註57〕，指出「如果說出版社也做了一點工作，也只是……和作者做了點聯繫工作」。其二，他反覆強調「小說《紅岩》不僅不是周揚黑線的產物，相反的，它是和周揚黑線進行針鋒相對的鬥爭的產物」，並列出三大證據：一是《紅岩》出版時，《人民文學》拒絕發表，《文藝報》表現冷淡；二是王杰、歐陽海等英雄人物給予《紅岩》極高的評價；三是與電影《紅岩》的分歧。今天看來，無論是反對羅廣斌和《紅岩》，還是爲他們辯護，都有不少失實之處，但正因爲如此，我們才能感受到中國青年出版社唇亡齒寒的強烈危機感。

爲《紅岩》辯護的還有由四川大學「八‧二六戰鬥團」及其主辦的小報《軍工井岡山》。1967年10月，楊益言棲止於「八‧二六」掌權的四川大學。1968年3月上旬，《軍工井岡山》決定爲羅廣斌翻案。今日重看《軍工井岡山》1968年第二期，發現其策略：一是刊登反對派性鬥爭的領袖語錄，作羅廣斌冤死派性鬥爭的理解。二是刊登江青和姚文元對《紅岩》的關心和各類正面

---

〔註55〕《紅岩戰報》第1期，1964年4月15日。本期相關文章如下：1.本報訊《憤怒的控訴！》；2.《妖霧彌漫壓山城——向首都革命群眾彙報重慶地區資本主義復辟情況》；3.楊益言：《揭穿謀殺羅廣斌同志的陰謀》；4.胡蜀興：《羅廣斌同志是被敵人謀殺的！》；5.張羽：《不許污蔑〈紅岩〉》。

〔註56〕《紅岩戰報》第2期，1964年6月5日。

〔註57〕錢振文：《〈紅岩〉是怎樣煉成的》，北京大學出版社2011年版，第153～154頁。

批示，營造政治高層支持的氛圍；三是用原重慶市委組織部副部長的背書，
為羅廣斌的歷史去污證明。〔註 58〕四是刊出「評山城羅廣斌之死」的四篇系
列評論：把羅廣斌之死、《紅岩》受辱視作四川重慶當權派挑唆派性鬥爭和破
壞文革的結果。其中楊益言所著的《關於小說〈紅岩〉──四評山城羅廣斌
事件》著重為《紅岩》恢復名譽。他用作品細節強調小說「無處不洋溢著對
毛主席和毛主席的黨無限熱愛，無限忠誠。」對於小說敘述和歷史本事之間
的差異和裂痕，他在毛澤東關於文藝作品「更高、更強烈、更有集中性，更
典型，更理想，更帶普遍性」的論斷中找到了有力論據，堅持認為《紅岩》「不
但應當描寫一個典型的獄中環境，還應當給它配上一個典型的合乎歷史發展
的域外背景。」不僅如此，他還認為如果不按照歷史「本質」敘述歷史，才
是真正的「隨意塗改歷史」！〔註 59〕

此時，挺羅、《紅岩》與反羅、《紅岩》的力量，相持不下，輪番在各自
的陣營中上演憤怒和悲情。而高層的干預，最終還是為這場表面是個人和小
說的榮譽之爭，內裏卻是造反派權力之爭的戰鬥，畫下了休止符。1968 年 3
月初，「中央文革領導小組」在北京為四川辦了「毛澤東思想學習班」。3 月
15 日，在中央領導人接見四川省革命委員會籌備小組和相關部隊領導人的會
議上，江青異常表態：「因為一個劇叫我調查，華鎣山我做了調查，碰見鬼，
根本沒有這麼回事，羅廣斌是羅廣文的弟弟，有人替他翻案，我們根本不理
他。華鎣山游擊隊，根本糟得很，叛徒太多了。」〔註 60〕3 月 18 日，在成都
傳達江青講話後的當晚，楊益言就被川大「八·二六」驅逐，並受到四川大
學革委會關押審查。《紅岩》成為一個燙手山芋，《紅岩》的京劇衍生文本也
不再有人提及。

綜上所述，當我們試圖從激進文化力量進行文化思想整合的角度，去理
解《紅岩》改編時，也必須避免簡單化思維：即將政治文化固化為一個政治
決策上傳下達，各種社會力量被動應承、接受的單向度場域；且在此場域中，
政治文化能量的傳遞被視作高效無損耗的過程。因此，此一文化思想整合的
複雜性必須敞開，其內部存在的不同力量、不同傾向以及由此造成的曲折過

---

〔註 58〕 雷雨田：《羅廣斌同志的歷史審查情況》，《軍工井岡山》1968 年第 2 期。

〔註 59〕 《關於小說〈紅岩〉──四評山城羅廣斌事件》，《軍工井岡山》1968 年第 2
期。

〔註 60〕 《中央首長接見四川省革籌小組領導成員的指示》，載宋永毅：《中國文化大
革命文庫》，香港中文大學中國研究服務中心 2002 年版。

程、能量損耗，必須給與細緻清理。有鑒於此，對於《紅岩》的樣板戲改編失敗，地方性因素的影響便是我們不得忽略的重要因素。

通過上文梳理，我們得以看到：在最終否定《紅岩》之前，江青也曾有過對其的重視和維護。但在四川、重慶地區激進勢力相互傾軋攻訐中，她意識到羅廣斌的「歷史問題」和《紅岩》涉及的川東地下黨史事，將始終影響著對《紅岩》及衍生文本的評價。她擔心京劇《紅岩》被牽連，更驚懼樣板戲的正面形象和自己的革命地位被動搖。她最終拋棄排練成熟的京劇、罷黜名聲彰著的小說，亦可視爲歷史風流人物面對動盪歷史趨勢時的無奈屈就。1974 年，初瀾一邊高歌京劇革命「經過十年奮戰，取得了偉大勝利。」一邊痛陳「遇到的困難和阻力特別大，所花費的氣力也特別大」。〔註61〕這其中或許也有《紅岩》改編失敗所帶來的遺憾。

## 3.2 超常的陟絀：1966 年前後的《歐陽海之歌》評判

1980 年代初的幾部文學史，對待《歐陽海之歌》這部發行量超過二千萬冊的小說的態度是冷淡的。在「撥亂反正」的時代氛圍中，二十二院校編寫的《中國當代文學史》（1981）、吉林省五院校編寫的《中國當代文學史》（1984）、王慶生主編的《中國當代文學》（1984）對其未置一詞。張鐘的《當代文學概觀》（1980）稱其「一時很有影響」，卻「受潮流左右」；張炯等人的《中國當代文學講稿》（1983）明指其「帶有『突出政治』那種『左』的思想的印記」；郭志剛的《中國當代文學史初稿》雖然肯定了小說對英雄成長過程的描寫細緻生動，但仍然強調「存在錯誤路線干擾的明顯痕跡」。此種態度在新啓蒙主義思潮和「純文學」文學史觀影響下的文學史著中得到繼承，如陳思和的《中國當代文學史教程》，仍以沉默的方式將之歸入到「從今天的立場來看不值得保留的作品」。〔註62〕董健的《中國當代文學史新稿》雖有專節介紹，但認爲其在「文革初期的小說領域具有樣板的意味」，大概亦屬於「很少得到審美的享受，特別難以得到在審美中對社會、人、自我的體驗」的那一類。〔註63〕可以說，在大多數當代文學研究者心中，《歐陽海之歌》基本上被

〔註61〕初瀾：《京劇革命十年》，《紅旗》1974 年第 4 期。
〔註62〕陳思和：《中國當代文學史教程.前言》，復旦大學出版社 2005 年版，第 9 頁。
〔註63〕董健、丁帆、王彬彬：《中國當代文學史新稿》，北京師範大學出版社 2011 年版，第 260 頁，緒論第 19 頁。

視為一個特殊歷史階段內經激進文化機制扭曲運作而小概率出現的流行讀物，一經認定其政治本質即可棄之如履。

純文學解讀山窮水盡之處，便是歷史化研究尤其是文學機制研究的柳暗花明之時。問題在於如何對其進行歷史化解讀？在或固化、或翻轉文學史的現成認知外，會否存在更新穎更具說服力的敘述可能？孟繁華曾從神話修辭的角度，在《歐陽海之歌》的人物塑造與革命年代的英雄崇拜之間建立起互文關係〔註64〕，呂東亮進一步從軍隊文化的權威性等方面，顯豁小說的隱喻意味。〔註65〕但海外研究者何以視此小說為「『文化大革命』狂熱的不祥前兆」〔註66〕？本文認為僅從「修辭和敘事」的角度去看它的「成功」或「失敗」是不夠的，最好能將之事件化——把它視作激進歷史時空中不同政治文化力量角力和運作的過程和結果，並藉此將「革命中國」和「社會主義文學」內部的豐富性和矛盾性呈現出來。因此首先要追問的是哪些政治文化力量參與了《歐陽海之歌》的評價，它們之間以何種關係、方式造就了《歐陽海之歌》的暢銷。此外，如王奇生曾指出：革命的連續與遞進如高山滾石。〔註67〕在一個權力結構和文藝標準均劇變不定的時代中，既然連《智取威虎山》、《紅燈記》等樣板作品，都必須經歷長時間的反覆修改後才公開出版，那麼近乎偶然成功的《歐陽海之歌》，又怎可能長久佔據文學舞臺的中心位置？洪子誠發現卻並未解釋為何「激進力量並不認可這部不是由己培育的『樣板』」，也未說明作品何處以及為何「並不完全符合激進派確立的規範」。〔註68〕因此，作品究竟深處何種政治文化結構，哪些因素可能導致作品遭遇危險的闡釋，又是何種政治文化邏輯和文學機制導致《歐陽海之歌》迅速跌落神壇，都值得繼續探討。

---

〔註64〕 孟繁華：《〈歐陽海之歌〉的修辭》，《創作評譚》1998 年第 2 期。此文觀點在其編著《中國當代文學發展史》中有所發揮。

〔註65〕 呂東亮：《〈歐陽海之歌〉與「文革」文學的發生》，《文學評論》2012 年第 2 期。

〔註66〕 〔美〕R.麥克法誇爾，費正清：《劍橋中華人民共和國史》下卷，中國社會科學出版社 1990 年版，第 781 頁。

〔註67〕 王奇生：《高山滾石：二十世紀中國革命的連續與遞進》，《華中師範大學學報》2013 年第 5 期。

〔註68〕 洪子誠：《中國當代文學史》（修訂版），北京大學出版社 2007 年版，第 175 頁。

### 3.2.1 熱議：民衆與文藝界的閱讀反饋

1965 年 6 月 1 日，擔任廣州軍區政治部文藝創作組創作員的金敬邁的長篇處女作——《歐陽海之歌》在《解放軍文藝》上選載面世；7 月，又在上海《收穫》雜誌第 4 期全文發表；經少量修改後，於同年 12 月由解放軍文藝社出版。初版《歐陽海之歌》，由部隊建制的 2207 工廠印製，印數 5 萬冊，待到次年 4 月該廠依此版重印 10 萬冊，兩者相加的初版發行量共計 15 萬冊。〔註 69〕15 萬冊的印數，在此後千萬級印數面前實屬小巫見大巫，即使相較於同期出版的《豔陽天》第一卷（農村版）40 萬冊的首次印刷量，也顯得過於保守。

此時山雨欲來，多次被高層批評且經歷反覆整頓的文藝部門變得異常謹小慎微，連深受民衆歡迎的浩然都抱怨《豔陽天》缺少充分的報刊關注和權威評論。〔註 70〕對《歐陽海之歌》的審慎態度，也是情有可原。但如若就此認爲「那時人心惶惶，人們已無暇顧及」〔註 71〕，卻並不準確。

這部描寫廣州軍區普通士兵歐陽海在毛澤東思想引領下茁壯成長，最後爲防止列車出軌而英勇犧牲的故事，一經出版即點燃了民衆的閱讀熱情。全國各地出現了排隊購書的長龍，連派駐西南三線建設委員會擔任第三副總指揮的彭德懷，也細讀了小說三遍，留下了 1800 多字的讀書筆記。〔註 72〕時任國家主席劉少奇得知《歐陽海之歌》只印了 15 萬冊，殊覺可惜，認爲印 1500 萬冊也不多。〔註 73〕其後，《歐陽海之歌》果眞就在各地不斷的重印中，一次次刷新了其他文學作品難望項背的發行數量。正如 1966 年 2 月一篇綜述《歐陽海之歌》反響的文章所說：「《歐陽海之歌》出版以來，受到廣大讀者的熱烈歡迎，他們紛紛向報刊編輯部寫稿、寫信，暢談自己讀後的感想。《人民日報》、《解放軍報》選登了小說的某些章節，並加了按語。《人民日報》、《文藝報》、《文學評論》、《收穫》、《光明日報》、《羊城晚報》等報刊都刊登了評論文章或座談紀要，一直認爲這是一部具有重要意義的好作品。」〔註 74〕

〔註 69〕 李傳新：《金敬邁的第一部長篇小說《歐陽海之歌》》，《出版史料》2012 年第 4 期。

〔註 70〕 梁秋川：《曾經的豔陽天——我的父親浩然》，團結出版社 2014 年版，第 89 頁。

〔註 71〕 李傑俊：《浩然的尷尬文學史地位》，《文藝爭鳴》2014 年第 3 期。

〔註 72〕 董保存：《彭德懷批註小說〈歐陽海之歌〉》，《黨史博覽》2003 年第 2 期。

〔註 73〕 金敬邁：《好大的月亮好大的天·代前言》，中國電影出版社 2002 年版，第 5 頁。

〔註 74〕 《一部閃耀著毛澤東思想光輝的好書——關於〈歐陽海之歌〉的讀者反映和評論綜述》，《解放軍文藝》1966 年第 3 期。

　　當然，即使同處文藝批評界，在評論《歐陽海之歌》時，也總是攜帶各自的關注和焦慮。

　　比如文藝批評家和文藝主管部門的反應雖很及時，卻也講究分寸。1965年 10 月，《收穫》副主編以群撰文爲小說搖旗吶喊：「長篇小說《歐陽海之歌》是在眞人眞事的基礎上，進行藝術概括和藝術加工，而寫成的一部優秀文學作品。」〔註75〕1966 年 1 月 18 日，《人民日報》發表《文藝報》青年評論員閻綱的文章《當代英雄的典型形象》，稱《歐陽海之歌》是在「學習王杰」的大潮下出現的「一部革命英雄主義的樂章」。可以看到，周揚等主持的文學界對《歐陽海之歌》的反應是敏銳的，好評不斷加碼但又拿捏分寸，譽而不過。而這恰恰暴露了風雨飄搖的文藝界既想主動樹立典型又怕言多有失的困境。

　　3 月 26 日劉白羽親自撰寫的評論文章發表在《人民日報》上，它拔高了調門，稱小說是「毛澤東思想在文藝戰線上的巨大勝利」；「是一座新的里程碑，標誌著我國社會主義文學進入一個新的歷史階段」。〔註76〕與聚焦英雄特質和成長道路的時評不同的是，劉白羽從更專業的角度探討了小說成功的重要原因：一是在思想上，「著力於追求所以能壯麗犧牲的巨大思想源泉」；二是在藝術上，「每一個眞實的細節，又都統一在一種非常鼓舞人心的、豪邁的、理想的光輝之中。」被認爲「在作協的歷次政治運動或寫作實踐中」「革命色彩都很強」〔註77〕的劉白羽，已於 1965 年 5 月升任文化部副部長、8 月又擔任作協黨組書記。其親自撰文盛讚一位文壇新秀，不僅有發現新的工農兵作家之意，也可視爲中國作協新領導班子自證成績的一次嘗試。

　　以耳聾眼疾爲由請辭一切職務的郭沫若，也讀完了這部長篇小說。他爲人民文學出版社 1966 年 4 月版的《歐陽海之歌》題寫了書名，還以 5000 字篇幅的《毛澤東時代的英雄史詩》爲「《歐陽海之歌》的成就和意義」背書，稱它「是毛澤東時代的英雄史詩，是無產階級革命的凱歌，是文藝界樹立起來的一面大紅旗，而且是延安文藝座談會以來的一部最好的作品，是劃時代的作品。」〔註78〕1966 年 4 月 14 日，全國人大常委會第三十次（擴大）會議

〔註75〕 以群：《共產主義英雄的頌歌——喜讀歐陽海之歌》，《解放軍文藝》1966 年第 1 期。

〔註76〕 劉白羽：《〈歐陽海之歌〉是共產主義的戰歌》，《人民日報》1966 年 3 月 26 日。

〔註77〕 楊匡滿：《難忘的 1966》，《報告文學》2006 年第 3 期。

〔註78〕 郭沫若：《毛澤東時代的英雄史詩——就〈歐陽海之歌〉答〈文藝報〉編者問》，《文藝報》1966 年第 4 期。

上，郭沫若一邊否定了自己的創作〔註79〕，一邊向與會者熱情推薦了《歐陽海之歌》，稱其「把一直到一九六二年止，所有的黨的方針、政策，把主席的思想，差不多都容納在這一部長篇小說裏面。」〔註80〕5月，郭沫若餘興未了，再次揮就長詩一首《水調歌頭・讀〈歐陽海之歌〉》，發表在《解放軍報》的頭版。〔註81〕40年代他曾經在趙樹理的小說中，發現了實踐毛澤東延安講話的最佳示範；此時又在金敬邁的小說中，看到了在個體靈魂深處爆發革命的理想樣板。在他看來，如果說趙樹理等延安作家實現了「寫工農兵」的目標，那麼《歐陽海之歌》則可能完成「工農兵寫」的宏願。

## 3.2.2 推崇：部隊政治文化力量的先導

但不得不說，上述文藝界對小說的讚美，不過是「拾人牙慧」。因為在推崇《歐陽海之歌》的諸多力量中，部隊政治文化力量可謂用力最勁、成效最著。

傅鍾曾在1949年第一次文代會上《關於部隊的文藝工作》的報告中指出：「中國人民解放軍從建軍以來就重視文藝工作」。〔註82〕也有研究者表示：「建國以後，最早發出創造新英雄人物的大聲疾呼，來自部隊文藝工作者。」〔註83〕部隊文藝管理者們對「英雄」形象的期待已久。當《歐陽海之歌》橫亙於前，部隊政治文化力量便迅速就價值判定、地位賦予、原因追溯等方面給出了答案。

首先，是大幅提高了《歐陽海之歌》的意義和價值。

1966年1月9日，《人民日報》轉載了小說部分章節時，還只是說：「它是近年來我國文學藝術工作者進一步革命化、貫徹執行毛澤東文藝路線所取得的新成果之一。」〔註84〕而真正為《歐陽海之歌》帶來至高榮耀的，是來自國家領導人和地方軍政領導人的褒獎。1966年2月24日晚，時任政治局委員、國務院副總理陳毅，南方局第一書記、解放軍廣州部隊第一政委的陶鑄一起接見了金敬邁。會上陳毅稱《歐陽海之歌》「成功地塑造了一個在毛澤東

---

〔註79〕郭沫若：《向工農兵學習，為工農兵群眾服務》，《光明日報》1966年4月28日。
〔註80〕郭沫若：《向工農兵學習，為工農兵群眾服務》，《光明日報》1966年4月28日。
〔註81〕郭沫若：《水調歌頭・讀〈歐陽海之歌〉》，《解放軍報》1966年5月17日。
〔註82〕傅鍾：《關於部隊的文藝工作》，《中國人民解放軍文藝史料選編（紅軍時期）》（上冊），解放軍出版社1986年版，第21頁。
〔註83〕朱寨：《中國當代文學思潮》，人民文學出版社1987年版，第141頁。
〔註84〕《歐陽海之歌》（選載），《人民日報》1月19日。

思想教導下，提高了階級覺悟，完全沒有個人主義，見義勇為，什麼都無所畏懼的英雄形象」。陳毅也最先指出小說「是我們文學創作史上的一塊新的里程碑。」〔註85〕從此，「里程碑」就成為評價《歐陽海之歌》的常用語，並為劉白羽、郭沫若以及批評界所襲用。

除了會議上的褒獎，陶鑄還希望借助小說在解放軍廣東部隊掀起新的一輪思想政治教育。1960 年代，宣傳英雄、學習英雄蔚然成風，其中尤以部隊為全社會提供了最多的英雄人物，如雷鋒、「南京路上好八連」，謝臣、廖初江、黃祖示、豐福生、王杰、麥賢得、劉英俊和蔡永祥等。歐陽海犧牲後，也迅速成為廣州部隊重點推介的軍人楷模。1964 年初，歐陽海被地方部隊授予一等功和「愛民模範」稱號，其生前所在班也以其名字改為「歐陽海班」，朱德、董必武等軍政高級領導分別題詞，號召大眾學習歐陽海的英雄行為。《南方日報》、《人民日報》發表了金敬邁領銜署名的採訪報導《共產主義戰士歐陽海》〔註86〕，《解放軍文藝》發表了報告文學《歐陽海》〔註87〕，湖南人民出版社還出版了報告文學和故事集《歐陽海》〔註88〕。時隔兩年，歐陽海因為小說再度成為社會各界津津樂道的榜樣——下立軍功（歐陽海）、下獲文名（金敬邁），上皆與有榮焉。更重要的是，在陶鑄看來，歐陽海「不圖名、不圖利、不怕苦、不怕死，一心為革命，一心為人民」，更是「社會主義革命和社會主義建設」非常需要的高貴品質。〔註89〕這次接見後，陶鑄要求所屬部隊必須組織讀小說、學英雄，並「與貫徹執行突出政治五項原則聯繫起來，與掀起活學活用毛主席著作的新高潮聯繫起來」。〔註90〕

其二，它還促成文壇關注焦點從闡釋英雄個人特質轉變為對英雄思想源泉的追問。在《解放軍報》、《解放軍文藝》等刊物的引導下，《歐陽海之歌》成功的關鍵從「塑造英雄人物」，迅速轉移到「突出政治」。

起初，對英雄榜樣作用的實用主義解讀佔據更多版面。比如以群在評論

〔註85〕《陳毅、陶鑄同志在接見〈歐陽海之歌〉作者時談社會主義文學創作的一些重要問題》，《人民日報》1966 年 2 月 27 日。

〔註86〕敬邁、艾蒲、永銘等：《共產主義戰士歐陽海》，《人民日報》1964 年 2 月 7 日。

〔註87〕白嵐、孫輯天、廖永銘等：《歐陽海》，《解放軍文藝》1964 年第 3 期。

〔註88〕《歐陽海》，湖南人民出版社 1964 年版。

〔註89〕《陳毅、陶鑄同志在接見〈歐陽海之歌〉作者時談社會主義文學創作的一些重要問題》，《人民日報》1966 年 2 月 27 日。

〔註90〕《〈歐陽海之歌〉是宣傳毛澤東思想的好作品》，《光明日報》1966 年 3 月 2 日。

中稱小說：「確實不愧為一部團結人民，教育人民，鼓舞革命人民的鬥爭，進行興無滅資鬥爭的優秀的社會主義文學作品。」〔註91〕《人民日報》、《解放軍文藝》、《文藝報》等反覆刊載的，也多是民眾和軍人學習歐陽海先進事蹟的心得體會。以《文藝報》為例，從 1965 年第 11 期的專欄《五好戰士談〈歐陽海之歌〉》，到 1966 年第 1 期的專欄「推薦長篇小說《歐陽海之歌》」，再到 1966 年第 2 期的「讀者論壇」，強調的基本都是英雄榜樣對現實革命鬥爭的重要示範作用。

但是如此轟動的文學作品，既為文化整合提供重要資源，也給文化整合提出難題。因為文學文本的複雜性，它在宣揚意識形態的同時也可能逸出意識形態。因此，對革命英雄的讚美，不應有頌揚個人主義的嫌疑，而應廁身於所處時代最偉大的思想引導之下。這是 20 世紀 60 年代小說家和報刊編輯深諳的政治倫理。於是，1966 年 2 月 19 日，《解放軍報》特意選登了小說中關於歐陽海購買《毛澤東選集》的章節，並在編者按中指出：「這是一部高舉毛澤東思想偉大紅旗，突出政治的好作品。」

我們還可以從金敬邁一週之內所寫的兩篇創作談中，再次看到宣傳重心的轉移。2 月 26 日《羊城晚報》登載的《〈歐陽海之歌〉的醞釀和創作》，整個文章是按照「學習英雄，理解英雄，表現英雄」三個章節為框架予以展開的。〔註92〕形成對照的是，3 月 1 日《解放軍報》發表的《做毛澤東思想的宣傳員》，雖內容和結構大體相仿，卻被編者特意添加了體現毛澤東思想重要性的三個小標題：「一、社會主義時代的新人是用毛澤東思想武裝起來的人」；「二、社會主義時代的英雄是在毛澤東思想哺育下成長起來的」；「三、寫英雄人物是為了歌頌我們偉大的時代，偉大的黨，歌頌毛澤東思想的無比威力」。〔註93〕除此之外，《解放軍文藝》特意發表了一篇「本刊評論員」文章，它承接了「里程碑」的說法，卻提綱挈領地指出：「《歐陽海之歌》的成功之本是什麼呢？是毛澤東思想，是突出政治」。〔註94〕

---

〔註91〕 以群：《共產主義英雄的頌歌——喜讀歐陽海之歌》，《解放軍文藝》1966 年第 1 期

〔註92〕 金敬邁：《〈歐陽海之歌〉的醞釀和創作》，《羊城晚報》1966 年 2 月 26 日，此處引自《人民文學》1966 年第 5 期。

〔註93〕 金敬邁：《做毛澤東思想的宣傳員》，《解放軍報》1966 年 3 月 1 日。

〔註94〕 《突出政治社會〈歐陽海之歌〉的成功之本》，《解放軍文藝》1966 年第 4 期。相同觀點，另見仲正文：《突出政治，大寫英雄——評長篇小說〈歐陽海之歌〉》，《解放軍報》1966 年 5 月 17 日。其實文藝批評家馮牧 1966 年 2 月就曾

突出政治、學習毛著，既是新任務，也是舊命題。1960 年 9～10 月，中央軍委擴大會議強調指出「堅持在一切工作中用毛澤東思想掛帥，這是我軍政治思想工作的最根本的任務。」〔註95〕1966 年，「活學活用毛主席著作」等五條原則成為全軍工作的方針。〔註96〕從 1966 年 2 月至 4 月，《解放軍報》又先後發表 7 篇社論，一再重申「突出政治一通百通」等觀點。部隊文藝工作者創作的這部《歐陽海之歌》，其出版和評論恰恰就踩在幾個重要的時間節點上。因此，將歐陽海和《歐陽海之歌》的產生、成就均掛靠在突出政治、學習毛澤東思想的大樹下，雖然不符合金敬邁 28 天匆忙創作 30 萬字的創作實際，但卻能順應時勢地體現解放軍巨大的政治社會影響力。

### 3.2.3 修改：不同政治文化力量的競爭

《歐陽海之歌》帶來的轟動效應，也讓金敬邁進入了各種政治文化力量的考察和爭奪中。基於要在小說與革命樣板戲之間設置距離，又希望借機拉攏這位年輕的小說作者，江青通過中間人向金敬邁轉達了三條「非改不可」的修改意見：一是不要將歐陽海寫成職業乞丐；二是歐陽海的哥哥不能被拉去當壯丁；三是「最後四秒鐘」要改掉。〔註 97〕這也側面透露了激進文化力量對英雄人物的塑造規則，首先涉及個人職業、親屬命運和內心結構等方面的「純淨化」。

但上述修改意見卻沒有被金敬邁採納。這首先是因為金敬邁有自己的個性和對文藝創作的堅持，但其依據不是基於文學虛構的自主權，而是為了反覆呈現歷史演進的必然性。借用巴赫金的「成長小說」概念，1950 年代以來的《紅旗譜》、《青春之歌》、《紅岩》、《創業史》小說都具有強烈的現代特徵，因為這些小說中的主要人物「與世界一同成長，他自身反映著世界本身的歷史成長」，並「成為前所未有的新型的人」〔註98〕《歐陽海之

撰文多次強調「《歐陽海之歌》是一部突出政治的作品」、「體現了文學作者『三過硬』精神」，但沒有在文藝界及時獲得呼應。見馮牧：《文學創作突出政治的優秀範例——從〈歐陽海之歌〉的成就談『三過硬』問題》，《文藝報》1966年第 2 期。
〔註95〕《建國以來重要文獻選編》第十三卷，中央文獻出版社 1996 年版，第 745，750 頁。
〔註96〕《建國以來毛澤東文稿》第十一冊，中央文獻出版社 1996 年版，第 480 頁。
〔註97〕金敬邁：《好大的月亮好大的天·代前言》，中國電影出版社 2002 年版，第 6 頁。
〔註98〕《巴赫金全集》（第三卷），河北教育出版社 1998 年版，第 233 頁。

歌》亦屬此類。小說借鑒了蘇聯電影《雁南飛》主人公死前記憶閃回的蒙太奇手法，將歐陽海一生中的重要時刻以及英雄的指引和領袖的教導，都凝練在犧牲前的「四秒鐘」內的「想、看、聽、說」。楊義曾扼要指出：「文本的疏密度和時間速度所形成的敘事節奏感，是著作家在時間整體性下，探究天人之道和古今之變的一種敘事策略。」〔註99〕於金敬邁而言，其「天人之道和古今之變」乃是革命領袖思想必然推動英雄的生成。正如1966年底，金敬邁在廣州部隊學習毛主席著作積極分子代表大會上所說的：「在歐陽海犧牲前，利用那短短一瞬間，詳盡地揭示了英雄的內心活動。我們和英雄一起，回顧了他偉大的一生，回顧了他所走過的光輝的道路，這樣來充分說明，英雄能夠衝上前去推馬救車，完全是偉大的毛澤東思想所哺育的結果。」〔註100〕

其二，文藝界對小說藝術所心的肯定，也大大增加了作家的自信。如著名批評家李希凡就認爲「四秒鐘」的寫法對英雄、作者和讀者，皆有充分的正面價值。他稱其是「實際上都分明是對歐陽海所走過的英雄道路的得意概括，同時也是作者對自己創造這個光輝英雄形象的藝術方法的抒情的闡發，而對廣大讀者來說，這段話又可以說是理解歐陽海英雄形象的典型意義，理解《歐陽海之歌》的時代精神的一把鑰匙。」〔註101〕

其三，也是更重要的，金敬邁獲得了陶鑄的支持。據金敬邁回憶，陶鑄曾當場否決了修改《歐陽海之歌》的提議。他不僅認爲小說關於「最後四秒鐘」的描寫很精彩，還明確告誡金敬邁「不要改」的兩條理由：一是文藝作品沒有十全十美；二是「你是我的兵，我說了算」。〔註102〕當然，陶鑄與金敬邁的上下級關係，只是拒絕修改的一種說辭，背後還有一些其他因素。比如陶鑄擔任國務院副總理、中宣部長和中央文革小組副組長之前，陶與江青私交甚好，〔註103〕這爲兩者在《歐陽海之歌》上的矛盾作了一定緩衝。此外，陶鑄的革命資歷甚深，黨內級別較高，也「很講究輩分」，「在陶鑄的眼裡，

〔註99〕楊義：《中國敘事學》，人民出版社1997年版，第142頁。

〔註100〕金敬邁：《破私立公，爲革命而創作》，《人民日報》1966年12月5日。

〔註101〕李希凡：《社會主義時代精神的最強音》，《文藝報》1966年第1期。

〔註102〕金敬邁：《好大的月亮好大的天‧代前言》，中國電影出版社2002年版，第6頁。

〔註103〕權延赤：《陶鑄在「文化大革命」中》，中共中央黨校出版社1991年版，第95～98頁。

江青是比他小一輩的」〔註104〕，加之陶鑄性格強硬，所以未必處處顧及江青的領袖夫人身份。《歐陽海之歌》因爲陶鑄的支持而逃避了修改，這也說明此時不同政治文化力量之間有著旗鼓相當之勢。

然而當陶鑄在 1967 年初被當作黨內最大的「保皇派」打倒後，不同政治文化力量的平衡也被打破。與此同時更激進的文化力量再次表露出確立《歐陽海之歌》爲小說樣板的熱情，並繼續提出修改作品的要求。此時，因爲引用劉少奇《論共產黨員的修養》若干字句，《歐陽海之歌》已經成爲街頭造反派衝擊的對象。比如清華大學井岡山兵團辦的《井岡山》1967 年第 3 期就曾發文《從小說〈歐陽海之歌〉看〈修養〉的流毒》指出：「歐陽海正是看了這段《修養》以後……他敢于堅持眞理、敢於鬥爭的銳氣消失了」，產生了「放棄思想鬥爭的錯誤、糊塗思想」。特殊時代中，小說主人公的錯誤往往可放大爲作品乃至作者的錯誤。紅衛兵小報雖然只是民間出版物，卻可以代表官方容忍甚至縱容的聲音。此時小報畢竟還承認「《歐陽海之歌》是建國十七年來最成功、最好的一部小說」，但孰能肯定日新月異的革命情勢不會有呑噬小說和作者的這一天呢？這一次，失去了部隊政治文化力量庇護的金敬邁，開始對小說進行修改。正如金敬邁多年後自嘲：「不僅刪去了〈修養〉中的兩段引文，而且進行了批判。對『最後四秒鐘』的那點『愛』，也毫不痛惜地割掉了。」〔註105〕

金敬邁的「投誠」迅速獲得回報：修改受肯定，章節再次發表。刪去《修養》引文的第 8 章第 40 節《與人爲善》很快就在《人民日報》、《解放軍文藝》重新發表了。《解放軍文藝》在編者按中迴避了小說的引文問題，而將小說修改的原因歸結爲「根據讀者的意見和個人新的認識」。〔註106〕饒有意味的是，公開報刊《解放軍文藝》並未停止小說的修改步伐，它宣稱「作者還將在深入鬥爭生活的過程中，更廣泛地徵求讀者的意見，對《歐陽海之歌》全書作進一步的修改和加工。」可見，身處特殊時期，「修改」不僅是文學作品的處置方式，更是文學作品的存在狀態。即使《歐陽海之歌》這樣的「經典」作品，也始終只能停留在未完成狀態。

〔註104〕戚本禹：《戚本禹回憶錄》，中國文革歷史出版有限公司 2016 年版，第 553 頁。
〔註105〕金敬邁：《好大的月亮好大的天・代前言》，中國電影出版社 2002 年版，第 14 頁。
〔註106〕《「與人爲善」——長篇小說〈歐陽海之歌〉修改稿選載》，《解放軍文藝》1967 年第 6 期。

## 3.2.4 棄置：文學徵用的「中間」性

如上所述，「文革」文藝凋敝難產的現狀，滋生了對「十七年」文學的再整合——這才是《歐陽海之歌》發行上千萬冊，成為 60 年代乃至共和國歷史上最暢銷的小說之一的根本原因。《歐陽海之歌》的成功也成就了金敬邁的政治聲譽。如北京大學聶元梓等人貼出第一張大字報後，在 1966 年 6 月 2 日上午舉行的北大革命師生大會上，金敬邁就作為部隊文藝工作者代表發言以示聲援。〔註 107〕其後，金敬邁獲准進入中央文革小組來抓文藝口的工作。〔註 108〕1967 年「五一節」，金敬邁登上天安門，以「解放軍負責人」身份受到毛澤東接見。5 月 23 日，金敬邁還在首都紀念《在延安文藝座談會上的講話》發表 25 週年的萬人大會上發表講話。

然而，一顆冉冉升起的文學新星，卻在瞬間隕落。金敬邁的悲劇命運當然首先應由江青負責，他雖早有深陷政治漩渦的恐懼和準備，卻未料政治傾覆竟如此之速。除了金敬邁，中央文革下屬的各個組的負責人也都被一個個投進了監獄。〔註 109〕這恰恰應驗了穆欣的一句話：「在江青手下工作，誰也掌握不了自己的命運」。但與其將一切歸罪於江青的善變、刻薄，還不如視其為激進政治的本質使然。有研究者認為：「『文革』小組要的是權力，而不是思想改革。在爭奪權力的鬥爭中，文學和藝術並非是首當其衝的。」〔註 110〕所以，當金敬邁沒有為激進政治勢力帶來更大的權力，反而被誤以為要收集上級幽暗舊史並有可能從內部瓦解激進陣營時，一個只寫過一本小說的作家怎能逃脫被拋棄的命運？

但文學範疇的原因闡釋仍然不能輕易放棄。此時，《智取威虎山》、《紅燈記》等作品已獲「革命樣板戲」殊榮，被視為「偉大的毛澤東文藝思想擊潰反革命修正主義文藝黑線的第一批果實」。〔註 111〕它們借著 1967 年紀念毛澤

〔註 107〕金敬邁：《並肩戰鬥，粉碎黑幫》，《中國青年報》1966 年 6 月 4 日。
〔註 108〕賀捷生：《我們叫他老邁》，《好大的月亮好大的天·附錄》，中國電影出版社 2002 年版，第 300 頁。
〔註 109〕如辦事組的王廣宇、矯玉山、王道明、張根成、周占凱，記者站的徐學增，辦信組的楊松友，文藝組的李英儒，宣傳組的李廣文，理論組的楊永志，檔案組的王敬忠、朱波等人。王廣宇：《關於中央文革建立下屬機構的回憶》，《黨史博覽》2005 年第 11 期。
〔註 110〕〔美〕麥克法誇爾，費正清：《劍橋中華人民共和國史》，中國社會科學出版社 1992 年版，第 603 頁。
〔註 111〕文澤雨：《戰無不勝的毛澤東文藝思想萬歲——贊革命樣板戲的劃時代歷史意義》，《紅旗》1967 年第 9 期。

東《講話》25 週年而大受推廣、深入人心。《歐陽海之歌》縱然奮 1965～1967 兩年之餘烈，卻於事實、於名分皆不可能與「樣板戲」一較長短。因此，放棄金敬邁和《歐陽海之歌》，是激進政治力量可以承受的文化損失。

綜上所述，《歐陽海之歌》的成功帶有極大的偶然性——用筆誇張、人物單一是其藝術性不高的體現。但它卻在文藝界驚慌失措之時，憑藉一個極度純粹的烈士形象和對主導思想的頻繁徵引，獲得了廣泛的社會認可，同時也不可避免地使小說和作者身陷不同政治文化力量的激烈爭奪中，並由此帶來身份的漂移和地位的沉浮。這也意味著，金敬邁與《歐陽海之歌》這樣的作家作品之所以被「徵用」，並非其固有的某種屬性。所以，基於革命文藝的「純淨化」邏輯——在革命終極目標實現之前，任何時段都應當被視作革命歷史的中間物——那麼這種「徵用」必然帶有極大的偶然性和變動性。於是，那些起初被徵用的作品，也可能在日新月異的鬥爭形勢下淪為革命的對象。正如《歐陽海之歌》的作者，在詭譎多變的歷史語境中，見疑權威，歷經大起後大落，被徹底逐出權力和文化圈層；小說的影響力也為「革命樣板戲」所覆蓋。

## 3.3 追封的傑作：浩然的再發現與《豔陽天》的再評價

但凡精練的概括，往往有其武斷之處。無論是「八個樣板戲和一個作家」的比附，還是「魯迅走在金光大道」上的誇張，雖生動描述了文革文藝的貧瘠，在在顯示了人們對文革得勢者浩然的嘲諷，進而為新時期文學圓成自我提供了遠離和批判的對象，但「它畢竟不是在充分佔有材料和冷靜客觀的分析研究基礎之上的科學的概括，它所反映的還主要是當時人們對『文革』的感性的淺層次的認識」〔註112〕。而遺憾的是，進入 90 年代後，一些浩然及其作品的研究者不僅沒有反省反而承繼了上述判斷的草率粗淺，如「八億人民八個樣板戲，浩然走在金光大道上」〔註113〕、「一個作家八臺戲」〔註114〕、「『文革文學』的標本」……〔註115〕

〔註112〕劉景榮：《「八個樣板戲一個作家」說平議》，《河南大學學報（社會科學版）》2001 年第 5 期。

〔註113〕袁良駿：《「奇蹟」浩然面面觀》，《中華讀書報》1999 年 8 月 25 日。

〔註114〕周東江：《他的運氣為何這麼好？》，《文學自由談》1999 年第 5 期。

〔註115〕任玲玲：《浩然的政治化寫作及其歷史定位》，《文藝爭鳴》2015 年第 3 期。

時至今日，文學史中那個熟悉的「浩然」乃是 1970 年代文藝機制運作的結果。針對前述種種不實敘述，本文的任務首先就是細緻梳理浩然在 1970 年代初被「再發現」的時間節點和歷史細節，並在此基礎上繼續追問：其一，浩然之所以在 1970 年代重新走紅，這是「文革文藝」機制運作的客觀結果，還是激進文化力量的主動使然？其二，浩然的「再發現」必然導致官方意識形態對其「十七年」作品《豔陽天》進行再評價，那麼這種再評價與 1966 年前的評價斷續何在？其三，被「再發現」的浩然和《豔陽天》在激進文化陣營中究竟處於什麼樣的地位呢？簡而言之，本文旨在以浩然及其作品的文革遭遇爲個案，燭照 1970 年文學機制的幽深之處，投射共和國文學不同歷史階段之間的複雜關係。

## 3.3.1 1966～1970：並未中斷的寫作生涯

### 一、

「春風得意」，並不能準確形容浩然的文革歲月，其間的反復沉浮值得我們細緻清理。關於自身在文革期間的種種經歷，浩然在 1970 年代末及以後曾進行了多次回顧。

第一次是在 1978 年 9 月 18 日北京文聯恢復大會上所作的檢討。他說：「我從 1966 年「文化大革命」開始到 1976 年底，三十歲出頭的最好年華停下了筆，荒廢了五年之久，我是很痛惜的。於 1971 年 5 月又重回創作崗位，心裏興奮，勁頭很足。」〔註116〕此時，「四人幫」已經倒臺，作爲知名作家的浩然必然要經受文藝「歸來者」和新意識形態管理部門的審查。此次發言的主要內容包括兩個方面，即承認「文藝思想上受了毒害」和「工作上直接受到『四人幫』的利用」。爲了獲得組織和群眾的諒解，進而從種種政治污名中解脫出來，浩然將 1974～1976 年的經歷概括成從「受騙被利用」到「有所認識」的正向演進過程，但對自己在 1966 年之後的遭際所言甚少。

眞正開始觸及上述問題的，是作於 1980 年 12 月 27 日的《我是農民的子孫》。浩然在這篇回顧創作生涯的文章中指出：「從 1966 年到 1970 年底，這 5 年間，我跟全國所有的作家一樣，是在鬥批改、下放農村接受再教育中度過

〔註116〕浩然：《我的教訓》，《浩然口述自傳》，天津人民出版社 2008 年版，第 246 頁。

的，完全放下了筆。」〔註 117〕可如何「一樣」、「鬥批改和接受再教育」又是如何進行的，均語焉不詳。表面上是因爲浩然正在「寫一本十年回憶錄」，「這一節暫時從略」，但實質原因可能是剛剛度過當代文壇的猛烈抨擊、思想上不能和情感上不願將事實本末公之於眾。

雖然浩然所說的「十年回憶錄」最終並未出世，但他終究在 90 年代末留下了一部口述自傳。傳中寫到：「『文革』的鬥批改折騰我幾年，隨後像個廢物那樣被下放到房山縣周口店公社新街村，當一名接受再教育的對象。……」〔註 118〕觀其筆鋒所指，與其說是自陳生平，不如說是抒發不能寫作的遺憾。這也在在說明經過將近 20 年的「總結和認識」，浩然依然困惑在路上。

幸好浩然的日記、筆記經過其子梁秋川整理出版，再結合同時代相關材料，我們得以勾勒文革初期浩然的行止輪廓。

1965 年 11 月到 1966 年 6 月，浩然來到北京市懷柔縣得田溝村，隨工作隊開展「四清」工作。其後，浩然回到北京市文聯。此時文聯已進駐軍宣隊，他們看了浩然檔案後，評價「出身好，長期在農村寫作，群眾反映不錯」〔註 119〕。7 月 8 日，北京文聯革命委員會籌委會成立之際，浩然被推選爲副主任。7 月 26 日，文化部委派的新工作組主持重新選舉革委會籌委會，浩然任副主任。8 月 25 日，文聯選舉了正式的革委會，浩然高票當選副主任。此後，浩然還以北京市文聯革委會負責人的身份，帶領紅衛兵到天安門廣場接受毛澤東接見。

據浩然自陳：1966 年 11 月，文聯內部開始有大字報批評浩然；1967 年 1 月，北京文聯造反派聯絡站成立後，浩然受到批判。此時，不僅已經印刷完畢的《豔陽天》第三卷沒能發行，連第一、二卷也從新華書店下架。儘管某些歷史細節難以證實，但即便如此，浩然命運並未就此衰頹。很快，他先與李學鰲就成立了「紅色文藝戰士造反隊」；後又當選「向太陽革命造反兵團」組長和北京文聯革命大聯合委員會委員。1968 年 1 月 1 日，《人民日報》發表了浩然與李學鰲聯合署名的新聞特寫《聞風而動的人們》，這在當時足以視作權威意識形態在爲浩然的政治正確背書了。亂世中的浩然雖有漣漪，終未成

---

〔註 117〕浩然：《我是農民的子孫》，《浩然研究文集》，百花文藝出版社 1994 年版，第 22 頁。
〔註 118〕浩然：《浩然口述自傳》，天津人民出版社 2008 年版，第 182 頁。
〔註 119〕浩然：《浩然口述自傳》，天津人民出版社 2008 年版，第 241 頁。

波，連梁秋川也爲之驚歎不已：「到了 1968 年 6 月，運動已經進行兩年，在一般人的感覺裏，作家都應當是靠邊站等候審查的，而同樣是作家的父親，卻在臺上一年有餘」。〔註120〕

　　直到 1968 年 10 月，北京文聯撤銷後，浩然才來到西郊馬神廟的教育行政幹校，開始集中學習和「鬥批改」。中共九大向工農商學黨政軍民各方面、各單位都提出了「鬥、批、改」的任務，而「清理階級隊伍」是其重要內容。「在階級鬥爭擴大化和『天下大亂』的背景下」，「『清理階級隊伍』帶有強烈的主觀隨意性，往往成爲派性爭鬥、挾嫌報私、排除異己、打擊報復和處理一些『歷史問題』的堂皇理由」。〔註121〕但此間的浩然依然是比較幸運的，同事楊沫成了專案組審訊的對象，而浩然卻進入了專案組。儘管因替楊沫說話被撤銷了專案組的工作⑪，但並沒有從根本上動搖軍宣隊的信任。1969 年 5 月 31 日，當楊沫還深陷在革命群眾「專政」之時，浩然已經下放到房山縣勞動。雖名曰下放，浩然卻屢屢肩挑重擔：先是擔任周口店公社新街大隊下放幹部小組負責人；1970 年春節後，他又被借調到北京市革委會農村工作組協助工作；11 月，浩然被北京市革委會調回，並著手爲北京市大興縣大白樓村先進人物王國福撰寫傳記小說。

　　細緻羅列浩然的階段性生平，我們可以看到：浩然在 1966～1970 年底，雖受到一定衝擊，但從時間長度和所受影響程度上看與知名作家的普遍遭遇極不「一樣」。一方面作爲在一定範圍內（主要局限於北京文聯內部）受到衝擊的作家，浩然失去了進入中央文革小組文藝組甚至當選文藝組負責人的機會，其小說《豔陽天》也遭受下架、雪藏等不公正的待遇。另一方面，浩然畢竟不屬於「文藝黑線」人物，也不屬於被打倒的文藝界領導周邊的「黑幫分子」，其人未受到全國範圍的公開批判，其作品也沒有列入各種「毒草」名冊，這些爲 1970 年代浩然的再發現乃至被樹爲文藝標兵埋下了伏筆。

### 3.3.2 1971：《豔陽天》的重新「發現」

　　浩然借調到北京市革委會農村工作組協助工作，可以視爲在事實上重新進入文革政治文化體制。而在一個政治全方位統攝社會的時代裏，政治地位

---

〔註120〕 梁秋川：《曾經的豔陽天──我的父親浩然》，團結出版社 2014 年版，第 126 頁。
〔註121〕 《中國共產黨歷史第二卷（1949～1978）》下冊，中共黨史出版社 2011 年版，第 815～816 頁。

和政治名譽顯然爲浩然提供了重新創作的安全保障。作爲表徵，1970 年 8 月 23 日，浩然收到了《北京日報》的約稿，第二天又收到《光明日報》的約稿，1971 年 3 月寫出的小說《雪裏紅》也發表在當年《北京新文藝》（試刊）第 1 期。但浩然重新崛起的標誌，還是 1971 年 5 月《豔陽天》第三卷的出版和第一、二卷的再版。

《豔陽天》是浩然第一部長篇小說，「是作家在創作道路上的新的進展，也是目前長篇小說創作方面的一個新收穫」〔註 122〕，也是新時期以來的諸多當代文學史著部分肯定浩然創作成就的重要依據。《豔陽天》分爲三卷，雖都寫於「文革」前，1963 年 4 月，《豔陽天》第一卷修改稿交到人民文學出版社。1965 年上半年《豔陽天》第二卷的修改和出版耗時較長，人民文學出版社爲了避免政治錯誤，表現出對浩然和《豔陽天》的遲疑和猶豫不決。《豔陽天》第三卷發表於《收穫》1966 年第 2 期，可是送到新華書店待售時，卻因「文革」爆發，出版社不再公開發行。直到 1971 年 5 月，三卷本《豔陽天》方才完整面世。

或以爲因爲《金光大道》出版後，《豔陽天》才重見天日。實際上，《金光大道》第一部初稿完成時間是在 1971 年 11 月 2 日，到 1972 年 5 月份才由人民文學出版社和北京人民出版社同時出版發行。《豔陽天》復出的眞實背景其實是 1971 年 3 月在北京召開的出版工作座談會。

時至 1970 年底，中國的圖書出版情況令人堪憂。首先是出版機構和人員大幅下降。文革前，全國有出版社 87 家，10149 人，編輯 4570 人；到了 1970 年底，全國只有出版社 53 家，4694 人，其中編輯只有 1355 人。此時全國出版社總人數僅相當於文革前的 46.3%，編輯人員相當於 29.6%。其二是出版圖書數量減少，文藝所佔比例劇降。1966～1970 年，全國 49 家出版社共出版圖書（不包括馬恩列斯毛著作）2977 種，其中文學藝術 137 種，僅占 4.6%，而這 137 種作品中，屬於文藝創作（還包括了通訊報告、詩歌）等僅有 51 種。其三是大量圖書被封存。上海、江蘇、陝西、湖南等 17 個省市自治區封存圖書約 8000 種，33804 萬冊，全國約計封存圖書 57600 餘萬冊。其中江蘇封存圖書占總庫存冊數的 46.5%。〔註 123〕

---

〔註 122〕 王主玉：《評長篇小說豔陽天》，《北京文藝》1965 年第 1 期。
〔註 123〕 《1966～1970 年全國出版基本情況資料》（1971 年 5 月），《中華人民共和國出版史料》第 14 卷，中國書籍出版社 2013 年版，第 41～51 頁。

之所以召開出版工作座談會，表面上是爲了「認眞學習毛主席的有關指示，開展革命大批判」，實際上還是爲了改變文革爆發以來圖書出版凋零、文藝作品匱乏、文化幾近枯竭的局面。但眾所周知，新一代工農作家，雖被賦予厚望，其創作成績顯然不如人意。「文革」文藝難以爲繼，這就倒逼著將被冷藏多年的「十七年」知名作家再次納入到「文革」文藝生產的通盤考慮中來，一方面再版舊書，直接豐富「文革」文藝成果，另一方面再創新作，在「樣板戲」的引領下產出更符合「文革」意識形態的作品。

1971 年 3 月 15 日開始，爲期兩週的出版工作座談會在北京召開。會議重要內容之一是要求「各地推薦一些較好的新書和你們認爲可以重版或修改後重版的書目，並帶來各地在文化大革命期間自己出版的新書各三本」。〔註 124〕經過討論，座談會確定了清理文化大革命前出版的一般圖書的 10 條意見。其中第二、三條最適用於「十七年」期間出版反映社會主義建設的文藝作品。這兩條意見指出：要「把宣傳正確路線但存在一些缺點的，同宣揚錯誤路線的區別開來」；要「把努力塑造工農兵的英雄形象，但某些方面還不夠的，同專寫「中間人物」，歪曲、丑化工農兵形象的區別開來；把描寫革命戰爭，基本上是宣傳革命英雄主義和革命樂觀主義，但在個別問題上優缺點錯誤的，同宣揚戰爭恐怖、頌揚戰爭苦難的資產階級和平主義的區別開來」。〔註 125〕

浩然的《豔陽天》及其他作品，就在此一背景下被發現、再版、出售，進而獲得文藝界的再關注、再評論。這一時間點對浩然如此重要，以至於他在文革結束後的檢討中認定自己是在「1971 年 5 月又重回創作崗位」。〔註 126〕

### 3.3.3 1974：被追封的小說準「樣板」

1965 年，隨著《豔陽天》第二卷的出版，中國文壇曾掀起一場評論浩然和《豔陽天》的短暫旋風。1966 年後，文藝界對《豔陽天》的關注偃旗息鼓。1971 年 5 月《豔陽天》的再版，卻給文藝界帶來一個新問題，即如何評價這部「重放的鮮花」。

---

〔註 124〕《國務院關於召開出版工作座談會的通知》（1971 年 2 月 27 日），《中華人民共和國出版史料》第 14 卷，中國書籍出版社 2013 年版，第 40 頁。

〔註 125〕《出版工作座談會關於清理文化大革命前出版的一般圖書的若干意見》（1971 年 7 月 20 日），《中華人民共和國出版史料》第 14 卷，中國書籍出版社 2013 年版，第 74 頁。

〔註 126〕浩然：《浩然口述自傳》，天津人民出版社 2008 年版，第 246 頁。

一開始，文藝界的反應基本是沉默的。前文已述，《豔陽天》的再版歸功於出版工作座談會《關於清理文化大革命前出版的一般圖書的若干意見》，但這個意見明確提出是可以給有缺點的作品以公開發行、內部發行或修改重印發行的機會。也就是說，曾經下架封存的《豔陽天》即使再版，也仍然是一部存在瑕疵的作品。對待有瑕疵的作品，自然難以在本已蕭瑟不堪的評論界引發關注和討論。

從現有材料來看，我們無法獲知浩然對這種「沉默」的態度，但我們可以借他在 1965 年 6 月 13 日寫給好友楊嘯的一封信作一番推「古」及「今」。1964 年《豔陽天》第一卷印刷近百萬冊，它的農村版第一次印刷也達到 40 萬冊，但是評論界卻沒有及時給予重視。浩然對此極為不平，他在信中寫到：「我的作品過去沒有『轟動』過，以後也不會。我看透了，也想通了。過去曾因沒有得到表面上的『轟動』，沒有太多的評論惱過。」〔註 127〕1971 年的浩然大概亦是如此。

但《金光大道》所造成的轟動效應，卻迫使 1972 年的文藝評論界必須面對這部存有瑕疵的《豔陽天》，且必須在有瑕疵的《豔陽天》與體現浩然「無產階級文化大革命以後邁出的可喜的第一步」的《金光大道》之間，搭建起可以彼此通達相互解釋的橋樑。

馬聯玉對浩然創作的階段性劃分，很能代表時人對《豔陽天》的一般性態度。他認為迄至《金光大道》第一部，浩然創作可以分為三個階段：第一個階段是 1962 年以前，浩然寫了一百多個短篇，歌頌農村新人新事物，但題材較窄，沒有高度重視正確表現階級鬥爭的問題。第二個階段是 1962 年共產黨八屆十中全會後，浩然學習領會了毛澤東的「千萬不要忘記階級鬥爭」的號召，創作了以 1957 年農村階級鬥爭為主題的《豔陽天》，可惜其對路線鬥爭的刻畫還不夠自覺。第三個階段是文化大革命後，在毛澤東思想的教育、群眾鬥爭的鍛鍊和革命樣板戲的引領下，寫出了「自覺運用路線鬥爭的觀點來反映顯示革命鬥爭生活」的《金光大道》。〔註 128〕在馬聯玉作出的這副逐級而上的階段性圖示中，《豔陽天》「俯首甘為孺子牛」，而《金光大道》是以之為基石達成的一次大飛躍。

---

〔註 127〕梁秋川：《曾經的豔陽天——我的父親浩然》，團結出版社 2014 年版，第 89頁。

〔註 128〕馬聯玉：《社會主義道路金光大道——評長篇小說《金光大道》第一部》，《北京文藝》1973 年第 2 期。

但馬聯玉的這個圖示很快就被文革後期的文化政治所摒棄，1974 年對《豔陽天》的高度讚譽如同雨後春筍，覆蓋了《人民日報》、《光明日報》、《北京日報》、《天津日報》、《解放軍文藝》等重要媒體。

4 月 20 日《北京日報》首開先河。一篇署名洪廣思的文章稱《豔陽天》「比較深刻地反映了我國農村兩個階級、兩條道路、兩條路線的激烈鬥爭」，「塑造了蕭長春等具有高度階級鬥爭、路線鬥爭覺悟的無產階級英雄形象，是我國社會主義文藝創作的一個可喜的收穫。」〔註129〕5 月 5 日《人民日報》發表署名初瀾的文章，稱：《豔陽天》「是在我國文藝戰線上兩個階級、兩條路線激烈鬥爭中產生的一部優秀文學作品」，「深刻地反映了我國社會主義農村尖銳激烈的階級鬥爭」，「成功地塑造了『堅持社會主義方向的領頭人』蕭長春的英雄形象」。〔註130〕

與之相應的，是政治人物此時對浩然及其作品表現出了高度關切。據浩然自述，自 1974 年 1 月 24 日到 1975 年 9 月 17 日，江青與其會面四次，多次談及《豔陽天》這無疑透露了江青對《豔陽天》的好感。1974 年 1 月 28 日，浩然還被賦予重任——與詩人張永枚和記者蔣豪濟代表江青去西沙群島慰問前線軍民。浩然還回憶江青曾說：「浩然是一位執行毛主席文藝路線的好作家，好就好在是按《講話》精神一點一滴去做的，長期生活在基層，是一位高產作家。」〔註131〕雖說此論空泛，但當時文藝界的確再難找到這樣的作家了。

何以選擇此時推「浩然」為樣板？此等非常之舉，洪子誠認為：「這包含有在文學領域（小說）上推出『樣板』的考慮。」〔註132〕時至 1974 年，繼八個樣板戲之後，「革命樣板工程」另收穫了鋼琴伴唱《紅燈記》，鋼琴協奏曲《黃河》，革命現代京劇《龍江頌》、《紅色娘子軍》、《平原作戰》、《杜鵑山》，

〔註129〕 洪廣思：《社會主義農村階級鬥爭的畫卷——評長篇小說〈豔陽天〉》，《北京日報》1974 年 4 月 20 日。

〔註130〕 初瀾：《在矛盾衝突中塑造無產階級英雄典型》，《人民日報》1974 年 5 月 5 日。類似的文章還有聞軍：《一場復辟與反復辟的生死鬥爭——評長篇小說〈豔陽天〉》，《光明日報》1974 年 6 月 28 日；師鍾、石宇聲：《雷雨洗出豔陽天，烈火煉就硬骨頭——評長篇小說〈豔陽天〉》，《解放軍文藝》1974 年 7 月號；天津師院工農兵學員：《黨的基本路線教育的形象教材——評長篇小說〈豔陽天〉》，《天津日報》1974 年 8 月 8 日。

〔註131〕 浩然：《浩然口述自傳》，天津人民出版社 2008 年版，第 259～260 頁。

〔註132〕 洪子誠：《中國當代文學史》，北京大學出版社 2007 年版，第 175 頁。

革命現代舞劇《沂蒙頌》、《草原兒女》和革命交響音樂《智取威虎山》等作品，初瀾在《京劇革命十年》中高唱凱歌：「以京劇革命為開端、以革命樣板戲為標誌的無產階級文藝革命，經過十年奮戰，取得了偉大勝利。」〔註133〕從「文化自信」的角度來說，這是「革命樣板工程」從已獲成功的革命現代戲劇領域，向個人性更強因而更難以樣板化的小說領域進行擴展的努力嘗試。但事情也可以從反面予以理解：因創作、導演成本之巨、耗時之長、修改之反覆，作為「國家體制」下產物的樣板戲不可能大批量生產和複製，將「樣板化」的力量轉移到「小說」領域，有可能輕裝上陣開拓「文革」文藝新大陸。

### 3.3.4 從 1965 到 1974：關注焦點的位移

小說樣板化工程，既是源於「文革」文藝自身的發展，也是為了呼應現實政治風潮。此時，批判林彪「中庸之道」、肅清「階級鬥爭熄滅論」的時代任務，影響了《豔陽天》的關注點。雖然對京郊東山塢階級鬥爭形勢的描述、對工農兵英雄人物蕭長春「硬骨頭」精神的塑造等，仍是評論界不能忽視的重要內容。但特別之處在於：著重闡釋《豔陽天》的「兩條路線鬥爭」內容，並將「李世丹」形象作為反動路線代表加以強調。

此處所謂批判「反動路線」問題，乃是特定歷史階段的產物。1966 年 10 月 1 日，《紅旗》發表社論《在毛澤東思想的大路上前進》強調：「對資產階級反動路線，必須徹底批判。」其目的正如經典黨史著作所總結：「既是對『文化大革命』初期所定方針無限上綱的批判，也是向持有牴觸情緒的領導幹部施加更大的壓力。」〔註134〕事實上誠如浩然所言，《豔陽天》關注的是「兩條道路鬥爭」的問題，無論「土地分紅」還是「鬧糧」事件，其動機在於配合當時的反右鬥爭，打退「城市裏的一些牛鬼蛇神」、農村「那些被打倒的階級」對黨的進攻。〔註135〕由此可見，浩然對歷史的理解並不高明，斷不能在 1964 ～1965 年期間預見革命走勢。

至於鄉長李世丹這個形象，從其宣傳過渡時期總路線犯錯誤、疲於應付

---

〔註133〕初瀾：《京劇革命十年》，《紅旗》1974 年第 4 期。
〔註134〕《中國共產黨歷史第二卷（1949～1978）》下冊，中共黨史出版社 2011 年版，第 773 頁。
〔註135〕浩然：《寄農村讀者——談談〈豔陽天〉的寫作》，《光明日報》1965 年 10 月 23 日。

各種運動、不深入調查便輕信馬之悅來看，這是一個理論不能結合實際，教條主義而又缺乏政治敏感性的知識分子幹部形象。知識分子階層「是前二十七年文學中一直貶抑的一個階層，也是無產階級意識形態極力整合的一個階層」〔註136〕。李世丹問題不少但基本上局限於工作作風，便是小說處理上述矛盾的折衷呈現。與之同構的是，60 年代對《豔陽天》的諸多評論，關注李世丹形象者亦少之又少，將之上升爲路線鬥爭中「資產階級反動路線」的基層代表的觀點更是闕如。事實上，《豔陽天》畢竟不是圖解路線鬥爭的《金光大道》，它始終將蕭長春和馬之悅作爲小說的主要矛盾，這一點連初瀾、洪廣思們也並不否認，以至於他們試圖從李世丹這個人物形象闡釋出《豔陽天》的路線鬥爭內容，最終卻不得不透露出些許遺憾「對李世丹所執行的右傾機會主義路線的反動實質，還揭示的不夠深刻」（初瀾）、「對李世丹的描寫有些地方不夠統一」（洪廣思）。

在具體的文藝實踐中，「十七年」文學的某些文本被著意甄選出來，或進行改造使其變成「革命樣板作品」，或重新評論追封其爲經典傑作。這其中就包括1970 年代初對浩然這一「十七年」作家的再發現，及對其「十七年」舊作《豔陽天》的再認定。

但也不應過度高估當時對浩然的種種高評。在森嚴的文藝等級中，浩然之下，雖有廣大工農兵業餘作者、有《洪雷作戰史》這樣的「三結合」作品，再之下有被批判的「文藝黑線」人物，但是端坐頂端的只能是經過政治力量欽定和反覆加持的革命樣板戲。誠如1967 年第6 期《紅旗》雜誌發表題爲《歡呼京劇革命的偉大勝利》的社論所言：「它們不僅是京劇的優秀樣板，而且是無產階級的優秀樣板，也是無產階級文化大革命各個陣地上的「鬥批改」的優秀樣板。」這是浩然未必真心信奉但卻必須諳識的文藝原則，也正因如此，他不僅將《豔陽天》和《金光大道》的寫作成果，歸因於「一邊學習馬列主義、毛澤東思想，一邊運用革命樣板戲的創作經驗」，而且反覆向業餘作者強調：「我們學習的頭一條，就是要學習樣板戲忠實地、堅定不移地執行、實踐毛主席指引的革命文藝方向的革命精神。」〔註137〕

〔註136〕 惠雁冰：《論農業合作化題材長篇小說的深層結構》，《文學評論》2005 年第2 期。

〔註137〕 浩然：《漫談塑造無產階級英雄人物的幾個問題》，《浩然作品研究資料》，南京師範學院中文系資料室，1974 年，第14，18 頁。

　　此外，還有一個現象值得注意。從 1965 到 1974 年，評論界始終保留了對《豔陽天》細節描寫的批評，這也有助於我們精確定位浩然文化地位。1965年，王圭玉說：「某些不必要的細節描寫，反而沖淡了人物最閃光的部分。如團支書焦淑紅的形象……對她愛情生活的描述，卻有些多餘的筆墨、不必要的渲染。」江璞說：「在描寫其他人物、某些次要鬥爭時，進展太慢，致使主人公很久不能出場。」〔註138〕1974 年，初瀾說：「對落後人物著墨過多。」，洪廣思說：「情節拖沓。」這與其說是證實了浩然作品中某種顯著的缺陷，不如說是反證了這兩個時期共存的對文學進行強制規約的特點。它恰恰可以說明正因為「細節」、「多餘」、「慢」、「拖沓」，小說才有自己獨特的敘事節奏、敘事結構、敘事立場，從而拒絕或推延了政治意識形態對自身的「樣板化」。

　　如果再將上述批評與 1963 年文學界對浩然的讚美進行對照——「作者以他細膩的筆觸，刻畫了山鄉的特殊風貌、山民的某些特殊風習，細緻入微地剖析了他們的心理，多種多樣的展開了生活的畫面。作者飽含熱情，對他故鄉的一切都抱有極大的興趣，並保持著一種罕有的新鮮感覺。在它裏面，那迷人的南方景色、場會上的吵鬧、少女們的嬉笑、情侶間的蜜語，乃至草屋裏老家長的貌似威嚴的斥罵，都帶著詩情畫意。」〔註139〕我們更可以清晰目睹：文學評論話語在政治意識形態牽引之下日漸苛刻薄涼，而文學的真正藝術特色和價值追求也在此話語尺度下塵埋難彰。但另一方面，這也表明特定歷史階段的文藝機制始終未能實現對更具個人性和生活性的小說（也包括詩歌）的規訓和征服。在某種意義上，這也可以用來解釋為什麼新時期首先突破文革文藝藩籬的文類是傷痕小說（也包括朦朧詩）。

## 3.4　有限的「分裂」：70 年代對工人作家胡萬春的再評價

　　胡萬春，一九二九年生於上海市一個工人家庭。解放前生活困窘，只念過兩年書，十三歲當學徒，十七歲進鋼鐵廠當工人。〔註140〕自 1952 年在《文

〔註138〕江璞：《貧下中農的「硬骨頭」——評〈豔陽天〉中的蕭長春的形象》，《北京日報》1965 年 2 月 23 日。
〔註139〕中國科學院文學研究所：《十年來的新中國文學》作家出版社 1963 年，第 47 頁。
〔註140〕華中師範學院《中國當代文學》編寫組：《中國當代文學》（第二冊），上海文藝出版社 1984 年版，第 200 頁。

匯報》副刊上發表第一篇小說《修好軋鋼車》,他接連出版了中短篇小說集《青春》、《愛情的開始》、《特殊性格的人》、《家庭問題》等小說集和劇本。他的自傳體小說《骨肉》在 1957 年世界青年聯歡節舉辦的國際文藝競賽中獲得「世界優秀短篇小說獎」。有「鋼鐵聖手」之稱的胡萬春,曾是上海工人寫作中名氣最大的一位〔註 141〕。不過這位五六十年代紅極一時的工人作家,眼下卻難有人識。在中國科學院文學研究所 1963 年編寫的《十年來的新中國文學》中,胡萬春是首位被重點介紹的工人作家。〔註 142〕然而時過境遷,當下幾本重要的當代文學史著作,胡萬春的名字鮮有提及,甚至連「『工農兵作家』這個概念是否科學都是疑問」。〔註 143〕

　　本文並不試圖為胡萬春的創作背書或做翻案文章,畢竟文學史人物逐漸淡出人們的視野,自有其歷史原因和現實縱深。本文要追問的是:1975 年文革文藝的樣板刊物——《朝霞》,為何將已經重返工廠上班的胡萬春列入批判簿?本文認為這透露了「文革」激進勢力內部的群體矛盾,批判者隱秘的個人好惡和「文革」後期批評為表期待為裏的整合策略。這是「文革」文藝凋敝現狀的反映,同時也暗示了「文革」與「十七年」的複雜關係。

## 3.4.1 對《走出「彼得堡」》的錯位閱讀

　　1975 年第 3 期的《朝霞》雜誌發表了署名任犢的評論文章《走出「彼得堡」》,同年 4 月 12 日《人民日報》對其全文轉載,次年 7 月出版的《學習與批判》文藝叢書不僅借用其名,還將其置於全書首篇。此文縱橫捭闔、文采飛揚,很多年後仍有人對此記憶猶新,如蔡翔所言:「回到上海,《朝霞》是每期必買的,讀裏面的小說,也讀一個叫『任犢』的人寫的文章,《走出『彼得堡』》,名字就很響亮,文章也做得雄偉。」〔註 144〕也有一些人記住了它的張狂霸道以及對知識分子的侮辱和損害。如張育仁認為《走出「彼得堡」》的刊出,「成了鞭笞和侮辱作家藝術家乃至整個知識分子的咒語」,使「本來就被『文

〔註 141〕謝保傑:《十七年時期上海工人寫作的歷史描述》,《文藝理論與批評》2012年第 1 期。

〔註 142〕中國科學院文學研究所:《十年來的新中國文學（試印本）》,作家出版社,1963 年版,第 54 頁。

〔註 143〕楊匡滿:《那個年代的工農兵作家》,《上海文學》,2015 年第 3 期。

〔註 144〕蔡翔:《七十年代:末代回憶》,北島,李陀:《七十年代》,北京:生活·讀書·新知三聯書店,2009 年 7 月版第 337 頁。

革』鬥得七零八落、惶惶不可終日的作家、藝術家更是『夾緊了尾巴』」。〔註145〕

《走出「彼得堡」》雖與共和國的知識分子政策一脈相承，但對知識分子的貶斥更勝一籌。1968 年姚文元在《工人階級必須領導一切》中，尚且要求工人宣傳隊「團結、幫助那裡決心把無產階級教育革命進行到底的積極分子，聯合大多數群眾，包括有可能改造的知識分子」。〔註146〕然而在《走出「彼得堡」》中，知識分子群體連改造的資格也失去了，徹底「淪為」阻礙工人作者前進的「彼得堡」。此文顯然深深地刺痛了蟄伏在城鄉各個角落的知識分子，以至於「四人幫」甫一倒臺，文革尚未結束，就遭到了知識界的批判。

有人憤怒於知識分子改造帶來的「新變化」沒有得到應有的重視〔註147〕；也有人力圖證明知識分子是工農兵的同盟，而非對立面〔註148〕。知識分子們群情激憤，自是言之有據。一方面，此文當時影響巨大，「在當時名噪一時，『文革』後，又被認為是陰謀文藝迫害工人作者的『傑作』」〔註149〕；另一方面經歷了「聲名狼藉」的歲月後，知識分子必須強調自始至終的歷史主體性，為復歸政治舞臺尋找合法性。但如若知識分子的思考總是囿於自我視角，以政權／知識分子的二元關係去理解歷史，那麼《走出「彼得堡」》的主旨就難逃「否定知識分子」的老調重彈，而這顯然忽略了作者的良苦用心。其實知識分子不被信任早就是既成事實，真正讓「任犢」們憂心忡忡的是：取代知

〔註145〕 張育仁：《余秋雨：「文化苦旅」的一個重要缺環》，《重慶廣播電視大學學報》1999 年第 3 期；張育仁：《靈魂拷問鏈條上的一個重要缺環》，《四川文學》1999 年第 10 期。

〔註146〕 姚文元：《工人階級必須領導一切》，《紅旗》1968 年第 2 期。

〔註147〕 陳殘雲：《迎接勝利的春天——兼評〈走出「彼得堡」〉》，《人民文學》1977 年第 5 期。文章稱：「『四人幫』及其死黨、親信、打手和吹鼓手……對我們知識分子及文藝界的新變化故意避而不談，通通污蔑為「滿懷怨恨的資產階級分子」、「一批大大小小的『彼得堡』。這不僅明目張膽地否定了毛主席正確的知識分子政策，對革命的知識分子任意打擊和摧殘，而且否定了文化大革命的偉大成果。」

〔註148〕 姚春樹：《評〈走出「彼得堡」〉》，《福建師範大學學報》（哲學社會科學版）1977 年第 3 期。文章稱：「在『四人幫』及其吹鼓手看來，我國包括文藝界在內的革命知識分子，不僅不是社會主義革命和社會主義建設的基本力量，不僅不是工農的同盟者，相反的，他們竟是什麼『極端反動』的『包圍圈』，他們同包括『工農作者』在內的工農，竟是『天然對立』的，他們是腐蝕和毒害工農的黑色染缸，是毒菌的淵藪，是『臭老九』，是『專政的對象』。這顯然是對列寧給高爾基的信和偉大領袖和導師毛主席對我國社會主義時期知識分子的科學分析以及同我國文藝界知識分子現狀的惡毒篡改和歪曲。」

〔註149〕 吳中傑：《余秋雨與上海寫作組》，《南方週末》2010 年 2 月 25 日。

識分子進行人民文藝創作的工農作者已然變質,「逐漸離開了作爲一個工人的社會存在,『工人作家』裏的『工人』二字,僅僅變成了一個形式上的點綴,或者變成了一種歷史的回顧。」〔註150〕正如洪子誠所說:「文革」後期對工農作者「衝破資產階級知識分子的包圍圈」的再次呼籲,「洩露了他們對於『工農作者』是否能保持其『純潔性』的失望。」〔註151〕

　　當然,洪子誠的判斷也還有可以繼續討論的地方。即,《走出「彼得堡」》列出了兩類工人作者:一類是以胡萬春爲代表的十七年期間成長起來的工人作家。一類則是文革中新湧現出的業餘作者。文章精確打擊的是前者,他們「在黨的培養下成長起來的,而後又走過一段彎路」;而對於後者則是希望他們能夠吸取前車之鑒,「記取教訓」,「時時鞭策自己」。

## 3.4.2 作協體制的「進入」與「走出」

　　中國文學從「文學革命」走到「革命文學」,在某種程度上可以理解爲從知識分子啓蒙大眾,走向與大眾結合的過程。在40年代的延安邊區,要求作家與工農兵結合漸成常識,並在延安文藝座談會之後晉升爲指導文藝發展的核心原則。如毛澤東在1942年5月28日中央學習組上的報告指出:需要50年的過渡期以實現「資產階級、小資產階級出身的文藝家和工人農民結合的過程。」此文比《在延安文藝座談會上的講話》更進一步的地方在於:試圖解決「工農兵文藝」概念中,長期存在的「寫工農兵」與「工農兵寫」的糾葛,並預言後者將會成爲未來文藝的主要力量和主導模式。正如毛澤東所說:因爲「我們主要的基礎是在工農兵」,所以「將來大批的作家將從工人農民中產生」〔註152〕。

　　這一觀念在50年代得到了強化。既然新中國的政體是以工人階級領導和以工農聯盟爲基礎,那麼工農階級的代表性必須在意識形態尤其是文學藝術層面有所體現。但是因爲文學藝術的精英傳統和工農文化儲備的欠缺,工農作者不僅難入文壇,更難攀上高峰。如此一來,意識形態領域就會出現工農階級的代表性危機,進而也就意味著政權合法性出現了危機。從防止或克服

〔註150〕任犢:《走出「彼得堡」》,《朝霞》1975年第3期。正文中對此文的引用都來源於此出處,後不再贅述。

〔註151〕洪子誠:《中國當代文學史》,北京大學出版社2007年版,第177頁。

〔註152〕毛澤東:《文藝工作者要同工農兵相結合》,《毛澤東文集》第2卷,人民出版社1999年版,第430頁。

這種危機的角度，我們更能理解建立一支工人階級的文藝大軍的必要。〔註153〕

反映社會主義工業戰線矛盾鬥爭和建設成就的工人作家，就在這一時代潮流中應運而生了。比如 20 世紀 50 年代，工業發達的上海就產生了一個較有影響的工人作家群。評論家魏金枝就說過：「在我們上海，現在已經出現了一小群真正由工人出身的青年作者了⋯⋯自然還有比這更多一些的青年後備軍，但在不遠的將來，就一定會在我們文壇上顯露出他們崢嶸的頭角。這實在是上海文藝界的大喜事。」〔註154〕這些忙碌於生產一線，文化程度較低的普通工人，都因為平時喜歡閱讀、寫作而得到工廠推薦，當上了報紙、電臺的工農通訊員，並由此走上記者、編輯和專業作家之路。

作為工農文學新生力量，他們的成長首先離不開一些報刊編輯的發現和指導。早在 1953 年，《勞動報》就開始組織工人作者學習班，《解放日報》也辦起了工人通訊員學習班。包括胡風、柯藍、葉以群、靳以、魏金枝、菡子、王若望、趙自、阿章、唐鐵海、茹志鵑等很多作家，都擔任過輔導員。〔註155〕比如上海第二鋼鐵廠軋鋼工人胡萬春發表的第一篇通訊稿是自己口述，經《勞動報》記者記錄、修改而成。上海柴油機廠工人費禮文也因為一篇以「解放前後學文化的苦與甜」為內容的短文，引起《勞動報》記者的關注，由此開始「擔任報社通訊員，給報刊寫稿」。〔註156〕國棉六廠工人唐克新將《車間裏的春天》寄給《解放日報》，未經大的改動即登了出來。此種情況正如費禮文自述：「從未想到要當什麼作家」，「正趕上解放之初，有一批作家、編輯，他們為貫徹黨的文藝為工農兵服務方針，深入廠礦企業熱情地對我們這些初學者進行輔導，使得我們這批上海最早產生的工人作者逐步成長起來。」〔註157〕

十七年期間文藝官員（以老作家為主）的關注和提攜也非常重要〔註158〕。

---

〔註153〕毛澤東指出：「為了建成社會主義，工人階級⋯⋯必須有自己的教授、教員、科學家、新聞記者、文學家、藝術家和馬克思主義理論家的隊伍。這是一個宏大的隊伍，人少了是不成的。」毛澤東：《一九五七年夏季的形勢》，《建國以來毛澤東文稿》第 6 冊，中央文獻出版社 1992 年版，第 550 頁。

〔註154〕魏金枝：《我為我們的工人作者祝福》，《上海文學》1962 年第 5 期。

〔註155〕馬信芳：《上海工人作家風雲錄》，《上海采風》2013 年第 11 期。

〔註156〕費禮文：《我們那一代工人作家》，《檔案春秋》2007 年第 4 期。

〔註157〕費禮文：《向余秋雨進一言》，《檢查風雲》2004 年第 22 期。

〔註158〕據相關研究，這種指導、幫助主要有兩種方式：一是為工農作家的創作專門撰寫評論文章，二是與工農作家直接進行通信聯繫。周文：《簡論「十七年」文學體制對工農作家的培養——以陳登科為例》，《中國現代文學研究叢刊》2015 年第 1 期。

以胡萬春為例，時人對其創作的好評多矣，其中尤以姚文元的評論最為集中、細緻。《新松集》收錄了姚文元從 1958 年到 1961 年所寫的 21 篇文章，其中就有四篇是為胡萬春而作。可以說，姚文元見證了胡萬春創作上的發展。〔註159〕不僅姚文元致信胡萬春，祝賀「在思想性和藝術性上，都超過了你以前的兩本集子」〔註160〕，連老成持重的茅盾也在給胡萬春的信中說：「今天的年青一代的作家比我（或者同我同輩的作家們）年輕時代要強得多；我在您那樣年齡的時候，寫不出您所寫的那些作品。」〔註161〕

他們的創作也很快受到了新中國文藝主管部門的關注。1956 年 3 月，首屆全國青年文學創作者會議召開，而費禮文、唐克新、胡萬春等八名工人作者成了上海代表團的成員。〔註162〕1959 年《勞動報》停刊，胡、費二人進入上海作協當編輯，胡在《萌芽》，費在《上海文學》。1960 年經中國作家協會批准，胡、費又從編輯崗位轉成專業作家編制，與茹志鵑等十多人成了同一批專業作家。

一個人從文學愛好者歷練為一名中國作協專業作家。這不僅是個人成長的可能途徑，也是社會階層流動的應然之義，同時更是新中國文化體制培養無產階級文藝隊伍的必然要求。為何這種理所當然的人生道路，不僅未獲得文革意識形態的認可，反而被斥為「變質」？

其實 50 年代初的文藝界，就批判過工農兵作家因過早進入體制而影響創作的現象。比如 1951 年 6 月丁玲曾就知名部隊作家曹桂梅進入文學研究所提出異議。她指出要成為一個作家，光靠一點才氣不行，兩年時間更不夠，還要接觸生活、長期練筆、深入學習。她說：「只是放在文學研究所裏像養金魚一樣，是養不出作家的」。〔註163〕當然，丁玲矛頭所向，不是她創辦的文學研究所，而是認為個人積累應該和體制扶持相輔相成，若積累不足，扶持再多也是無源之水。而《走出「彼得堡」》的意圖可說與此截然相反：在任犢看來，

〔註159〕據姚文元自稱，他的一本剪貼簿中還「貼著胡萬春同志最初的『作品』」——「一九五一年五月三十日登在《勞動報》上的一篇」通訊。姚文元：《〈特殊性格的人〉序言》，《新松集》，上海文藝出版社 1962 年版，第 183 頁。

〔註160〕姚文元：《讀〈誰是奇蹟的創造者〉——給胡萬春同志的一封信》，《新松集》，上海文藝出版社 1962 年版，第 176 頁。

〔註161〕茅盾：《致胡萬春》，《文匯報》1962 年 5 月 20 日。

〔註162〕費禮文：《我們那一代工人作家》，《檔案春秋》2007 年第 4 期。

〔註163〕丁玲：《談談文藝創作問題》，《丁玲全集》（第 7 卷），河北人民出版社 2001 年版，第 250 頁。

作協體制才是工人作家創作乏力、變質的根源。

任犢為這種「變質」追溯了主客觀方面的原因。客觀環境的因素是：作協中存在一個「資產階級法權的包圍圈」，即「赤裸裸的私有觀念，惡性擴展的等級差別。」這種說法延續了毛澤東 1964 年 6 月對全國文聯和所屬各協會的批判性指示。「主觀方面的因素」則是：「長期在『彼得堡』，在作家協會，即使你『獨具慧眼』，要對新舊事物區別開來卻不那麼容易了。……這一切又都會不由自主地反映在作品中，工人作者的政治生命和藝術生命就會同時枯萎、凋謝。」一言以蔽之：作家協會是萬惡之源，工人作者自律不嚴，社會主義文學接班人墮落了。

如何拯救被污染的「工農兵作者」？既然「世界上的壞事往往從不勞動開始」，那麼向堅守勞動一線、「在政治水平和藝術水平上都有不少超過以前的工農兵作者」的「新工農作者」學習，重回工廠、重做工人，便成了打贏這場「階級的爭奪戰」、再造社會主義文學接班人的重要舉措。一言以蔽之：「走出彼得堡，就是衝破資產階級知識分子的包圍圈」。可作如是說：延安時期，作家必須與工農兵打成一片，為工農兵代言；到了新中國，工農兵不再需要代言人，他們要為自己發聲；那麼時至文革，發聲者必須堅守工農兵生產崗位，才能維繫工農兵身份，延續發聲權力。

事實上，如果不問效果，那麼我們可以說任犢的建議在文革初期就已實現了。此時，各地作協皆被稱為「裴多菲俱樂部」，屬於被砸爛單位，作協會員多下放幹校勞動，曾經的工人作家也有重回此前的勞動崗位。

### 3.4.3 分裂：激進勢力的內部差異

但我們必須回答接下來的這個問題：為何任犢選擇胡萬春作為專門批評對象呢？

任犢，「文革」中上海寫作組下文藝組使用的諸多筆名之一。如今，大家一般認為署名任犢的《走出「彼得堡」》乃余秋雨所作。余秋雨曾在自傳《借我一生》中對此作過解釋：

「後來聽說帶頭佔領上海作家協會的工人造反派作家胡萬春因兩性關係問題被押解回工廠，心裏有點暗喜，小高也討厭這些工人造反派，興奮地寫了篇《走出彼得堡》來評述，認為工人作家的崗位在工廠，本不該到作家協會來作戲作福。我覺得把胡萬春比作躲進彼得

堡的工人作家高爾基就太高了，便拿過來改了幾句。」〔註164〕

余秋雨對《走出「彼得堡」》的貢獻是否只是「拿過來改了幾句」？很多年後，主管過《朝霞》文藝叢刊、《朝霞》月刊的陳冀德，在給余秋雨的信中透露了該文的寫作過程：「發表於《朝霞》一九七五年三月號上的《走出彼得堡》一文，先由文藝組小高起草，未經通過，接著，由你改寫後定稿，署名任犢。發表後，曾深得張春橋的讚賞。你在改寫的過程中，寫過的文字，恐怕就遠不止一段、一行、一句了吧？！」〔註165〕

文革期間同是上海市委寫作班子成員徐緝熙，也認爲余秋雨對《走出「彼得堡」》的產生助力甚大：「當時，高義龍寫了《走出『彼得堡』》的初稿，我們看了覺得很平淡，沒什麼光彩。後來就交給余秋雨改。改過以後文采啊什麼的好多了，領導和我們都很欣賞。」〔註166〕

既然余秋雨要對此文負主要責任，那麼我們就要接著追問：余秋雨出於什麼樣的原因，針對胡萬春提出尖銳批評呢？

這首先源於文化人的社會正義感。余秋雨最不滿意胡萬春的地方是：除了前述「兩性關係問題」外〔註167〕，就是其在「文革」初期參與了上海作協造反派的種種激進行動。據《朝霞》創辦人施燕平回憶：文革開始，胡萬春、唐克新、費禮文等「幾個臨時編制在作協的工人作家」，就參與了作協的運動。1966 年 8 月，作協機關各小組正式選舉「文革」代表，胡萬春、唐克新等工人作家入選了以蘆芒和胡德華爲正副組長的「文革」領導小組。隨著對「資產階級反動路線」的深入批判，爲了爭取主動，「文革」領導小組決定調整班子成員，胡萬春、唐克新、仇學寶等工人作家遞補成新的領導班子，並掀起了作協運動史上兩個炮打高潮（「炮打作協黑黨組」、「炮打作協爛支部」）。其後，胡萬春爲了進一步表示批判『資反』路線的決心，還與幾個單位聯合召開了批判市委宣傳部部長楊永直和上海市文化局長孟波的大會。〔註168〕而令

〔註164〕余秋雨：《借我一生》，作家出版社 2004 年版，第 255～256 頁。
〔註165〕吳中傑：《余秋雨與上海寫作組》，《南方週末》2010 年 2 月 25 日。
〔註166〕張英等：《余秋雨片斷（1963～1980）》，《南方週末》2004 年 7 月 29 日。
〔註167〕在工友眼中，胡萬春的形象似並不壞：「老胡是個純粹的工人。他不是體驗生活，他不是做做樣子，他身上的汗臭與其他工友沒有二異。他就是這家廠的老工人。」張錦江：《情緣胡萬春》，《上海采風》2011 年第 5 期。
〔註168〕施燕平：《塵封往事》，華東師範大學出版社，2014 年版，第 140，147，150～152 頁。

余秋雨耿耿於懷的一件事情，是胡萬春撰寫長文《徹底揭露巴金的反革命眞面目》（發表在 1968 年 2 月 26 日的《文匯報》），「使得巴金先生和夫人蕭珊女士不得不互相把報紙藏來藏去不讓對方看到」〔註169〕。

接下來的問題是：《走出「彼得堡」》一文發表的 1975 年，胡萬春已經回原工廠上班多年〔註170〕，可謂提前響應了任犢關於工農作家「回爐」的呼籲。那麼它爲何仍將胡萬春作爲靶的呢？或者說，無論從時過境遷或息事寧人的角度，還是從胡萬春個人品格（工友的描述至少部分眞實）的角度，余秋雨都不用對胡萬春耿耿於懷。可事實爲何反向行之？

這就不得不提及第二個原因：科班出身的余秋雨對胡萬春這類半路出家的工人作家隱而不宣的怨怒之情。

作爲上海戲劇學院高材生的余秋雨，因爲父親的政治問題而全家處於飢餓狀況（扣去房租和水、電、煤的最低費用，平均每人每天七分錢），在畢業分配無望的過程中只能依靠大聲朗讀英語維護受傷的尊嚴，下放軍墾農場後通過「既像乞丐，又像苦役犯」的賣力勞動才最終獲得農場領導的政治認可。可是文化程度不高的工人作家卻佔據作協高位、享受上佳待遇。兩相對照後，這種創傷性的感受更加痛徹心扉。以至於很多年後，余秋雨仍然對工人作家嗤之以鼻：他們「以胡萬春爲首」，「寫過幾篇充滿強烈階級意識和反映『大躍進』時期車間生活的粗陋故事，一時頗受思想『左傾』的上海市委領導推崇。」〔註171〕正是懷抱這種怨怒之情，當上海戲劇學院一位姓袁的造反派把懺悔讀成「千悔」，並說上海作協的作家也這麼讀的時候，余秋雨當即認定讀「千悔」的作家一定是文化程度不高的工人作家。

---

〔註169〕 余秋雨：《借我一生》，作家出版社 2004 年版，第 256 頁。

〔註170〕 據施燕平：「1969 年，原先臨時編制在作協的胡萬春、唐克新、張英和已經調在作協搞編輯工作的仇學寶、鄭成義等一批工人作家全都『回爐』，調回原來單位工作」。施燕平：《塵封往事》，華東師範大學出版社 2014 年 1 月版第 174 頁。據楊匡滿：「1970 年 2 月張春橋批示『將胡萬春等九同志組織關係轉回原廠當工人』，並且規定不得回文藝單位，不得當基層幹部，也不得發文章。」楊匡滿：《那個年代的工農兵作家》，《上海文學》2015 年第 3 期。據費禮文：胡萬春因上海作協「造反兵團」參與第二次「炮打張春橋」事件牽連，受到了張春橋的報復。張春橋於 1971 年初批示「把胡萬春等工人作者關係轉回原廠去」。費禮文：《向余秋雨進一言》，《檢查風雲》2004 年第 22 期。三種回憶雖未盡同卻都已經說明：時至 1975 年，胡萬春早已回原工廠工作多年。

〔註171〕 余秋雨：《借我一生》，作家出版社 2004 年版，第 151 頁。

　　這種怨怒之情倒也並非余秋雨一人所有，比如，1968 年 8 月 23 日，上海作協造反派向大家傳達了市革會關於工宣隊進駐學校和文藝單位的決定。對此，施燕平清楚地回憶了當時的感受：「我們這個知識分子成堆的地方，在組織學習討論時，也出現了兩種想法：在工人作者中，自然是非常興奮。他們本來就有一種優越感，知識分子就應該在他們領導下工作；而在知識分子中，特別是五六十年代畢業的大學生，有一種『被俘虜的感覺』。」〔註 172〕

　　但進入上海作協的工人作家同樣頗感壓力。據施燕平回憶，「他們進了作家協會之後與真正的作家一比，處處自慚形穢，卻又立即把這種差距解釋成受壓，而且是受『資產階級作家老爺』的壓。」〔註 173〕施燕平的一篇散文《文竹與仙人球》還被人貼了大字報，認為是「對工人作家妒忌」，「發洩對黨不滿的情緒，只重視培養他們，不培養自己」。〔註 174〕大字報所說難以證實，但它卻暴露了工人作家內心中強烈的不安感。

　　兩個文化群體的矛盾，其實質乃是文革期間上海兩個「文革」勢力——工人造反派和機關造反派之間的齟齬不合。正如李遜所說：「1968 年底，上山下鄉結束紅衛兵運動……上海的文革形勢從此由工人造反派和機關造反派左右。但這兩股文革勢力始終融不到一起，互不服氣，面合心不合。」〔註 175〕

　　綜上所述，正是社會正義感、個人怨怒之氣和不同政治文化集團之間的矛盾三者相結合，才使得余秋雨在修改《走出「彼得堡」》初稿時，改變了原作者高義龍的本義——在 1975 年學習理論的風潮中，與胡萬春達成共識，認為作家必須深入工農兵生活〔註 176〕——開篇即將批評矛頭指向了工人作家的代表人物胡萬春。

　　張均在研究中國當代文學制度的時候，籲請大家注意在文藝運作過程中：

〔註 172〕施燕平：《塵封往事》，華東師範大學出版社 2014 年版，第 172 頁。
〔註 173〕余秋雨：《借我一生》，作家出版社 2004 年版，第 151 頁。
〔註 174〕施燕平：《塵封往事》，華東師範大學出版社 2014 年版，第 143 頁。
〔註 175〕李遜：《革命造反年代》，牛津大學出版社（香港）2015 年版，第 1433 頁。
〔註 176〕高義龍接受採訪時曾說：「《走出『彼德堡』》的背景是，1975 年提倡學理論，我先寫了一篇《作家・創作・世界觀》……文章發表在《朝霞》第一期上。接著打算寫學習列寧給高爾基的信，強調深入生活。這時一天恰好在公交車上遇到一位有名的工人作家，談起來，他說好呀，並說張春橋就要求工人作者讀讀列寧這些信，走出『彼得堡』，不久還給我寫來一封信，把有關情況寫在信上。文章的題目就是這樣來的。」張英等：《余秋雨片斷（1963～1980）》，《南方週末》2004 年 7 月 29 日。

「不但存在著『權力擁有者與文藝界之間的根本性衝突』，同樣存在著不同文人群體、文學觀念和文學利益之間的摩擦、爭奪、鬥爭或者妥協。」〔註 177〕從余秋雨化身任犢對十七年工人作家加以批評的案例，我們得以看到文革意識形態運作的某些不易察覺的側面：作爲「文革」期間第一本正式出版的文藝刊物、領頭羊」〔註 178〕，《朝霞》的舉動本應高度體現文革文藝主管者意志，但其看似雷厲風行的集體意志背後，卻暗藏著文革文藝內部不同群體（如科班出身的知識分子和工人出身的作家）之間的利益衝突、文化差異。尤其是體現個人喜惡的情感體驗滲入批判行爲後，集體表意與個性抒情相互糾纏，本就複雜的文革意識形態無疑更添了一份朦朧。

### 3.4.4「雙簧戲」：批評背後的期待

當然，我們也不應過分誇大個性情感在扭曲文革意識形態上的作用。無論余秋雨對胡萬春一類的工人作家私憤多大，都無力改變也不敢改變以《朝霞》爲代表的文革文藝界對十七年工人作家失望爲表，期待爲裏的核心意圖。

這首先是因爲被判定爲「小資產階級」的知識分子，不可能成爲「文革」文藝的主力軍。如前文已述，工農出身的作家能否登上文藝舞臺和政治舞臺，才是實現無產階級文化領導權和無產階級專政的重要標誌和重要保證。《五·一六通知》提出「無產階級在上層建築其中包括各個文化領域的專政」，因此即使工農作家文化程度低，創作經驗少，作品乏善可陳，但仍然被認定是無產階級文學的扛旗者。與此同時，文革文藝從未將創造文藝新紀元的希望，寄託於小資產階級知識分子。恰相反，儘管他們並非任犢關注的焦點，但仍然遭受持續的排斥和傷害，尚未恢復工作卻再遭「當頭一棒」。〔註 179〕

其二，新一代工農作家，雖被賦予厚望，但創作成績不如人意。1971 年12 月 16 日，《人民日報》發表短評《發展社會主義的文藝創作》強調：「要有

---

〔註 177〕張均：《中國當代文學制度（1949～1976）·導言》，北京大學出版社 2011 年版，第 13 頁。

〔註 178〕陳冀德：《生逢其時》，時代國際出版有限公司 2008 年版，第 39 頁。

〔註 179〕胡錫濤說，「『文革』時期的文化人都被趕到鄉下或者五七幹校參加勞動，已經活得夠累、夠痛苦了，都想回到原來的崗位上就業。1973 年，有的人剛剛回到城裏恢復工作，有的人還在鄉下做『回城』的夢，余秋雨發表此文，給了當時文化界的人當頭一棒……」胡錫濤：《余秋雨要不要懺悔——「文革」中余秋雨及上海寫作組真相揭秘》，《今日名流》2000 年第 6 期。

一支革命化的文藝創作隊伍……工農兵業餘文藝隊伍要堅持用業餘時間從事文藝活動，不要脫離生產勞動」。此文可謂《走出「彼得堡」》的前身。然而，新的工農兵業餘作者創作究竟如何呢？建國後長期從事出版工作的韋君宜直言：他們的水平更差！1973 年，從幹校返回人民出版社的韋君宜，在參與組稿出書的時候深陷如下困境：「哪裏還有什麼作家來寫稿出書呢？有的進秦城監獄了，有的下幹校了。要出書，就要靠『工農兵』。換句話說，靠不寫書的人來寫書。」〔註 180〕在韋君宜看來，在「先依靠黨委選定主題和題材，再依靠黨委選定作者，然後作者和編輯研究提綱，最後由黨委拍板」——的情形下寫出的小說，「完全不能算作藝術」，即使文革文藝的代表人物浩然也無法按照自己的意圖創作。簡言之，新的工農作家可以在政權的扶持下成為文藝舞臺的「主角」身份，但他們卻缺少成為文藝舞臺「主角」的本領。如此一來，文革文藝的代表性危機始終不能解除紅色警報。

儘管初瀾在《京劇革命十年》中高唱凱歌：「以京劇革命為開端、以革命樣板戲為標誌的無產階級文藝革命，經過十年奮戰，取得了偉大勝利。……十年的發展趨勢表明，我們社會主義文藝事業一年比一年繁榮昌盛。」〔註 181〕但這種連皮相都無法觸及的自誇，既不符合樣板戲數量有限且生產艱難的現實，也不能安慰最高領導對文革文藝「缺少詩歌，缺少小說，缺少散文，缺少文藝評論」〔註 182〕的不滿。

「文革」文藝難以為繼，又必須堅持社會主義政治的工農兵主體性原則，這就要求將不盡如人意的「十七年」工人作家也納入到「文革」文藝生產的通盤考慮中去。也可以說，文革期間那種看上去要與「一切傳統」決裂的觀點，更像是一種話語姿態，在現實操作層面難以獲得其所期待的純潔性。於是《走出「彼得堡」》橫空出世，它借評論胡萬春那封自我批評的信為契機，要求工農兵作家走出作協，回爐生產現場，重新融入工農兵生活，並在「樣板戲」的引領下創作出更符合文革意識形態的作品，改變文革文藝凋零的情況。上海的《朝霞》叢刊和月刊迅速將上述理念付諸實踐，但施燕平卻以《朝霞》為例，道出真相：「儘管口頭上高喊刊物要培養新的工農兵作者，但實際

---

〔註 180〕韋君宜：《思痛錄》，北京十月文藝出版社 1998 年版，第 162～165 頁。
〔註 181〕初瀾：《京劇革命十年》，《紅旗》1974 年第 4 期。
〔註 182〕毛澤東：《關於文藝工作的談話和批語》，《建國以來毛澤東文稿》第 13 冊，中央文獻出版社 1998 年版，第 446 頁。

上不可能排斥原有的作者隊伍（包括一批老的工人作家）」〔註183〕。胡萬春當然亦在其中——1975 年 3 月出版的朝霞叢刊就刊登了他的中篇小說《戰地春秋》。

王堯曾談及胡萬春在文革後期的復出：「胡萬春在吸取『教訓』以後也走出了『彼得堡』，寫出了〈戰地春秋〉這樣的中篇小說」。〔註184〕其實胡萬春何曾受到真正的「教訓」，他們可能一時黯淡了工人作家的光環，卻沒有被徹底排除在文革文學的主力陣營之外。如果再聯繫前文所引高義龍的回憶，得知《走出「彼得堡」》本是《朝霞》編輯與工人作家在公交車上不期而遇且相談甚歡的結果，那麼《走出「彼得堡」》的本義，不僅不是對已經「回爐」的胡萬春施加打擊，還成了文革文藝內部的兩個群體之間共同出演的一場「雙簧戲」。

〔註183〕 燕平：《我在〈朝霞〉雜誌工作的回憶（下）》，《揚子江評論》2010 年第 6 期。另有學者認為「《朝霞》的編輯和作者隊伍一律由寫作組自己培養，上海原有的文藝編輯和作者隊伍幾乎全部排斥在外，其中包括 50 年代和 60 年代上海湧現出來的一批工人作者。」見史義軍：《羅思鼎和朝霞事件》，《炎黃春秋》2006 年第 2 期。
〔註184〕 王堯：《遲到的批判：當代作家與「文革文學」》，大象出版社 2000 年版，第 64 頁。

# 結　語

　　思量中國左翼文學之命運，每作不得善終之慨。論其勢起，既有反抗專
制，爭群己幸福之宏願，亦具砥礪情操，創新文學表達之匠心。若將「五四」
新文學運動視爲「一種以超前的社會理想和激進的斷裂態度實行激變的先鋒
運動」〔註1〕，那麼左翼文學倒很有幾分「先鋒中的先鋒」之象。對社會和文
學具有雙重革命性的左翼文學，本應也曾經是極具活力的一種文藝力量，但
在二十世紀日新月異的歷史突進過程中，左翼文學卻最終喪失了自己的活力
和創造性。而尤值深味的是：這種活性的喪失與左翼文學獲得正統地位和規
範性力量的進程同步，與左翼文學力量規範和擠壓其他各類文學形態、文學
陣營的進程同步。儘管「十七年」期間文學成就有目共睹，但其造成的不良
結果也是顯而易見的，不僅左翼陣營的創作陷入窘境，整個文藝領域的表達
空間也日漸逼仄，題材單一、人物質直、情感粗糙以及無法呼應現實的樂觀，
勢必難以承載悲天憫人的道德情懷，更有可能成爲左傾社會思潮的情感催化
劑和豪言加工廠。

　　但這並非指認左翼文學天然具有霸道狹隘的基因或者必然走向自噬噬人
的命運；也不是說其他文學力量就放棄了基於自身社會、文學理想對未來所
作的想像和設計。今天，大家基本認同左翼文學力量帶頭創造了那樣一個思
想高度集中、文學高度規範、作家高度組織化的文學格局。但如果把 1950～
70 年代的文學僵化歸結爲左翼知識分子一己努力之結果，或者認爲左翼文學

---

〔註 1〕　陳思和：《試論「五四」新文學運動的先鋒性》，《復旦學報（社會科學版）》
　　　　 2005 年第 6 期。

自 1920 年代後期就已經開始「選擇最理想的文學形態、推進文學一體化」〔註
2〕，這也真真高估了左翼文學本身的力量。實際上左翼文學的正統地位和規
範性力量，是其「時代影響力」在 1940～50 年代之間的一次集中性爆發，更
是憑藉「政治權力」對文藝界進行思想整合的成果。1940 年代末，在炮聲轟
隆的主戰場之外，文藝戰線也硝煙彌漫，中共領導的左翼文學正著手對各種
文藝陣營和文藝主張的思想整合：借鑒革命戰爭首先分清敵我的統戰經驗，
將不同類型的作家進行左中右的分級排列，分別賜予革命、進步和反動的作
家稱謂；各類文壇盛會也反覆強調著毛澤東文藝思想的唯一正確性；文聯和
作協體制的建立，將「單位」管理的方法落實到了文藝界；文藝批評和文學
出版為新中國文學解讀政策、樹立典範、指明道路；頻繁的文藝批判運動，
則起到展示並敲打種種異端思想和非常表達的作用。經過如此思想整合，左
翼文學從主導性文學力量變成了新中國文學本身。

　　但是有兩個主要原因影響著建國初期這場思想整合的實績。一個是左翼
文學內部仍存分歧，需要及時且反覆的清除；而最重要的是特殊時期出於政
權穩固、國家建設等方面的考慮，對國際國內階級鬥爭形勢及其在文藝界的
反映作了極為嚴重的估計。可以說，左翼文學通過思想整合成為唯一存在的
文學體，而此時左翼文學又在無休止的階級鬥爭情勢下，成為思想再整合的
對象。在一般的黨史和文學史敘述中，八屆十中全會上關於「千萬不要忘記
階級鬥爭」的告誡，成為意識形態領域過火批判的標誌性起點。它同時也意
味著對文藝界吹響了思想再整合衝鋒號。對《劉志丹》、《李慧娘》以及「有
鬼無害論」的批判，只是暴風雨的前奏。最高領導對文化部、中宣部以及文
藝工作的不滿與日俱增，如果說 1963 年的「第一個批示」多少還承認新中國
文學有一點成績，那麼到了 1964 的「第二個批示」，文藝界則被認為處在了
「修正主義的邊緣」。根據批示進行的文化部整風，不可謂不用力——文化部
以及所屬協會的主要領導先後撤離崗位，全國報刊上更是掀起了針對文藝界
的批判大潮。但是這些情況，並未改變最高領導對文藝界的基本判斷，反而
在未來的日子裏，促成激進政治文化力量的崛起，並成為他們指控新中國文
學「黑線專政」、「毒草」叢生、「黑八論」當道的有力證據。《二月提綱》的
撤銷和《紀要》的出臺，意味著對文藝界更嚴酷的思想再整合的全面展開，
而對「十七年」文學的批判則是重中之重——這在「文革」期間各種造反派

〔註 2〕　洪子誠：《中國當代文學史》，北京大學出版社 2007 年版，第 5 頁。

組織編寫的相當專業的毒草彙編中有明顯體現。

如何展開對「1966～1976 年間對新中國文學的批判」這一問題的敘述？「全盤否定」說雖然省事，但不見否定之過程和細節，而且也不盡符合事實，更難以揭示思想整合背後的多種力量及相互間的博弈。若要更好地理解「批判」，最好首先進入「批判」的邏輯。於是本文根據《紀要》——文革文藝大批判的思想指南——對「十七年」文學的分類，設計了全文的論述結構：首先是對文藝界重要領導人的評判；其二是對「十七年」文學代表作家作品的批判；其三是對「十七年」間一些作家作品的徵用。不過此處所謂的「批判」與「徵用」在某種程度上是一種「權宜」的概括，因為在評判實際運作的過程中，兩相交織、彼此轉化的情形更為普遍。

只有對新中國文藝界領導層進行清場，才能為激進文化力量留下足夠的發展空間，對於志向不完全在文藝領域的激進力量來說，這是他們通向更高權力的必經階梯。不過，對處在「文藝黑線」上的領導人物，激進文化勢力給予了區別對待。不同人員的命運差異，體現為高烈度整合、低烈度整合和柔性整合，但在根源上取決於不同人在新中國文藝界所處的不同位置，及其為思想再整合所可能貢獻的力量。周揚被命名為「反革命的兩面派」，「三十年代」和兩個口號的爭論，成為批判周揚的重要論據。但問題顯然不在「三十年代」本身，而在於周揚作為新中國文藝界主要領導並不能做到對最高領導的意圖完全理解、及時跟進、徹底貫徹，其背後則是廟堂之上激進與溫和兩種整合路徑的衝突。而郭沫若、茅盾等人則有幸成為被「善待」的少數，以自我批評或非正式批判的方式度過浩劫。他們是幸運的少數，但和大多數知識分子一樣，經受了「革命」的聲討和威脅，他們在「文革」期間的言行，不應簡單地從「人格」角度進行評判，更不能因此遮蔽了對病入膏肓的文化大格局的反思。

激進文化力量要創造史無前例的真正的無產階級新文藝，也必然要打倒橫亙在前的「十七年」文學傳統。本書不是為了總結批判性質和批判方法，而是梳理批判過程，看到思想整合背後深層原因的交織和多重力量的離合。從批判《海瑞罷官》的過程分析中，我們發現激進和溫和整合兩種路徑的交鋒，並通過考察《文匯報》展示了整合歷程的階段性演進。對趙樹理和柳青的批判，最能體現激進文化力量對「十七年」文學乃至左翼文學傳統的態度。批判趙樹理，有一個從地方媒體興起，經中央媒體升級確認，經短暫休整後

又再為地方「文革」政治服務的過程。對趙樹理固守農民立場、不擅創造英雄人物的批判其實「十七年」間就已存在，但批判其「大眾化」的語言形式和敘事風格、全盤否定其創作，則是「文革」中批判惡化的產物。可以說，趙樹理被批判，很大原因是其文學思想和創作不僅落後於「十七年」的文化政治走勢，更難以滿足「文革」對「無產階級英雄人物」的創作期待。相較之下，柳青的命運更顯起伏。《創業史》的文學成就和社會名望，使得柳青在「文革」爆發之初未受猛烈批判，但此後還是成為批判對象，以至家破人亡。較趙樹理幸運的是，無論地方高校造反派還是陝西作協造反派，均曾向其釋放過不同程度的「善意」，因此柳青得以在 1972 年獲得第二次解放，其作品《銅牆鐵壁》也獲准修改後再版。

激進文化力量一直處在一種「人才匱乏」、「作品奇缺」的文化焦慮中，這與其在公開場合的自信形成鮮明對比。所以，激進文化力量雖矢志創造史無前例的無產階級新文化，但所展開的策略只能是一方面培養新生力量，另一方面開展移植活動。也就是說，激進文化勢力難以如其聲言的那樣去否定「十七年」文學，反而要從中甄選出某些文本，或進行革命現代戲的「樣板」改造，或指認其為「文化大革命」的成果。這其中就包括將小說《紅岩》改編成現代京劇。因為《紅岩》涉及的地方歷史本事在「文革」中重新成為問題；加上受重慶造反派派性鬥爭的影響，根據《紅岩》改編的革命現代京劇《山城旭日》最終棄演，小說也被造反派冠以「修正主義大毒草」的罪名。「文革」文藝對「十七年」文學的徵用也涉及小說領域。激進文化力量通過重點推介金敬邁、浩然和胡萬春等「十七年」期間已出道甚至成名的作家，來豐富極度匱乏的「文革」文藝市場。三者是「十七年」文學在工、農、兵三大題材中的重要參與者。他們在「十七年」期間的作品，也一度符合「文革文學」對自身未來的某種想像，因而被賦予崇高的榮譽。但本文將「文革」對他們的徵用作為研究對象，還有更重要的價值：在《歐陽海之歌》是否需要修改的問題上，我們看到了部隊政治文化力量和「中央文革小組」之間，曾經出現過針鋒相對的情況。在對工人作家胡萬春的批評中，我們看到了激進文化力量中科班文人群體和工人作家群體之間的裂痕，並折射上海兩個文革勢力工人造反派和機關造反派之間的齟齬不合。而浩然則並非一般理解的「文革」作家，他在 1970 年代初被重新發現，而是經 1974 年中央媒體的重新闡釋，《豔陽天》方才成為時人追捧的傑作，這是「文革」小說樣板化的

一次重要實踐。

簡言之，本文以「再整合」為理論框架，獲得了一個關照左翼文學和 1950
～70 年代文學的更寬廣的歷史視野。囿於個人精力與積累有限，本書使用了
個案研究的方法，原希望以點帶面，總結出 1966～1976 年間的「十七年」文
學評判的若干特點。現在看來，研究對象如此豐富、背後機制如此深沉，本
書遠未達到預期目標。但如若去繁就簡，那麼筆者還是存有若干心得──凝
結為以下幾個關鍵詞。

### 1. 整合路徑

我們當然看到在某些場合，激進文化力量以極其粗暴的方式，影響著文
藝界的行動和創作的走向。但是我們也要看到，激進文化力量並非一個統一
的實體，它在不同時空情境中可以體現為不同的個人、組織、派別。在大方
向一致的前提下，他們之間既有合作，亦有分離，甚至存在矛盾激化的時刻。
1960 年代前期，意識形態領域對新中國文學成績和問題的判斷並不一致這是
不同的政治文化力量基於歷史和現實因素作出的判斷，也導致「激進」和「溫
和」兩種不同的整合思路。

### 2. 徵用

《紀要》將新中國文學分為好中壞三等，雖然不符合歷史事實，但卻是
激進文化力量展開文藝界整合的政策來源，並衍生出否定、改編、徵用三種
評判方式。其中「徵用」最能體現「文革」文藝機制的獨特性，這包括對「十
七年」作品進行樣板戲改編，也包括出版、推介「十七年」作品。在此過程
中，一些被冷藏的「十七年」作家被「再發現」出來。當然，作家作品之所
以被徵用，並非基於其固有某種屬性，而取決於其在激進文化力量的思想再
整合中所能起到的貢獻。而且只要「文革」文藝的「純淨化」邏輯持續進行，
那麼在革命終極目標實現之前，任何起初被否定或徵用的作品，也可能在日
新月異的階級鬥爭形勢下淪為革命的朋友或對象。也就是說，徵用者，可以
被棄置；否定者，可以再爭取。這展示了再整合進程的複雜性。

### 3. 地方性因素

從政治文化大格局考慮特定時期 1949～1966 年文學史的建構問題，應考
慮並清理場域內部的不同力量和傾向以及由此造成的曲折過程、能量凸起和
損耗。而「地方性」因素則是影響「十七年」文學具體作家作品評判的重要

變量。不同地方對作家的認同和利用態度，極大地影響了作者和作品的命運。比如趙樹理批判和柳青批判之間的區別，有地方政治運作和個人在地方政治中的地位和作用的原因。地方歷史和地方造反派之間的矛盾，甚至可以影響到江青對《紅岩》的改編。

### 4. 反批評

面對以否定爲主調的文學評判，作家本人和民間個人也進行過負向反饋——「反批評」，這在理性批評薄弱的時代裏顯得格外珍貴，而能出現在公共媒介上則尤顯奇怪，值得深入研究。作者的反批評，可以表現爲對個人創作特徵的辯護，也可以表現爲作者對修改意見的拒絕；民間的反批評，或表現爲對被批判的作品表現同情和贊成，或表現爲對「大批判」文章進行爭鳴。許多「反批評」之所以爲人所見，往往源於報刊的有意運作，或者被直接當作「反面教材」浮出地表，這是從媒介實踐角度考察「文革」再整合。

### 5.「連續」與「斷裂」

「文革」期間的「十七年」文學評判，一方面表現爲完全翻轉的斷裂式判斷，另一方面也存在著沿襲「十七年」時期文學評價與價值判斷的問題。往往當我們自認爲與舊世界徹底劃清了界限的時候，其實只是成爲「歷史『連續性』實現自己的手段」；或者當我們在在強調制度和信念的延續性時，也可能只是忽略了那些顯而易見的觀念衝突、生活曲折和歷史斷裂。這是趙樹理批判、柳青批判和《紅岩》改編，不可不察的重要特徵。延續性和斷裂性的過程梳理和思想探尋，是深化「十七年」文學評判的重要途徑。

最後要說的是，思想整合對任何一個國家的意識形態管控來說，都是異常重要的命題，也是形成主流意識形態的重要方式。如鄭永年所說：「用現代的概念來說，組織代表的是硬力量，意識形態代表的是軟力量……沒有有效的意識形態，執政黨的政治治理和社會治理就會缺少合法性，至少缺乏執政效果和影響力。」〔註3〕但是我們也必須認識到：如果文學和政治處在一種不正常的關係中，那麼對文學知識分子的思想整合和再整合，既難以解決政治的問題，對文藝來說更是傷害。

也可作如是說，「十七年」文學作爲新中國文學起步階段的探索成果，本可以爲後來的文學史貢獻更多的啓示，但是在極左年代的激進思潮影響下，

---

〔註3〕 鄭永年：《再塑意識形態》，東方出版社 2016 年版，第 16～19 頁。

不僅窒息了多元和深入發展的可能，反而被宣判爲「黑線」專政的產物。這是對新中國文學事業健康發展的破壞，也在本質上有違「百家爭鳴，百花齊放」的文化目標，其中包含著深刻的歷史教訓，值得我們今天認眞總結。

# 參考文獻

## 一、報刊類

1. 《人民日報》
2. 《紅旗》
3. 《解放軍報》
4. 《光明日報》
5. 《文匯報》
6. 《山西日報》
7. 《陝西日報》
8. 《文藝報》
9. 《解放軍文藝》
10. 《戲劇報》
11. 《上海戲劇》
12. 《朝霞》

## 二、文集、專著

### B

1. 北島，李陀，七十年代〔M〕，北京：生活‧讀書‧新知三聯書店，2009。
2. 北京圖書館無產階級革命派《毒草圖書批判提要》編輯小組，《毒草及有嚴重錯誤圖書批判提要（三百五十種）》〔M〕，1968。
3. 北師大革委會、井岡山公社中文系大隊《井岡鐵騎》編印的《把顛倒了的歷史再顛倒過來——周揚之流顛倒歷史圍攻魯迅對抗毛主席革命路線罪行錄》〔M〕，1968。

4. 薄一波，若干重大決策與事件的回顧〔M〕，北京：中共黨史出版社，1991。

5. 卜偉華，「砸爛舊世界」——文化大革命的動亂與浩劫〔M〕，香港：香港中文大學出版社，2008。

## C

6. 蔡翔，革命／敘述：中國社會主義文學——文化想像〔M〕，北京：北京大學出版社，2010。

7. 陳冀德，《生逢其時》〔M〕，香港：時代國際出版有限公司，2008。

8. 陳建華，「革命」的現代性〔M〕，上海：上海古籍出版社，2000。

9. 陳晉，毛澤東與文藝傳統〔M〕，北京：中央文獻出版社，1992。

10. 陳丕顯，陳丕顯回憶錄——在「一月風暴」的中心上海〔M〕，上海：上海人民出版社，2005。

11. 陳順馨，1962：夾縫中的生存〔M〕，濟南：山東教育出版社，1998。

12. 陳思和，中國當代文學史教程（第二版）〔M〕，上海：復旦大學出版社，2016。

13. 陳徒手，人有病，天知否——1949 年後中國文壇紀實（增訂版）〔M〕，北京：人民文學出版社，2010。

14. 陳為人，插錯「搭子」的一張牌——重新解讀趙樹理陳為人〔M〕，廣州：廣東人民出版社，2011。

15. 陳曉農，陳伯達最後口述回憶〔M〕，香港：陽光環球出版香港有限公司，2005。

16. 程光煒，當代文學的歷史化〔M〕，北京：北京大學出版社，2011。

## D

17. 戴光中，趙樹理傳〔M〕，北京：十月文藝出版社，1987。

18. 戴錦華，隱性書寫—90 年代中國文化研究〔M〕，南京：江蘇人民出版社，1999。

19. 戴知賢，山雨欲來風滿樓——60 年代前期的「大批判」〔M〕，鄭州：河南人民出版社，1990。

20. 《黨的文獻》編輯部，共和國重大決策和事件述實〔M〕，北京：人民出版社，2005。

21. 丁東，反思郭沫若〔M〕，北京：作家出版社，1998。

22. 丁玲，丁玲全集〔M〕，石家莊：河北人民出版社，2001。

23. 董健，丁帆，王彬彬，中國當代文學史新稿〔M〕，北京：人民文學出版社，2005。

24. 董之林，舊夢新知：十七年小說論稿〔M〕，桂林：廣西師範大學出版社，

2004。

25. 杜國景，合作化小說中的鄉村故事與國家歷史〔M〕，北京：中國社會科學出版社，2011。

26. 段從學，「文協」與抗戰時期文藝運動〔M〕，北京：北京大學出版社，2012。

## F

27. 方向東，評說郭沫若〔M〕，北京：大眾文藝出版社，2006。

28. 馮友蘭，三松堂全集〔M〕，鄭州：河南人民出版社，2001。

29. 馮錫剛，郭沫若的晚年歲月〔M〕，北京：中央文獻出版社，2004。

30. 復旦大學中文系趙樹理研究資料編輯組，趙樹理專集〔M〕，福州：福建人民出版社，1981。

## G

31. 高皋，嚴家其，「文化大革命」十年史〔M〕，天津：天津人民出版社，1986。

32. 高華：革命年代〔M〕，廣州：廣東人民出版社，2010。

33. 高捷：回憶趙樹理〔M〕，太原：山西人民出版社，1985。

34. 龔繼民，方仁念，郭沫若年譜（下）〔M〕，天津：天津人民出版社，1992。

35. 龔育之，龔育之回憶「閻王殿」舊事〔M〕，南昌：江西人民出版社，2008。

36. 龔育之，黨史箚記〔M〕，杭州：浙江人民出版社，2002。

37. 郭志剛等，中國當代文學史初稿〔M〕，北京：人民文學出版社，1980。

## H

38. 郝懷明，如煙如火話周揚〔M〕，北京：中國文聯出版社，2007。

39. 浩然，浩然作品評論選〔M〕，天津：天津人民出版社，1975。

40. 浩然，浩然口述自傳〔M〕，天津：天津人民出版社，2008。

41. 賀桂梅，轉折的時代〔M〕，濟南：山東教育出版社，2003。

42. 紅代會北京電影學院井崗山文藝兵團，毒草及有嚴重錯誤影片四百部〔M〕，1968。

43. 紅代會中國人民大學三紅文學兵團，人民文學出版社《文藝戰鼓》編輯部，《六十部小說毒在哪裏》〔M〕，1967。

44. 洪子誠，當代文學的概念〔M〕，北京：北京大學出版社，2010。

45. 洪子誠，問題與方法〔M〕，北京：生活・讀書・新知三聯書店，2002。

46. 洪子誠，1956：百花時代〔M〕，濟南：山東教育出版社，1998。

47. 洪子誠，中國當代文學概說〔M〕，北京：北京大學出版社，2010。

48. 洪子誠，中國當代文學史〔M〕，北京：北京大學出版社，2007。

49. 洪子誠，孟繁華，當代文學關鍵詞〔M〕，桂林：廣西師範大學出版社，2002。

50. 侯鈺鑫，大師的背影〔M〕，鄭州：河南文藝出版社，2013。

51. 《胡喬木傳》編寫組，胡喬木談中共黨史〔M〕，北京：人民出版社，1999。

52. 華中師範學院，中國當代文學〔M〕，上海：上海文藝出版社，1983。

53. 黃淳浩，郭沫若書信集〔M〕，北京：中國社會科學出版社，1992。

54. 黃修己，趙樹理評傳〔M〕，南京：江蘇人民出版社，1981。

J

55. 江青，江青同志關於文藝工作的指示彙編〔M〕，1967。

56. 江青，江青同志講話選編〔M〕，北京：人民出版社，1968。

57. 金沖及，陳群，劉少奇傳〔M〕，北京：中央文獻出版社，1998。

58. 金敬邁，好大的月亮好大的天〔M〕，北京：中國電影出版社，2002。

59. 金韻琴，茅盾晚年談話錄〔M〕，上海：上海書店出版社，2014。

L

60. 雷蒙德・F・懷利，毛主義的崛起〔M〕，北京：中國人民大學出版社，2013。

61. 黎之，文壇風雲錄（增訂本）〔M〕，北京：人民文學出版社，2015。

62. 李輝，是是非非說周揚〔M〕，深圳：海天出版社，1998。

63. 李若建，20 世紀 50 年代中國大陸謠言研究〔M〕，北京：社會科學文獻出版社，2011。

64. 李松，「樣板戲」編年與史實〔M〕，北京：中央編譯出版社，2012。

65. 李小龍，野火春風——文化大革命中的李英儒〔M〕，北京：崑崙出版社，1999。

66. 李遜，革命造反年代——上海文革運動史稿〔M〕，香港：牛津大學出版社，2015。

67. 李怡，詞語的歷史與思想的嬗變〔M〕，成都：巴蜀書社，2013。

68. 李楊，抗爭宿命之路〔M〕，長春：時代文藝出版社，1993。

69. 李楊，50～70 年代中國文學經典的再解讀〔M〕，濟南：山東教育出版社，2006。

70. 李澤厚，劉再復，告別革命〔M〕，香港：天地圖書有限公司，2004。

71. 梁秋川，曾經的豔陽天——我的父親浩然〔M〕，北京：團結出版社，2014。

72. 遼寧大學中文系文藝理論教研室，文藝思想戰線三十年〔M〕，1973。

73. 劉可風，柳青傳〔M〕，北京：人民文學出版社，2016。

74. 劉武生，周恩來的晚年歲月〔M〕，北京：人民出版社，2006。

75. 羅貝爾·埃斯卡皮，文學社會學〔M〕，杭州：浙江人民出版社，1987。

76. 羅平漢，當代歷史問題劄記〔M〕，桂林：廣西師範大學出版社，2003。

77. 羅平漢，當代歷史問題劄記二集〔M〕，桂林：廣西師範大學出版社，2006。

78. 羅平漢，當代歷史問題劄記三集〔M〕，桂林：廣西師範大學出版社，2009。

79. 羅平漢，「文革」前夜的中國〔M〕，北京：人民出版社，2007。

80. 羅銀勝，周揚傳〔M〕，北京：文化藝術出版社，2009。

M

81. 馬嘶，20世紀中國知識分子生活狀況〔M〕，北京：北京圖書館出版，2003。

82. 麥克法誇爾，文化大革命的起源（1～2卷）〔M〕，石家莊：河北人民出版社，1989。

83. 麥克法誇爾，文化大革命的起源——浩劫的來臨1961～1966〔M〕，香港：新世紀出版及傳媒有限公司，2012。

84. 麥克法誇爾，劍橋中華人民共和國史（上下卷）〔M〕，北京：中國社會科學出版社，2007。

85. 茅盾，茅盾評論文集〔M〕，北京：人民文學出版社，1978。

86. 茅盾，茅盾書信集〔M〕，北京：文化藝術出版社，1988。

87. 茅盾，我所走過的道路〔M〕，北京：人民文學出版社，1981。

88. 孟繁華，程光煒，中國當代文學發展史〔M〕，北京：中國人民大學出版社，2008。

89. 蒙萬夫，柳青傳略〔M〕，西安：陝西人民教育出版社，1988。

90. 穆欣，述學譚往——追憶在《光明日報》十年〔M〕，北京：東方出版社，2006。

N

91. 南京師範學院中文系資料室，浩然作品研究資料（修訂本）〔M〕，1974。

P

92. 逄先知，馮蕙，毛澤東年譜（1949～1976）〔M〕，北京：中央文獻出版社，2013。

93. 逄先知，金沖及，毛澤東傳（6卷）〔M〕，北京：中央文獻出版社，2011。

94. 《彭真傳》編寫組，彭真年譜〔M〕，北京：中央文獻出版社，2012。

## Q

95. 錢理群，1948：天地玄黃〔M〕，濟南：山東教育出版社，1998。

96. 錢振文，《紅岩》是怎樣煉成的〔M〕，北京：北京大學出版社，2011。

97. 戚本禹，戚本禹回憶錄〔M〕，香港：中國文革歷史出版社，2016。

98. 祁曉萍，香花毒草——紅色年代的電影命運〔M〕，北京：當代中國出版社，2006。

## R

99. 任犢等，走出彼得堡〔M〕，上海：上海人民出版社，1976。

## S

100. 山東大學中文系，中國當代文學研究資料——柳青專集〔M〕，1979年版，

101. 山東師範學院中文系，趙樹理研究資料彙編〔M〕，1960。

102. 商昌寶，茅盾先生晚年〔M〕，石家莊：河北人民出版社，2013。

103. 邵荃麟，邵荃麟評論選集〔M〕，北京：人民文學出版社，1981。

104. 上海批判毒草電影集編輯組，批判毒草電影集（1～2輯）〔M〕，上海：上海人民出版社，1970。

105. 上海批判毒草小說集編輯組，批判毒草小說集〔M〕，上海，上海人民出版社，1971。

106. 盛夏，毛澤東與周揚〔M〕，北京：人民出版社，2011。

107. 宋永毅等，中國文化大革命文庫，香港：香港中文大學中國服務中心，2002。

108. 施燕平，塵封往事〔M〕，上海：華東師範大學出版社，2014。

109. 四人幫是電影事業的死敵〔M〕，北京：中國電影出版社，1978。

110. 宋永毅等：《文化大革命：歷史真相和集體記憶》（上、下）〔M〕，田園書屋，2007。

111. 蘇雙碧，王宏志，吳晗傳〔M〕，上海：上海人民出版社，1998。

112. 孫大祐，梁春水，浩然研究文集〔M〕，天津：百花文藝出版社，1994。

113. 孫中田，查國華，茅盾研究資料（中）〔M〕，北京：中國社會科學出版社，1983。

## T

114. 唐小兵，再解讀〔M〕，北京：北京大學出版社，2007。

115. 特雷·伊格爾頓，二十世紀西方文學理論〔M〕，西安：陝西師範大學出版社，1987。

116. 特里爾，江青全傳〔M〕，石家莊：河北人民出版社，1994.5。

117. 涂光群，五十年文壇親歷記〔M〕，瀋陽：遼寧教育出版社，2005。

### W

118. 王本朝，中國當代文學制度研究〔M〕，北京：新星出版社，2007。

119. 王力，王力反思錄〔M〕，香港：香港北星出版社，2001。

120. 王蒙，袁鷹，憶周揚〔M〕，呼和浩特：內蒙古人民出版社，1998。

121. 王年一，大動亂的年代〔M〕，鄭州：河南人民出版社，1988。

122. 王富仁，端木蕻良〔M〕，北京：商務印書館，2018。

123. 王堯，遲到的批判：當代作家與「文革文學」〔M〕，鄭州：大象出版社，2000。

124. 王堯，紙上的知識分子〔M〕，北京：北京大學出版社，2013。

125. 韋君宜，思痛錄〔M〕，北京：北京十月文藝出版社，1998。

126. 韋韜，陳小曼，父親茅盾的晚年〔M〕，上海：上海書店出版社，1998。

127. 韋韜，陳小曼，我的父親茅盾〔M〕，瀋陽：遼寧人民出版社，1998。

128. 溫儒敏，中國現代文學批評史〔M〕，北京：北京大學出版社，1993。

129. 文藝界撥亂反正的一次盛會——中國文學藝術界聯合會第三屆全國委員會第三次擴大會議文件、發言集〔M〕，北京：人民文學出版社，1979。

130. 吳冷西，憶毛主席〔M〕，北京：新華出版社，1995。

131. 吳中傑，中國現代文藝思潮史〔M〕，上海：復旦大學出版社，2014。

### X

132. 席宣，「文化大革命」簡史〔M〕，北京：中共黨史出版社，2006。

133. 夏杏珍，1975：文壇風暴紀實〔M〕，北京：中共黨史出版社，1995。

134. 夏衍，懶尋舊夢錄（增訂本）〔M〕，北京：中華書局，2016。

135. 蕭冬連，求索中國——文革前十年史〔M〕，北京：中共黨史出版社，2011。

136. 蕭延中，外國學者評毛澤東——從奠基者到「紅太陽」〔M〕，北京：中國工人出版社，1997。

137. 謝波，媒介與文藝形態——《文藝報》研究（1949～1966）〔M〕，上海：復旦大學出版社，2013。

138. 謝冕，洪子誠等，中國當代文學史料選〔M〕，北京：北京大學出版社，1995。

139. 謝泳，思想利器——當代中國研究的史料問題〔M〕，北京：新星出版社，2013。

140. 徐慶全，知情者眼中的周揚〔M〕，北京：經濟日報出版社，2003。

141. 徐慶全，周揚與馮雪峰〔M〕，武漢：湖北人民出版社，2005。

**Y**

142. 閻長貴，王廣宇，問史求信集〔M〕，北京：紅旗出版社，2009。

143. 嚴平，潮起潮落：新中國文壇沉思錄〔M〕，北京：人民文學出版社，2015。

144. 楊鼎川，1967：狂亂的文學年代〔M〕，濟南：山東教育出版社，1998。

145. 楊奎松，毛澤東與莫斯科的恩恩怨怨〔M〕，南昌：江西人民出版社，1997。

146. 楊奎松，忍不住的關懷（增訂版）〔M〕，桂林：廣西師範大學出版社，2013。

147. 楊沫，自白——我的日記〔M〕，北京：中國言實出版社，2015。

148. 姚丹，「革命中國」的通俗表徵與主題建構——《林海雪原》及其衍生文本考察〔M〕，北京：北京大學出版社，2011。

149. 姚文元，新松集〔M〕，上海：上海文藝出版社，1962。

150. 姚文元，文藝思想論爭集〔M〕，上海：作家出版社，1965。

151. 姚文元，在前進的道路上〔M〕，上海：人民文學出版社，1965。

152. 葉永烈，姚文元傳〔M〕，長春：時代文藝出版社，1993。

153. 葉永烈，陳伯達傳〔M〕，北京：人民日報出版社，1991。

154. 葉永烈，張春橋傳〔M〕，北京：作家出版社，1993。

155. 葉永烈，江青傳〔M〕，北京：作家出版社，1993。

156. 余岱宗，被規訓的激情〔M〕，上海：上海三聯書店，2004。

157. 于風政，改造：1949～1957年知識分子〔M〕，鄭州：河南人民出版社，2001。

158. 余秋雨，借我一生〔M〕，北京：作家出版社，2004。

**Z**

159. 查國華，茅盾年譜〔M〕，武漢：長江文藝出版社，1985。

160. 張化，蘇採青，回首「文革」〔M〕，北京：中共黨史出版社，1999。

161. 張健，中國當代文學編年史（第1～4卷）〔M〕，濟南：山東文藝出版社，2012。

162. 張軍，流動的經典——對柳青及〈創業史〉接受史的考察〔M〕，濟南：山東人民出版社，2012。

163. 張均，中國當代文學制度研究〔M〕，北京：北京大學出版社，2011。

164. 張鍾，當代文學概觀〔M〕，北京：北京大學出版社，1980。

165. 趙樹理，趙樹理全集〔M〕，太原：北嶽文藝出版社，2000。

166. 趙樹理，趙樹理文集〔M〕，北京：工人出版社，1980。

167. 鄭永年，再塑意識形態〔M〕，北京：東方出版社，2016。

168. 支克堅，周揚論〔M〕，開封：河南大學出版社，2004。

169. 中國科學院文研所，十年來的新中國文學〔M〕，北京：作家出版社，1963。

170. 中國青年出版社編輯部，大寫的人〔M〕，北京：中國青年出版社，1982。

171. 中國人民解放軍國防大學，中共黨史教學參考資料（19～24卷）〔M〕，1986。

172. 中國人民解放軍國防大學，文化大革命研究資料（上中下），1988。

173. 中國新聞出版研究院，中華人民共和國出版史料（一九六六年五月至一九七六年十月）〔M〕，北京：中國書籍出版社，2013。

174. 中國趙樹理研究會，趙樹理研究文集〔M〕，北京：中國文聯出版公司，1996。

175. 中國作家協會革命造反團，新北大公社文藝批判戰鬥團，文藝戰線上兩條路線鬥爭大事記1949～1966（增訂本）〔M〕，1967。

176. 中共中央黨史研究室，中國共產黨歷史（1949～1978）〔M〕，北京：中共黨史出版社，2011。

177. 中共中央毛澤東選集出版委員會，毛澤東選集（一卷本）〔M〕，北京：人民出版社，1969。

178. 中共中央毛澤東選集出版委員會，毛澤東選集（第五卷）〔M〕，北京：人民出版社，1977。

179. 中共中央文件彙編1966，5～1968，5（內部參考）〔M〕，1968。

180. 中共中央文獻編輯委員會，彭真文選〔M〕，北京：人民出版社，1991。

181. 中共中央文獻研究室：關於建國以來黨的若干歷史問題的決議（注釋本）〔M〕，北京：人民出版社，1983。

182. 中共中央文獻研究室：建國以來毛澤東文稿（1～13冊）〔M〕，北京：中央文獻出版社，1987～1998。

183. 中共中央文獻研究室，建國以來重要文獻選編〔M〕，北京：中央文獻出版社，1993～1998。

184. 中共中央文獻研究室，毛澤東書信選集（修訂本）〔M〕，北京：人民出版社，2003。

185. 中共中央文獻研究室，毛澤東年譜一九四九～一九七六（1～6卷）〔M〕，北京：中央文獻出版社，2013。

186. 中共中央文獻研究室，毛澤東文集（1～8卷）〔M〕，北京：人民出版社，1993。

187. 鍾桂松，茅盾評傳〔M〕，南京：南京大學出版社，2013。

188. 周揚，周揚文集（1～5卷）〔M〕，北京：人民文學出版社，1984～1994。

189. 周一良，畢竟是書生〔M〕，北京：十月文藝出版社，1998。

190. 朱學勤，書齋裏的革命〔M〕，昆明：雲南人民出版社，2006。

191. 朱寨，中國當代文學思潮史〔M〕，北京：人民文學出版社，1987。

## 三、文章類

1. 陳徒手，矛盾中的茅盾〔J〕，讀書，2015（1）。

2. 程凱，「社會史視野下的中國現當代文學研究」的針對性〔J〕，文學評論，2015（6）。

3. 董之林，關於十七年文學研究的歷史反思〔J〕，中國社會科學，2006（4）。

4. 丁爾綱，茅盾與「現實主義深化」、「寫中間人物」論——兼談批判「大連黑會」的指向問題〔J〕，綏化師專學報，1995（2）。

5. 黨妍，不屈的川東地下黨〔J〕，紅岩春秋，2009（6）。

6. 范家進，爲農民的寫作與農民的拒絕——趙樹理模式的當代境遇〔J〕，中國現代文學研究叢刊，2002（1）。

7. 范守信，許廣亮，解讀毛澤東心目中的知識分子〔J〕，黨史研究與教學，2002（6）。

8. 費禮文，我們那一代工人作家〔J〕，檔案春秋，2007（4）。

9. 苟有富，趙樹理在文革中〔J〕，長治學院學報，2006（6）。

10. 郭文亮，大動亂年代的艱難抗爭〔D〕，中共中央黨校，1994。

11. 概念史筆談·概念史研究對象的辨析〔J〕，史學理論研究，2012（1）。

12. 韓少功，革命後記〔J〕，鍾山，2014（2）。

13. 韓毓海，春風到處說柳青——再讀《創業史》〔J〕，天涯，2007（3）。

14. 郝懷明，文革初的中宣部〔J〕，炎黃春秋，2010（12）。

15. 賀桂梅，打開文學的歷史視野——浩然與當代文學的激進實踐重讀〔J〕，玉溪師範學院學報，2011（3）。

16. 賀桂梅，「民族形式」建構與當代文學對五四現代性的超克〔J〕，文藝爭鳴，2015（9）。

17. 黃擎，1940～1970 年代中國主流批評家批評心態解析——以周揚、茅盾、姚文元爲個案〔J〕，東南大學學報（哲學社會科學版），2011（6）。

18. 洪子誠，關於 50～70 年代中國文學〔J〕，文學評論，1996（2）。

19. 洪子誠等，20 世紀 40～50 年代文學轉折研究筆談〔J〕，南方文壇，2004（4）。

20. 洪子誠，思想、語言的化約與清理——「我的閱讀史」之《文藝戰線兩條路線鬥爭大事記》〔J〕，文藝爭鳴 2010（3）。

21. 洪子誠，浩然和浩然的作品〔N〕，北京日報，2000-11-22。

22. 何蜀，《紅岩》作者羅廣斌的文革悲劇〔J〕，新文學史料，2002（3）。

23. 敬文東，《紅岩》與羅廣斌的悲劇〔J〕，揚子江評論，2014（3）～（4）。

24. 金光耀，「十七年」：不同時代的不同敘述和記憶〔J〕，史林，2011（1）。

25. 李傑俊，浩然的尷尬文學史地位〔J〕，文藝爭鳴，2014（3）。

26. 李怡，重估現代性思潮與中國現代文學傳統的再認識〔J〕，文學評論，2002（4）。

27. 李怡，開拓「革命文學」研究的新空間——建構現代大文學史觀〔J〕，探索與爭鳴，2015（2）。

28. 李怡，人民共和國文化與中國當代文學〔J〕，重慶廣播電視大學學報，2014（2）。

29. 李怡，文史對話與中國現當代文學研究〔J〕，中國社會科學，2016（3）。

30. 李怡，作爲方法的民國〔J〕，文學評論，2014（1）。

31. 李旺，十七年文學中的工農兵業餘作者寫作〔J〕，理論月刊，2013（1）。

32. 劉傑，黨政關係的歷史變遷和國家治理邏輯的變革〔J〕，社會科學，2005（3）。

33. 劉納，寫得怎樣：關於作品的文學評價——重讀《創業史》並以其爲例〔J〕，文學評論2005（4）。

34. 羅玲珊，上海市委寫作班子的來龍去脈〔J〕，百年潮，2005（12）。

35. 呂東亮，《歐陽海之歌》與文革文學的發生〔J〕，文學評論，2012（4）。

36. 梁曉君，浩然創作的本土性與評價史〔D〕，吉林大學，2011。

37. 穆欣，劍拔弩張：中央文革小組實錄〔J〕，縱橫，2006（1）。

38. 錢理群，趙樹理身份的三重性與曖昧性——趙樹理建國之後的處境、心境與命運〔J〕，黃河2015（1）～（2）。

39. 任麗青，十七年時期上海的工人文學創作暨工人小說家論〔D〕，上海大學，2007。

40. 蘇雙碧，關於《海瑞罷官》的四種異見〔J〕，百年潮，2003（6）。

41. 薩支山，社會史視野：「當代文學」研究的一個切入點〔J〕，文學評論〔J〕，2015（6）。

42. 宋琦，《在延安文藝座談會上的講話》對中國左翼文藝思想的整合〔J〕，東嶽論叢，2010（3）。

43. 唐榮智，文革從華東局開始的三件史事〔J〕，炎黃春秋，2013（10）。

44. 陶東風，告別花拳繡腿，立足中國現實〔J〕，文藝爭鳴，2007（1）。

45. 汪暉，當代中國的思想狀況與現代性問題〔J〕，天涯，1997（5）。

46. 王智，從「除舊布新」到「繼續革命」——1956～1976 年黨在意識形態領域的鬥爭論略〔J〕，江漢論壇，2004（9）。

47. 王堯，「文革」對「五四」及「現代文藝」敘述與闡釋〔J〕，當代作家評論，2002（1）。

48. 王堯，「文革」主流文藝思想的構成和運作〔J〕，華僑大學學報（哲社版），1999（2）。

49. 王年一，文革漫談〔J〕，二十一世紀，2006（10）

50. 王中青，李文儒，記趙樹理的最後五年，新文學史料，1983（3）。

51. 王彬彬，中國現代文學研究與中國現代歷史研究的互動〔J〕，文藝爭鳴，2008（1）。

52. 王彬彬，「十七年文學」：紅線黑線有異，實行專政則一〔J〕，當代作家評論，2012（6）。

53. 王錦厚，毛澤東論郭沫若〔J〕，郭沫若學刊，2004（2）～（3）。

54. 王富仁，關於左翼文學幾個問題〔J〕，中國現代文學研究叢刊，2006（2）。

55. 吳黎平，關於三十年代左翼文藝運動若干問題〔J〕，文學評論，1978（5）。

56. 吳志軍，1966：文革頭一年鬥批改思想的歷史演變〔J〕，黨史研究與教學，2007（5）。

57. 謝保傑，十七年時期上海工人寫作的歷史描述〔J〕，文藝理論與批評，2012（1）。

58. 邢恩源，文革前夕的華東現代戲高潮〔J〕，江蘇社會科學，2012（6）。

59. 邢曉飛，現實向左，理想向右——「兩面派周揚」的正面、反面及側面〔J〕，當代作家評論，2013（4）。

60. 徐露輝，政治整合論〔D〕，浙江大學，2009。

61. 夏衍，在文化部整風中的檢查（1965 年 1 月 19 日）〔J〕，現代中文學刊，2015（5）。

62. 楊匡滿，那個年代的工農兵作家〔J〕，上海文學，2015（3）。

63. 楊鳳城，新的民族國家整合——新中國頭三年歷史的宏觀審視〔J〕，教學與研究，2000（6）。

64. 楊奎松，毛澤東為什麼放棄新民主主義——關於俄國模式的影響問題〔J〕，近代史研究，1997（4）。

65. 楊亞林，趙樹理的當代命運及新中國文學的現代化問題〔J〕，山西師大學報（社會科學版），2011（1）。

66. 余岱宗，「紅色創業史」與革命新人的形象特徵〔J〕，文藝理論與批評，2002（2）。

67. 于興衛，全國學人民解放軍運動研究〔D〕，中共中央黨校，2007。

68. 袁洪權，「統一戰線」政策下的「整合」——1951年的新中國「文藝界」研究〔D〕，華東師範大學，2010。

69. 張虹，從《海瑞罷官》的「討論」看知識分子心態——以上海學術界爲例〔D〕，上海師範大學，2003年。

70. 張霖，當代日記中的大連會議〔J〕，華南師範大學學報（社會科學版），2014（2）。

71. 張羽，關於《紅岩》書稿的修改〔J〕，編輯之友，1987（1）。

72. 張瑞敏，論毛澤東改造知識分子思想的形成〔J〕，史學月刊，1997（5）。

73. 趙平，論權勢權威型讀者對中國文學的影響〔D〕，復旦大學，2007。

74. 鄭潤良，反現代的現代性——新左派文學史觀萌發的語境及其問題〔J〕，福建論壇（人文社會科學版），2010（4）。

75. 周維東，統一戰線戰略與延安時期的魯迅文化——以毛澤東對魯迅的評價爲中心〔J〕，社會科學研究，2011（1）。

76. 朱輝軍，周揚現象初探〔N〕文藝報，1988-10-8。

77. 朱凌，趙樹理闡釋史——趙樹理創作價值變遷與時代文化思潮之關係〔D〕，福建師範大學，2009。

78. 朱獻貞，在魯迅與周揚之間——關於郭沫若文革初期一封佚信的歷史解讀〔J〕，魯迅研究月刊，2011（12）。

79. 朱曉進，重新進入十七年文學幾點思考〔J〕，當代作家評論，2002（5）。